SYLVIA DAY

Desejada

São Paulo
2022

Grupo Editorial
UNIVERSO DOS LIVROS

Passion for the Game
Copyright © 2007 Sylvia Day
PUBLISHED BY ARRANGEMENT WITH KENSINGTON PUBLISHING
CORP. NY, NY USA. All Rights Reserved. No part of this book may be reproduced in
any form or by any means without the prior written consent of the publisher, excepting
brief quotes used in reviews.

© 2014 by Universo dos Livros
Todos os direitos reservados e protegidos pela Lei 9.610 de 19/02/1998.
Nenhuma parte deste livro, sem autorização prévia por escrito da editora, poderá
ser reproduzida ou transmitida sejam quais forem os meios empregados: eletrônicos,
mecânicos, fotográficos, gravação ou quaisquer outros.

Diretor editorial: **Luis Matos**
Editora-chefe: **Marcia Batista**
Assistentes editoriais: **Nathália Fernandes e Raíça Augusto**
Tradução: **Felipe CF Vieira**
Preparação: **Grazielle Veiga**
Revisão: **Louise Bonassi e Rafael Duarte**
Arte: **Francine C. Silva e Valdinei Gomes**
Capa: **Zuleika Iamashita**

Dados Internacionais de Catalogação na Publicação (CIP)
Angélica Ilacqua CRB-8/7057

Day, Sylvia
Desejada / Sylvia Day; tradução de Felipe CF Vieira. – 2. ed. –
São Paulo: Universo dos Livros, 2022.
288 p.

ISBN 978-65-5609-271-3
Título original: *Passion for the Game*

1. Literatura americana 2. Romance erótico 3. Sexo
I. Título II. Vieira,Felipe CF

14-0141   CDD 813.6

2ª edição – 2022

Universo dos Livros Editora Ltda.
Avenida Ordem e Progresso, 157 — 8º andar — Conj. 803
CEP 01141-030 — Barra Funda — São Paulo/SP
Telefone/Fax: (11) 3392-3336
www.universodoslivros.com.br
e-mail: editor@universodoslivros.com.br
Siga-nos no Twitter: @univdoslivros

Para a deusa editorial, Kate Duffy.
Por tudo, mas principalmente por amar meus livros tanto quanto eu.
Adoro escrever para você.

AGRADECIMENTOS

Agradeço à minha parceira de crítica, Annette McCleave (annettemccleave.com).

Aos meus queridos amigos Renee Luke e Jordan Summers, por seu apoio do outro lado do *messenger*.

À minha família, que ficou órfã por mais de um ano.

À minha mãe, que assumiu a manutenção da minha casa enquanto eu escrevia um monte de livros.

Às minhas leitoras, que são o público mais entusiasmado, fabuloso e leal que um escritor poderia pedir.

Que sortuda eu sou por ter todos vocês em minha vida. Sinto-me imensamente grata.

CAPÍTULO 1

— Se todos os anjos da morte fossem tão adoráveis quanto você, os homens fariam fila para morrer.

Maria, conhecida como Lady Winter, fechou seu estojo de maquiagem com um forte estalo. Sua repulsa pelo reflexo do homem sentado logo atrás fez seu estômago revirar. Respirando fundo, ela manteve o olhar focado no palco, lá embaixo, mas sua atenção estava voltada ao homem incrivelmente bonito sentando entre as sombras de seu camarote.

— Sua vez logo irá chegar — ela murmurou, mantendo a fachada majestosa para a satisfação dos muitos binóculos apontados em sua direção. Ela vestia seda carmim, destacada pela delicada renda preta que se estendia pelas mangas curtas do vestido. Era a cor que mais usava. Não porque realçava sua ascendência espanhola — cabelos negros, olhos negros, pele morena — mas porque era um alerta silencioso. *Banho de sangue. Não se aproxime.*

A Viúva Invernal, sussurravam os voyeurs. *Dois maridos mortos... e a lista continua aberta.*

Anjo da morte. E como isso era verdadeiro. Todos a seu redor acabavam mortos, exceto o homem que ela mais odiava.

A leve risada sobre os ombros fez a pele dela se arrepiar.

— Será preciso mais do que você, minha filha querida, para eu encontrar meu destino.

— Seu destino será minha espada em seu coração — ela retrucou.

– Ah, mas então você nunca se reunirá com sua irmã, e ela já está quase na idade.

– Não me ameace, Welton. Assim que Amélia se casar, descobrirei o paradeiro dela e você não será mais necessário para mim. Considere isso antes de pensar em fazer com ela o que fez comigo.

– Eu poderia vendê-la para os mercadores de escravos – disse ele devagar.

– Você presume, incorretamente, que não antecipei sua ameaça – ajeitando as rendas em seu cotovelo, ela conseguiu curvar de leve o canto da boca para esconder seu terror. – Eu descobrirei. E, então, você morrerá.

Maria sentiu que ele ficava tenso e o sorriso dela se tornou genuíno. Tinha dezesseis anos quando Welton destruiu sua vida. Agora, seu desejo de vingança era a única coisa que a movia quando o desespero por sua irmã a paralisava.

– St. John.

O nome pairou entre eles.

Maria prendeu a respiração.

– Christopher St. John?

Era raro que alguma coisa a surpreendesse hoje em dia. Aos vinte e seis anos, acreditava que já vira e fizera de tudo.

– Ele é rico, mas casar-me com ele irá me arruinar, tornando-me menos útil para seus objetivos – Maria disse.

– Não será necessário casamento desta vez. Ainda não esgotei a herança de Lorde Winter. Isto é apenas uma busca por informação. Acredito que recrutaram St. John para alguma missão. Quero que você descubra o que querem com ele e, principalmente, quem arranjou que fosse solto da prisão.

Maria ajeitou o tecido vermelho-sangue da saia. Seus dois falecidos maridos foram agentes da Coroa cujos empregos o tornavam muito úteis para seu padrasto. Eles também eram muito ricos, e a maior parte das fortunas foi deixada para ela, porém sob a custódia de Welton, que as controlava diante de suas mortes prematuras.

Erguendo a cabeça, ela olhou ao redor do teatro, e notou com distração a fumaça curvilínea das velas e os arabescos dourados que brilhavam sob a luz das chamas. A soprano lutava por atenção no palco, pois ninguém estava ali para vê-la. A nobreza compareceu para ver e ser vista, e nada mais.

– Interessante – Maria murmurou, pensando na figura do popular pirata. Ele tinha uma beleza incomum, e era tão mortal quanto ela própria. Suas façanhas eram amplamente conhecidas, e algumas histórias eram tão exageradas que ela sabia que não poderiam ser verdade. St. John era discutido com ardor e havia muitas apostas sobre até quando conseguiria escapar da forca.

– De fato, eles devem estar desesperados para o pouparem desse jeito. Passaram anos buscando a prova irrefutável de sua vilania, e agora que encontraram, eles o recrutam. Eu me atrevo a dizer que nenhum dos lados está satisfeito.

– Não me importa como eles se sentem – Welton declarou secamente. – Eu só quero saber a quem devo extorquir para manter esse assunto em silêncio.

– Que bela confiança em meus charmes – ela ironizou, escondendo a raiva que amargava sua boca. Só de pensar nas coisas que foi forçada a fazer para proteger e servir um homem que detestava... Maria ergueu o queixo. Ela não estava protegendo e servindo seu padrasto. Ela apenas precisava dele vivo pois, se morresse, nunca encontraria Amélia.

Welton ignorou seu comentário.

– Você tem alguma noção do quanto valeria essa informação?

Ela deu um aceno de cabeça quase imperceptível, ciente dos ávidos olhares que a seguiam em qualquer movimento. A sociedade sabia que seus maridos não morreram de causas naturais. Mas não tinham provas. Apesar dessa certeza mórbida sobre sua culpa, ela era bem-vinda nos lares mais refinados. Maria era infame. E nada animava mais uma festa do que um toque de infâmia.

– Como eu o encontro?

– Você tem seus métodos – ele se levantou, pairando sobre ela entre as sombras do camarote dos fundos, mas Maria não se acovardou. Com exceção de sua preocupação com Amélia, nada mais a assustava.

Os dedos de Welton tocaram uma mecha de seus cabelos.

– Sua irmã tem cabelos iguais aos seus. Nem mesmo pó de arroz pode esconder seu verdadeiro brilho.

– Vá embora.

A risada dele ecoou tempos depois de abrir as cortinas e sair pela galeria. Por quantos anos seria forçada a aguentar aquele som? Os investigadores que trabalhavam para ela foram incapazes de descobrir alguma coisa de valor. Apenas breves vislumbres de sua irmã e pistas que não davam em lugar algum. Esteve tantas vezes tão perto... Mas Welton sempre estava um passo adiante.

Enquanto isso, sua alma escurecia a cada dia sob as ordens dele.

– Não se engane por sua aparência. Sim, ela é pequena e miúda, mas é também uma vespa pronta para atacar.

Christopher St. John se ajeitou no assento, ignorando o agente da Coroa que compartilhava o camarote com ele. Seus olhos tinham apenas atenção para a mulher no vestido carmim sentada do outro lado do balcão. Após passar a vida inteira vivendo entre a ralé da sociedade, ele sabia reconhecer o requinte quando se deparava com ele.

Usando um vestido vermelho-fogo típico das espanholas de sangue quente, Lady Winter[1] era, no entanto, tão gélida quanto seu título. E a *missão* de Christopher era aquecer essa viúva, insinuar-se para dentro de sua vida, e depois descobrir suas fraquezas para que ela, e não ele, terminasse na forca.

Certamente não era um trabalho agradável. Mas considerava uma troca justa. Ele era pirata e ladrão por profissão, ela era uma megera sanguinária e gananciosa.

– Lady Winter possui ao menos uma dúzia de homens trabalhando para ela – disse o Visconde de Sedgewick. – Alguns vigiam o cais, outros perambulam pelo campo. O interesse dela na agência é óbvio e mortal. Com sua reputação para danos, vocês dois até que combinam. Achamos que ela não poderia recusar uma oferta de ajuda vinda de você.

Christopher suspirou. A possibilidade de compartilhar a cama com a linda Viúva Invernal não era nem um pouco atraente. Ele conhecia seu tipo: preocupada demais com as aparências para aproveitar uma noite de sexo sem limites. Sua vida dependia de sua habilidade para

---

1 Em inglês, *winter* significa inverno. (N.E.)

atrair maridos ricos. Ela não gostaria de suar e se exercitar demais. Isso arruinaria seu cabelo.

Bocejando, ele perguntou:

— Posso me retirar agora, milorde?

Sedgewick balançou a cabeça.

— Você deve começar já, ou perderá a oportunidade.

Christopher se esforçou para não retrucar. A agência logo descobriria que ele não dança conforme a música de ninguém além de sua própria.

— Deixe os detalhes comigo. Você quer que eu estabeleça relações profissionais e pessoais com Lady Winter, e é isso que farei.

Christopher se levantou e ajustou casualmente o casaco.

— Entretanto, ela é uma mulher que busca a segurança financeira de um casamento, o que impossibilita que um solteiro como eu a seduza primeiro para depois progredir para os negócios. É preciso começar com os negócios, depois selar nossa parceria com sexo. É assim que funciona.

— Você é um sujeito assustador – Sedgewick disse, seco.

Christopher olhou por cima do ombro conforme abriu a cortina preta.

— É bom que você se lembre disso.

A sensação de estar sendo estudada com intenções predatórias fez a nuca de Maria se arrepiar. Virando a cabeça, ela observou cada camarote ao redor, mas não enxergou nada de estranho. Mesmo assim, seus instintos eram o que a mantinha viva, e ela confiava neles cegamente.

O interesse de alguém ia além de mera curiosidade.

O tom grave de vozes masculinas na galeria atrás dela tirou sua atenção da inútil busca visual. A maioria das pessoas não ouviria nada em meio ao burburinho nos assentos abaixo e à cantoria vinda do palco, mas ela era uma caçadora, seus sentidos eram muito apurados.

— O camarote da Viúva Invernal.

— Ah... – um homem murmurou, ciente do que se tratava. – O risco vale a pena por algumas horas com aquela bela mulher. Ela é incomparável, uma deusa entre os mortais.

Maria riu com desdém. Uma maldição, é o que era.

O prazer feminino que já sentira por sua beleza incomum morreu no dia em que seu padrasto a olhou com malícia e disse:

– Você me fará uma fortuna, minha querida.

Foi apenas uma das muitas mortes em sua breve vida.

A primeira foi a morte de seu amado pai. Lembrava-se dele como um homem elegante, cheio de bom humor e que adorava sua mãe espanhola. De repente, ele adoeceu e logo faleceu. Mais tarde, Maria reconheceria os sinais muito familiares de envenenamento. Porém, na época ela conhecia apenas medo e confusão, que pioraram quando sua mãe a apresentou a um bonito homem de cabelos negros, que seria o substituto de seu pai.

– Maria, minha filha – sua mãe disse com seu leve sotaque. – Este é o Visconde de Welton. Nós iremos nos casar – já ouvira esse nome antes. Era o melhor amigo de seu pai. A razão para sua mãe desejar se casar de novo fugia de sua imatura compreensão. Por acaso seu pai significava tão pouco para ela? – Ele quer enviá-la para as melhores academias – era a explicação. – Você terá o futuro que seu pai desejava para você.

Enviada para longe. Era só isso que conseguia ouvir.

O casamento aconteceu e Lorde Welton tomou o controle das decisões, mudando-os apressadamente para uma casa que se parecia com um castelo medieval. Maria odiava. Lá dentro fazia frio, ventava e era muito assustador, muito diferente da casa de tijolos dourados em que viviam antes.

Welton gerou uma filha com sua nova esposa e então as abandonou de imediato. Maria foi para a escola, e ele visitava a cidade, onde bebia, apostava e gastava com prostitutas todo o dinheiro do pai dela. Sua mãe tornou-se mais pálida e magra; seus cabelos começaram a cair. A doença foi ocultada de Maria até o último momento possível.

Foram buscá-la apenas quando o fim estava próximo e inevitável. Voltando para a casa do padrasto, Maria encontrou uma fantasmagórica Viscondessa de Welton, terrivelmente diferente da mulher que fora apenas alguns meses antes: seu vigor parecia tão esgotado quanto sua fortuna.

– Maria, minha querida – sua mãe sussurrou no leito de morte, com suplicantes olhos negros. – Me perdoe. Welton foi tão afetuoso quando seu pai faleceu. E eu não enxerguei além de sua fachada.

– Tudo ficará bem, mamãe – ela mentira. – Sua saúde melhorará e então poderemos abandoná-lo.

– Não. Você deve...

– Por favor, não diga mais nada. Você precisa descansar.

Sua mãe apertara o braço de Maria com uma força surpreendente para uma mulher tão lívida, uma manifestação física de sua urgência.

– Você deve proteger sua irmã dele. Welton não se importa com seu próprio sangue. Ele irá usá-la, assim como me usou. E como pretende usar você. Amélia não é forte como você. Ela não possui a força do sangue de seu pai.

Maria olhara fixamente para a mãe em desespero. Durante a década do casamento com Welton, ela aprendera muitas coisas, em especial que debaixo do rosto incrivelmente bonito de Lorde Welton, morava o próprio Mefistófeles[2].

– Ainda não tenho idade – ela sussurrara, deixando as lágrimas caírem. Maria havia passado a maior parte do tempo na escola, treinando para se tornar uma mulher que Welton pudesse explorar. Mas em suas ocasionais visitas, ela notara a maneira com que o visconde menosprezava sua mãe com tiradas cruéis. Os criados contavam sobre vozes ásperas e gritos de dor. Machucados. Sangue. Descanso na cama por semanas após ele ir embora.

Amélia, então com sete anos de idade, permanecia em seu quarto, sozinha e amedrontada, quando seu pai estava em casa. Nenhuma governanta aguentava muito tempo com eles.

– Sim, você tem – Cecille sussurrou, com lábios pálidos e olhos avermelhados. – Quando eu me for, darei o que restar das minhas forças a você. Você irá me sentir, minha querida Maria, e também a seu pai. Nós daremos apoio.

Aquelas palavras foram seu único consolo nos anos seguintes.

– Ela está morta? – Welton perguntara com frieza quando Maria surgiu do quarto. Seus olhos verde-claros não mostravam nenhuma emoção.

– Sim – ela esperou com a respiração suspensa e as mãos trêmulas.

---

2   Mefistófeles é uma figura satânica. O termo era conhecido na Idade Média como uma das encarnações do mal. A personagem teria alianças com Lúcifer e Lucius, que, juntos, capturavam almas inocentes pelo canto e roubo de corpos humanos atraentes. Pode ser considerado, em muitas culturas, como sinônimo do próprio Diabo. (N.E.)

– Faça os procedimentos que desejar.

Assentindo, ela se virou, e o farfalhar de suas saias ecoaram alto no meio do silêncio sepulcral da casa.

– Maria – a voz lenta e suave flutuou ameaçadora até ela.

Ela parou e o encarou mais uma vez, estudando seu padrasto com um novo entendimento de sua maldade, observando os ombros largos, os quadris elegantes e as longas pernas que tantas mulheres achavam atraentes. Apesar da frieza dentro dele, seus olhos verdes, cabelos negros e sorriso libertino o tornavam o homem mais bonito que já conhecera. Era um presente do diabo por sua alma corrompida.

– Por favor, informe Amélia sobre o falecimento de Cecille. Estou atrasado e não tenho tempo.

Amélia.

Maria ficou devastada só de pensar na tarefa. Por conta da dor quase insuportável pela perda da mãe, ela quase desabou no chão aos pés do padrasto. Mas a força que sua mãe prometera firmou sua coluna e a fez erguer o queixo.

Welton riu diante de seu esforço para demonstrar resolução.

– Sabia que você seria perfeita. Valeria o trabalho que sua mãe me deu – Maria o observou enquanto ele se virava e descia as escadas, desconsiderando completamente a esposa.

O que poderia dizer à sua irmã para suavizar o golpe? Amélia não possuía nenhuma das lembranças felizes que sustentavam Maria. Agora a criança estava órfã, pois seu pai poderia muito bem estar morto, considerando a atenção que dedicava a ela.

– Olá, minha bonequinha – Maria sussurrou quando entrou no quarto da irmã, preparando-se para absorver o impacto do pequeno corpo que disparou em sua direção.

– Maria!

Abraçando a irmã com força, ela a conduziu para a cama coberta de seda azul-escuro que contrastava delicadamente com as paredes azul-claro. Embalou nos braços a criança que soluçava e chorou lágrimas silenciosas. Agora, tinham apenas uma à outra.

– O que faremos? – Amélia perguntou com a voz afetada.

– Iremos sobreviver – Maria sussurrou. – E ficaremos juntas. Irei protegê-la. Nunca duvide disso.

Adormeceram e, quando Maria acordou, Amélia já não estava mais lá. E sua vida mudou para sempre.

Repentinamente ansiosa para ser produtiva de alguma forma, Maria se levantou. Abriu a cortina e alcançou a galeria. Os dois seguranças que estavam de prontidão logo se apresentaram.

– Minha carruagem – ela disse para um deles, que se saiu apressado.

Então, algo esbarrou nela por trás sem muita delicadeza e, quando cambaleou, foi amparada por um corpo forte.

– Me perdoe – murmurou uma voz deliciosamente rouca, tão perto de seu ouvido que ela sentiu a vibração de cada palavra.

O som a paralisou e sequestrou todo o ar de seus pulmões. Ela permaneceu parada, e seus sentidos dispararam com uma apuração muito maior do que de costume. Uma após outra, as impressões a bombardearam – um peito duro contra suas costas, um braço firme envolvendo seu corpo debaixo dos seios, uma mão em sua cintura, e o rico aroma cítrico misturado com virilidade masculina. Ele não a soltou; em vez disso, apertou-a mais.

– Me solte – ela disse, em um tom de voz baixo e direto.

– Quando estiver pronto, eu soltarei.

Sua mão subiu e segurou a garganta dela, e seu toque aqueceu os rubis que circulavam o pescoço. Dedos calejados tocaram seu pulso, acariciando, acelerando a pulsação. Ele se movia com confiança total, sem hesitar, como se possuísse o direito de agarrá-la onde e quando escolhesse, mesmo em locais públicos. No entanto, ele também era inegavelmente gentil. Apesar da possessão de seu gesto, Maria poderia se contorcer e se livrar, mas uma repentina fraqueza em seus membros a impedia de se mover.

O olhar dela pousou no segurança ainda de pé em frente à galeria, ordenando em silêncio que a ajudasse de alguma forma. Os olhos arregalados do criado estavam grudados acima da cabeça dela, e sua garganta trabalhava com dificuldade para engolir a seco. E então, ele desviou os olhos.

Maria suspirou. Pelo visto, ela teria que salvar a si própria.

Outra vez.

Sua próxima ação foi estimulada tanto por instinto quanto por premeditação. Ela moveu a mão, pousando sobre o pulso dele, permitindo que sentisse a ponta afiada da lâmina que carregava escondida no anel. O homem congelou. E depois riu.

— Eu realmente adoro uma surpresa.

— Não posso dizer o mesmo.

— Está com medo? – ele perguntou.

— De sangue no meu vestido? Sim – ela retrucou. – É um dos meus favoritos.

— Ah, mas então iria combinar melhor com o sangue em suas mãos – ele fez uma pausa, passando a língua no exterior da orelha dela, provocando um calafrio em sua pele corada – e nas minhas.

— Quem é você?

— Sou aquilo que você precisa.

Maria inspirou fundo, pressionando os peitos apertados pelo espartilho contra um braço inflexível. Perguntas circulavam em sua mente mais rápido do que podia contar.

— Já tenho tudo que preciso.

Quando a soltou, seu capturador permitiu que a ponta dos dedos raspasse a pele nua abaixo do pescoço dela. Maria sentiu mais calafrios se espalharem.

— Se descobrir que está errada, venha me procurar.

Ele deu um passo para trás e ela girou em um farfalhar de saias para encará-lo.

Maria escondeu com maestria o quanto ficou surpresa. Os retratos falados dos jornais não faziam justiça. Cabelos dourados, pele morena e brilhantes olhos azuis enriqueciam feições tão suaves que eram quase angelicais. Os lábios, embora finos, pareciam lindamente esculpidos por mãos habilidosas. Toda a soma de sua aparência era tão impressionante que a desarmou. Fazia você querer confiar nele, algo que a fria determinação em seu olhar dizia a ela que seria um erro.

Enquanto o estudava, Maria notou a atenção que eles estavam atraindo dos outros espectadores na galeria, mas ela não podia desviar os olhos nem por um segundo sequer. Sua atenção estava capturada pelo homem que se mantinha confiante à sua frente, demonstrando tamanha arrogância.

— St. John.

Mostrando a perna em uma elegante reverência, ele sorriu, mas a afeição não chegou aos olhos — olhos gloriosos que se mostravam ainda mais intensos com as olheiras que os circulavam. Ele não era um homem que dormia muito ou bem.

— Estou lisonjeado por ter me reconhecido.

— Diga o que é que eu supostamente não tenho.

— Talvez aquilo que seus homens estão procurando.

Maria não conseguiu conter sua surpresa.

— O que você sabe?

— Coisas demais — ele disse com suavidade. Seus lábios sensuais se curvaram e capturaram a atenção dela. — Mesmo assim, não o bastante. Juntos, talvez, nós possamos alcançar nossos objetivos.

— E qual é o seu objetivo?

Como ele poderia abordá-la logo depois de Welton? Com certeza não poderia ser coincidência.

— Vingança — ele disse, pronunciando a palavra tão casualmente que Maria se perguntou se St. John seria tão indiferente a emoções quanto ela. Teria que ser, considerando sua vida no crime. Sem remorsos, sem arrependimentos, sem consciência. — A agência já se intrometeu demais em minha vida.

— Não sei do que você está falando.

— Não? É uma pena — ele deu um passo ao seu redor, se aproximando ao se mover. — Estarei disponível, se você descobrir.

Por um momento, ela se recusou a virar-se e apenas assistiu enquanto ele se retirava. Mas foi apenas por um momento, e então ela o analisou avidamente. Começando por sua altura e largura dos ombros, passando por sua figura coberta de cetim e chegando até os sapatos, ela não perdeu nenhum detalhe. Vestido como estava, ele não se perdia no meio da multidão que preenchia a galeria. Seu casaco amarelo-claro se destacava das cores lúgubres dos outros espectadores no teatro. Ela o considerou como um deus do sol, uma presença brilhante e arrebatadora. Sua passada casual não escondia seu perigo inerente, um fato notado pelas pessoas que logo abriam passagem.

Agora ela entendia seu apelo.

Maria olhou para o segurança.

– Venha comigo.

– Milady – ele respondeu com melancolia e a seguiu. – Por favor, me perdoe – o rapaz estava branco. Seu cabelo negro caía sobre a testa, emoldurando feições imaturas. Não fosse pela farda que usava, sua juventude ficaria ainda mais aparente.

– Pelo quê? – suas sobrancelhas se arquearam.

– Eu... eu não a ajudei.

Maria relaxou a postura. Estendendo o braço, ela tocou seu ombro, causando um sobressalto no pobre rapaz.

– Não estou brava com você. Você ficou com medo, uma emoção com a qual eu simpatizo.

– De verdade?

Ela suspirou e apertou o ombro gentilmente antes de soltá-lo.

– De verdade.

O sorriso grato que ele ofereceu fez seu coração se apertar. Alguma vez já foi tão... *aberta*? Às vezes sentia-se tão desconectada do mundo.

Vingança. Esse objetivo era tudo que ela tinha. Maria sentia o gosto todas as manhãs na hora do café e escovava os dentes com isso à noite. A necessidade de retribuição era a força que bombeava o sangue em suas veias e enchia seus pulmões de ar.

E Christopher St. John poderia ser o meio com o qual ela alcançaria sua vingança.

Alguns momentos atrás, ele era uma tarefa para ser completada o mais rápido possível. Agora, as possibilidades eram mais do que intrigantes; eram sedutoras. Seria preciso um planejamento cuidadoso de sua parte para utilizá-las com St. John de um modo eficaz, mas não tinha dúvidas de que conseguiria.

Pela primeira vez em muito tempo, Maria sorriu.

Christopher assoviava enquanto andava entre a multidão, sentindo o olhar de Lady Winter o seguindo. Ele não esperava falar com ela. Queria apenas vê-la de perto e notar o quanto se protegia. Foi um acaso maravilhoso que ela escolhesse justo aquele momento para sair do camarote. Não apenas se conheceram, mas ele a tocou, a manteve nos braços e sentiu o cheiro de sua pele.

Agora não temia mais por tédio na cama, não após sentir a ponta da lâmina oculta. Mas, além disso, sentiu que despertou mais do que seu interesse carnal. Ela era mais jovem do que imaginara, sua pele debaixo da maquiagem, as feições não maculadas pelo tempo e os adoráveis olhos negros mostravam traços tanto de desconfiança quanto de curiosidade. Lady Winter ainda não estava completamente perdida. Como isso era possível, quando todos consideravam que ela matara ao menos dois homens?

Christopher pretendia descobrir. A agência a queria mais do que queria a ele. Apenas esse fato já era o bastante para o intrigar muito.

Quando saiu do teatro, Christopher notou a carruagem negra que carregava o brasão dos Winter. Parou ao seu lado. Com um gesto discreto, ele esperou para ouvir a resposta indicando que sua ordem foi vista por ao menos um de seus homens posicionados na área. O cocheiro seria seguido até que ele indicasse o contrário. Para onde a bela mulher fosse, ele ficaria sabendo.

– Eu estarei na festa dos Harwick neste fim de semana – ele disse ao cocheiro, que o encarou com olhos arregalados e o corpo rígido. – Certifique-se que Lady Winter saiba disso.

Quando o homem assentiu energicamente, Christopher sorriu com grande satisfação.

Pela primeira vez em muito tempo, ele tinha algo com que se animar.

CAPÍTULO 2

— Existe a possibilidade de que ela tenha sido vendida para mercadores de escravos.

Maria parou de andar de um lado a outro da lareira para encarar duramente seu investigador e antigo amante. O irlandês Simon Quinn vestia apenas um roupão colorido, deixando a garganta morena e o peitoral expostos. Seus olhos, de um azul cativante, contrastavam com sua pele escura e seus cabelos negros. Era uma coloração irlandesa. O completo oposto do platinado St. John, muitos anos mais jovem mas também muitíssimo bonito.

Com exceção de sua sexualidade inata, Simon não mostrava nenhum traço ameaçador. Apenas o jeito intenso com que estudava seus arredores denunciava seu modo de vida arriscado. Durante sua parceria, ele infringira quase todas as leis possíveis.

Assim como ela.

— Estranho você dizer isso hoje — ela murmurou. — Welton disse o mesmo.

— Então, isso com certeza não cheira bem, não é mesmo? — ele perguntou, com sua voz aveludada.

— Não posso fazer nada apenas com conjecturas, Simon. Encontre uma prova. Depois poderemos matar Welton e seguir com a busca.

Atrás dela, o fogo da lareira logo aqueceu seu vestido e suas pernas até uma temperatura agradável, mas por dentro ela estava congelada de terror. Os pensamentos que encheram sua mente a deixaram enjoada. Como poderia encontrar Amélia se ela estivesse perdida pelo mundo?

Simon levantou uma sobrancelha.

– Levar as buscas para além das costas inglesas diminuiria muito as chances de sucesso.

Apanhando uma taça em cima da lareira, Maria bebeu o licor para fortalecer o espírito. Seu olhar percorreu a sala, mais uma vez encontrando conforto nos painéis de madeira envelhecida e nas cortinas verde-escuro. Era um escritório muito masculino, um efeito que servia a dois propósitos. Primeiro, estabelecia um clima sóbrio que desencorajava qualquer conversa barata. Segundo, dava a ela uma sensação de controle da qual precisava desesperadamente. Por muitas vezes se sentiu como uma marionete presa às cordas de Welton, mas ali era ela quem estava no comando.

Maria encolheu os ombros e voltou a andar, agitada, com o vestido preto se enrolando nos calcanhares.

– Você fala como se eu tivesse alguma outra coisa pela qual dedicar minha vida.

– Com certeza você deve ter algum objetivo que deseja conquistar – ele se levantou, impondo sua altura sobre ela como a maioria das pessoas fazia. – Algo mais prazeroso do que a morte.

– Não consigo pensar em nenhum futuro que não seja encontrar Amélia.

– Mas poderia. Desejar coisas melhores não deixará você mais fraca.

O olhar cerrado que Maria lançou era frio o bastante para desencorajar a maioria das pessoas. Porém, Simon simplesmente riu. Ele já havia compartilhado sua cama, e com isso, também vieram os inevitáveis desentendimentos domésticos.

Maria suspirou, agora olhando para o retrato de seu primeiro marido pendurado na parede. As pinceladas criaram uma imagem de um homem corpulento, com bochechas rosadas e brilhantes olhos verdes.

– Sinto falta de Dayton – ela confessou, diminuindo as passadas nervosas – e o apoio que ele me dava.

O Conde de Dayton a salvou da ruína total. Enxergando além do exterior de Welton, o bondoso viúvo a resgatara, pagando um preço alto para tomar como segunda esposa uma garota jovem o bastante para ser sua neta. Sob sua tutela, Maria aprendeu tudo que precisava para sobreviver. Aprender sobre armas e como usá-las foram apenas duas das muitas lições.

— Vamos nos certificar de que ela será vingada — Simon murmurou. — Isso eu prometo.

Alongando os ombros em uma vã tentativa de aliviar a tensão, Maria andou até a escrivaninha e desabou na cadeira.

— E quanto a St. John? Ele pode ter alguma utilidade para mim?

— É claro. Com o que sabe, ele poderia ser útil para qualquer pessoa. Mas deve ganhar algo com isso. Ele não é conhecido por sua caridade.

Ela envolveu os braços da cadeira com os dedos.

— Não pode ser sexo. Um homem com aquela aparência deve ter todas as mulheres que deseja.

— É verdade. É um homem que vive em excesso.

Dirigindo-se até a estante, Simon serviu-se de licor e encostou a cintura contra a parede. Embora exibisse indiferença, ele nunca baixava a guarda, nem por um momento. Maria sabia e era grata por isso.

— Posso apenas imaginar que seu interesse foi despertado pelas mortes dos seus maridos e suas relações com a agência.

Ela assentiu, pensando o mesmo. A única motivação que podia conceber para St. John se aproximar dela era seu desejo de usá-la como Welton fazia: para uma missão desagradável onde os apelos femininos seriam necessários. Mas ele sem dúvida conhecia outras mulheres que poderiam fazer o trabalho com a mesma eficiência.

— Como ele foi capturado? Após todos esses anos, não posso deixar de imaginar qual erro ele cometeu.

— Até onde sei, ele não cometeu nenhum erro. A agência encontrou um informante disposto a denunciá-lo.

— Um informante de boa-fé? — ela perguntou suavemente, lembrando-se dos breves momentos que passou com o criminoso. Ele era muito confiante como apenas um homem sem medo pode ser. Também era um homem que não se deveria trair. — Ou um simples informante que cedeu à coerção?

— Provavelmente o último. Tentarei descobrir.

– Sim, faça isso – Maria percorreu com o dedo o canto de uma folha de papel sobre a escrivaninha. Seu olhar pousou no líquido âmbar na mão de Simon, depois subiu, notando seus ombros largos e braços poderosos.

– Gostaria de ser mais útil a você – havia sinceridade na voz dele.

– Você conhece alguma mulher que podemos confiar para seduzir Welton?

Ele parou com a taça na frente dos lábios e um pequeno sorriso transformou suas feições.

– Meu Deus, você é incrível. Dayton a ensinou bem.

– Podemos ter esperança, não é? Welton possui uma preferência por loiras.

Se ao menos sua mãe soubesse disso.

– Encontrarei uma mulher adequada o mais cedo possível.

Maria deixou a cabeça cair para trás e fechou os olhos.

– *Mhuirnín?*[3]

– Sim? – ela ouviu a taça ser colocada sobre a estante, seguida dos sons dos passos confiantes de Simon. Isso a fez suspirar, cheia de uma sensação de conforto que tentava negar a si mesma.

– Hora de ir para a cama – sua grande mão cobriu a dela, curvada sobre o braço da cadeira, e o rico aroma de sua pele invadiu o nariz dela. Sândalo. Puro Simon.

– Ainda há muita coisa para considerar – ela protestou, abrindo os olhos apenas o suficiente para enxergá-lo.

– Seja lá o que for, pode esperar até amanhã – ele a puxou, e quando Maria cambaleou, Simon a envolveu em um abraço quente. – Você sabe que eu não vou desistir até você me obedecer.

O corpo dela quis se derreter contra o dele, mas Maria fechou os olhos com força para lutar contra o desejo.

Ela não se esquecia da sensação do corpo de Simon se movendo por cima e para dentro dela. Foi uma parceria à qual precisou pôr um fim há mais de um ano. Quando o toque dele começou a significar mais do que mero conforto físico, Maria terminou o romance. Ela não podia se dar ao luxo de se tornar complacente ou de sentir contentamento. Mesmo assim, Simon permaneceu em sua casa. Ela se recusava a amá-lo, mas

---

3 *Mhuirnín* é um termo da língua gaélica e significa "minha querida". (N.T.)

também não poderia mandá-lo embora. Maria o adorava e era grata por sua amizade e seu conhecimento das entranhas da sociedade.

– Conheço suas regras – as mãos dele embalaram suas costas.

Maria sabia que, embora as conhecesse, ele não gostava das regras. Seu interesse carnal nunca diminuiu. Ela podia senti-lo mesmo agora, duro, pressionado contra sua barriga. Era o apetite de um jovem.

– Se eu fosse uma pessoa melhor, faria com que você fosse embora.

Simon suspirou em seus cabelos e a puxou para ainda mais perto.

– Você não aprendeu nada sobre mim nos anos em que estivemos juntos? Você não conseguiria me mandar embora. Eu devo minha vida a você.

– Você está exagerando – ela disse, lembrando-se da primeira vez em que o viu, em um beco, sozinho contra uma dúzia de oponentes. Ele se defendeu com uma ferocidade que a amedrontou e a excitou ao mesmo tempo. Maria quase o ignorou naquela noite, pois seguia uma pista sobre Amélia que parecia mais promissora do que a maioria. Mas sua consciência não a permitiu ignorar a luta desequilibrada.

Brandindo espada e pistola, e diante de vários homens, ela conseguiu ser suficientemente intimidadora para afastar os agressores. Enfraquecido e sangrando, Simon mesmo assim a censurou. Não precisava ser resgatado, foi o que dissera.

Depois, desabou a seus pés.

Sua intenção original era apenas limpá-lo e acalmar sua consciência. Mas, então, ele surgiu do banho como uma criatura viril e arrebatadora. Foi assim que o acolheu.

Simon deu um passo para trás, curvando a boca em um sorriso malicioso, como se soubesse o que ela estava pensando.

– Eu enfrentaria outra dúzia de homens, até centenas, se isso me levasse de novo para sua cama.

Maria sacudiu a cabeça.

– Você é incorrigível e se excita demais.

– É impossível se excitar demais – ele disse com uma risada em sua voz, conduzindo-a para a porta com a mão em suas costas. – Você não irá me impedir de colocar você para dormir. Você precisa de descanso e bons sonhos.

— E *você* não aprendeu nada sobre *mim*? – ela perguntou quando saíram pelo corredor e começaram a subir as escadas. – Prefiro não sonhar, pois acordar depois se torna algo deprimente.

— Chegará o dia em que tudo ficará bem – ele disse em um tom de voz grave e tranquilizador. – Eu prometo.

Ela bocejou e depois ofegou quando foi carregada por braços poderosos. Em questão de segundos, foi posta na cama com um rápido beijo de boa-noite em sua testa. Quando Simon se retirou, o suave clique da porta anexa permitiu que relaxasse.

Mas foi outro par de olhos azuis que a acompanhou até o sono chegar.

— Boa noite, senhor.

Christopher assentiu para seu mordomo. Na sala à esquerda, gargalhadas escapavam pelas portas duplas preenchendo a entrada onde ele estava.

— Envie Philip diretamente para mim – ele ordenou com suavidade, entregando as luvas e o chapéu.

— Sim, senhor.

Cruzando a sala até a escadaria, ele passou pelo alegre grupo de homens e suas companheiras. Eles o chamaram, e St. John parou por um momento, olhando para as pessoas que considerava sua família. Estavam celebrando sua libertação – *a sorte do diabo*, eles diziam – mas o trabalho o esperava. Havia muito que ele precisava averiguar e concluir se quisesse manter sua atual liberdade.

— Aproveitem a noite – ele disse antes de começar a subir as escadas sob os protestos que o seguiram até o segundo andar.

Chegou ao seu quarto e, com a ajuda de um criado, começou a se despir. Estava tirando seu casaco quando o jovem que havia mandado chamar bateu na porta de leve e entrou.

— O que você descobriu? – Christopher perguntou sem demora.

— Só o que poderia no espaço de um dia – Philip ajeitou o colarinho e começou a andar agitado, seu casaco e calça verde-claros contrastavam com a estampa de couro que cobria as paredes.

– Quantas vezes precisarei alertar sobre seu nervosismo? – Christopher disse. – Isso denuncia uma fraqueza que implora para ser explorada.

– Perdão – o jovem ajeitou os óculos e tossiu.

– Não precisa pedir desculpas. Apenas corrija isso. Mantenha a postura reta, não se acanhe, e olhe em meus olhos como se fosse meu semelhante.

– Mas não sou seu semelhante! – Philip protestou, parando de repente e, por um momento, parecendo como o garoto de cinco anos que fora deixado na porta de Christopher, órfão, espancado e desamparado.

– Não, você não é – Christopher concordou, movendo-se para facilitar a retirada das roupas –, mas você precisa tentar me encarar como se fosse. Aqui e no resto do mundo, respeito é uma coisa que você conquista. Ninguém vai simplesmente respeitar você por ser uma pessoa agradável e meticulosa. Na verdade, muitos idiotas já conquistaram o sucesso apenas agindo como se estivessem em seu direito.

– Sim, senhor – Philip endireitou os ombros e ergueu o queixo.

Christopher sorriu. O garoto ainda se tornaria um homem algum dia. Um homem que ficaria de pé e sobreviveria ao pior que a vida trouxesse.

– Excelente. Agora, conte tudo.

– Lady Winter tem vinte e seis anos, duas vezes viúva, e cada marido não sobreviveu mais do que dois anos em sua cama.

Sacudindo a cabeça, Christopher disse:

– Que tal começar com algo que eu não saiba e continuar nessa mesma linha?

Philip corou.

– Não se envergonhe. Apenas lembre-se de que o tempo é valioso e você quer que os outros considerem o seu tempo de igual valor. Sempre comece com a informação mais provável de despertar interesse. Depois prossiga com o resto.

Respirando fundo, Philip falou de uma vez:

– Ela possui um amante que mora em sua casa.

– Humm... – Christopher parou, perdido em visões de uma Lady Winter saciada após uma noite passional. Foi o puxão do criado em sua cintura que o tirou da fantasia. Abrindo a braguilha da calça, ele limpou a garganta e disse: – É disso que estou falando.

– Ah, ótimo! Não consegui descobrir muito além de que é descendente de irlandeses, mas posso dizer que ele é membro da criadagem desde que Lorde Winter faleceu, há dois anos.

Dois anos.

– Além disso, achei algo curioso sobre sua relação com seu padrasto, Lorde Welton.

– Curioso?

– Sim, o criado com quem falei mencionou suas visitas frequentes. Achei isso estranho.

– Talvez porque sua própria relação com o padrasto foi menos do que satisfatória?

– Talvez.

Christopher enfiou os braços nas mangas do roupão que o criado segurava na sua frente.

– Thompson, traga Beth e Angélica para mim.

O criado fez uma rápida reverência antes de obedecer, e Christopher deixou o quarto de vestir e se dirigiu para a área de estar.

– O que sabemos sobre suas finanças? – ele disse, sobre os ombros.

– No momento, não muito – Philip respondeu, seguindo-o –, mas isso mudará pela manhã. Ela parece rica, então estou curioso para descobrir por que ela sente a necessidade de adquirir dinheiro de um jeito tão cruel.

– E você chegou à conclusão de sua culpa baseado em evidências suficientes?

– Ah... não.

– Não posso fazer nada com conjecturas, Philip. Encontre provas.

– Sim, senhor.

Dois anos. O que provava que ela era capaz de sentir algo. Uma mulher não compartilha as delícias de seu corpo com um homem por esse período de tempo sem gostar dele ao menos um pouco.

– Fale sobre Welton.

– Ele é um libertino que passa a maior parte de seu tempo correndo atrás de apostas e prostitutas.

– Locais preferidos?

– Os bordéis White e Bernadette.

– Preferências?

– Jogos de azar e loiras.

– Muito bem – Christopher sorriu. – Estou satisfeito com o que você descobriu em apenas algumas horas.

– Sua vida depende disso – Philip simplesmente disse. – Se eu fosse você, teria enviado alguém com mais experiência.

– Você já está pronto.

– Isso é discutível, mas de qualquer modo, eu agradeço.

Aproximando-se da fileira de garrafas em cima da mesa de nogueira, Christopher dispensou o comentário antes de servir um copo d'água.

– Que utilidade você teria para mim se continuasse inexperiente?

– Sim, exploração era seu único objetivo – Philip disse seco conforme encostou-se na lareira. – Deus me livre que meu bem-estar seja resultado de um ataque momentâneo de generosidade. Um ataque recorrente, eu devo mencionar, como todos debaixo deste teto já se depararam em algum momento.

Christopher riu e tomou a água.

– Por favor, não espalhe essas calúnias sobre mim por aí.

Phillip teve a ousadia de revirar os olhos.

– Você ganhou sua reputação temível com muito esforço e já a provou muitas vezes. Abrigar em seu teto os rejeitados do mundo não fará emergir navios afundados, devolver mercadorias roubadas, ou revitalizar aqueles que foram tolos para cruzar seu caminho. Você não tem com o que se preocupar. Minha gratidão eterna não diminuirá sua infâmia.

– Seu bastardo insolente.

O rapaz sorriu, e então o momento foi interrompido com uma batida na porta.

– Entre – Christopher disse, baixando de leve a cabeça e cumprimentando uma loira muito alta e uma morena pequena, mas voluptuosa. – Ah, ótimo. Preciso de vocês duas.

– Sentimos sua falta – Beth disse, jogando sedutoramente os cabelos para o lado. Angélica apenas piscou. Ela era a mais quieta das duas, exceto quando transava. Nessas horas, ela praguejava como o mais rude dos marinheiros.

– Se me permite perguntar – Philip começou, franzindo o rosto –, como você sabia que Welton não preferiria mulheres ruivas, por exemplo?

– Como você sabe que elas não estão aqui para mim? – Christopher retrucou.

– Porque estou aqui e você está focado. Você nunca mistura negócios e prazer.

– Talvez prazer seja o negócio, meu jovem Philip.

Philip cerrou os olhos cinzentos por trás dos óculos em um sinal físico de seu esforço mental. Foi essa tendência de analisar de modo racional tudo ao seu redor que primeiro capturou a atenção de Christopher. Uma mente brilhante não deveria ser desperdiçada.

Deixando o copo de lado, Christopher afundou-se na poltrona mais próxima.

– Senhoritas, eu tenho um pedido para vocês duas.

– O que você precisar – Angélica sussurrou –, nós faremos.

– Obrigado – ele respondeu graciosamente, sabendo que elas aceitariam qualquer coisa que pedisse. A lealdade era uma via de mão dupla em sua casa. Ele lutaria até a morte por qualquer pessoa sob sua proteção, e eles ofereciam a mesma cortesia em troca.

– Amanhã, o alfaiate irá medir vocês duas para costurar novos vestidos – o brilho voraz em seus olhos o fez sorrir. – Beth, você irá se tornar a confidente mais íntima de Lorde Welton.

A loira assentiu com um movimento que fez seus grandes seios balançarem debaixo da leve camisola azul.

– E quanto a mim? – Angélica perguntou, curvando sua boca vermelha com ansiedade.

– Você, minha beleza de olhos escuros, servirá como distração quando necessário.

Ele não estava certo se era o dinheiro de Lady Winter que cativava a atenção de seu amante ou sua beleza, ou os dois. Sem correr riscos, Christopher torcia para que as feições exóticas de Angélica e sua capacidade de fingir que era rica seriam suficientes para atrair seu rival para longe. Ela não era tão refinada quanto a Viúva Invernal, mas tinha muitas curvas e carregava as características das linhagens espanholas. Num quarto escuro, serviria.

Esfregando o leve corte deixado em seu pulso pela lâmina do anel de Lady Winter, Christopher sentiu desejo pela companhia da infame sedutora. Que bela mulher. Frágil na aparência e feroz no temperamento. Ele sabia, sem dúvida, que sua vida estava prestes a se tornar muito mais interessante. Era quase deprimente ter que esperar alguns dias antes que pudesse encontrá-la de novo.

Enquanto isso, seu apetite crescia com a falta de companhia feminina. Ficara preso por semanas. Com certeza, essa era a única razão para pensar na Viúva Invernal com um interesse carnal tão agressivo. Ela era uma missão a cumprir, nada mais.

Mesmo assim, quando fez um gesto dispensando seus visitantes, ele disse devagar:

– Menos você, Angélica. Quero que fique.

Ela lambeu os lábios.

– Tranque a porta, meu amor. Depois baixe o fogo das lamparinas.

Christopher suspirou quando a luz diminuiu. Não era Lady Winter. Mas, em um quarto escuro, serviria.

CAPÍTULO 3

— Posso dizer todas as coisas que adoro em você, *mhuirnín*?

Maria balançou a cabeça, curvando a boca em um leve sorriso. Simon estava no banco oposto ao dela, com sua grande figura lindamente emoldurada por cetim cor de creme bordado com flores douradas. Contra a paisagem de um lago sereno e um gramado verde, a cor singular de seus olhos azuis se destacava com um efeito arrebatador.

— Não? Certo. Que tal apenas uma? Eu adoro quando você inclina o queixo quando está usando sua fachada de Viúva Invernal. E a seda azul--gelo com renda branca é um golpe de mestre.

O sorriso dela aumentou. Maria estava nervosa, e Simon havia notado o quanto ela mexia em seu guarda-sol. Isso fez com que ele tentasse aliviar sua inquietude. Atrás dela, o imponente edifício de pedra, que era a casa do Conde e da Condessa de Harwick, seria o teto sob o qual ela passaria os próximos três dias.

— É o que esperam de mim, Simon, meu querido. Não podemos desapontar nossos hóspedes.

— É claro que não. Eu também acho suas feições adoráveis desse jeito. Então, o que a infame viúva está planejando para a festa deste fim de semana?

— Ainda é cedo para dizer — ela murmurou, passando o olhar sobre os convidados. Alguns sentavam em bancos iguais ao dela, as mulheres lendo ou costurando, os homens de pé espalhados pelo gramado. – Um pouco de caos, talvez? Uma pitada de intriga?

– Um pouco de sexo?

– Simon – ela advertiu.

Ele ergueu a mão defensivamente, mas seus olhos tinham um brilho travesso.

– Com outra pessoa. Embora eu espere que você tenha o bom-senso de escolher outra pessoa que não seja St. John.

– É mesmo? Por que pensa assim?

– Porque ele é um ordinário, *mhuirnín*. Podre até, ao contrário de você. Eu também não deveria ter te tocado. Você é boa demais para tipos como eu, mas até mesmo eu sou uma pessoa melhor do que ele.

Maria olhou para seu colo e para a mão enluvada que descansava ali. Por que Simon não conseguia enxergar as manchas das transgressões dela?

Ele estendeu o braço e apertou seus dedos.

– O sangue que você busca está nas mãos de Welton.

– Gostaria que isso fosse verdade.

– Mas é – Simon se recostou de novo no banco.

– Explique por que um criminoso seria convidado para uma festa aqui.

– Os rumores dizem que o futuro Lorde Harwick foi mutilado durante uma tentativa frustrada de sequestro. Dizem que seu pai procurou St. John para vingá-lo. Ele cuidou dos bandidos, e a gratidão de Harwick se manifesta em convites abertos para suas festas, entre outras coisas.

– É a barganha do diabo.

– Com certeza – Simon disse devagar. – Então, conte quais são seus planos e eu pensarei em um jeito de ajudá-la.

– Ainda existem muitas incertezas para eu enxergar um caminho claro. Por que St. John escolheu esta casa para nosso encontro? Por que não minha residência ou a dele? – Maria suspirou. – Se eu não estivesse tão desesperada, não jogaria o jogo dele.

– Você pensa melhor quando está sob pressão. Sempre foi assim.

– Obrigada – ela disse com sinceridade, confortando-se com a estima de Simon. – Agora eu apenas gostaria de ter uma conversa privada com St. John. Espero que ele ao menos mostre como nossa parceria poderá beneficiá-lo. Baseada nisso, eu poderei prosseguir.

– Bom, quanto a isso eu posso ajudar com facilidade. Ele entrou naquele caminho atrás de você apenas um momento antes. Acho que Lady Harwick mencionou um panteão naquela direção. Se quiser seguir até lá, eu me certificarei de que vocês não serão interrompidos.

– Simon, você é uma benção.

– Que bom que você notou – ele sorriu. – Você está armada o suficiente? Ela assentiu.

– Bom. Vejo você daqui a pouco.

Maria levantou-se sem pressa, movimentando-se de modo distraído ao colocar o guarda-sol no ombro e começar a andar. Olhou disfarçadamente para trás e viu Simon interceptando um casal que se dirigia para o mesmo caminho de cascalho em que ela estava. Segura, sabendo que ele lidaria com elegância com o que fosse preciso, ela se concentrou na tarefa adiante.

Ao virar a esquina, Maria acelerou os passos, abandonando a aparência desinteressada. Observou vários pontos de referência para manter a calma – uma pirâmide aqui, uma estátua ali. Alguns momentos depois, avistou o panteão e abandonou a trilha, fechando o guarda-sol antes de entrar pela vegetação que envolvia o local. Ela circulou a pequena construção, olhando entre os pilares para o interior e depois olhando pela porta dos fundos.

– Procurando por mim?

Ela girou e encontrou St. John encostado casualmente numa árvore que ela havia cruzado segundos atrás. Vendo a curva arrogante em seus lábios, Maria logo se recompôs, removendo todos os traços de surpresa de seu rosto com um largo sorriso.

– Na verdade, não.

O efeito foi o esperado. O sorriso dele diminuiu, o brilho presunçoso em seus olhos se transformou em um olhar de atenção. Maria aproveitou o momento para estudá-lo sob a luz do sol, sua primeira visão clara dele. Seu corpo obviamente poderoso estava coberto em veludo azul-escuro que combinava com seus olhos e destacava os cabelos dourados arrumados com cuidado. Os olhos não tinham a mesma claridade dos de Simon, mas um tom mais escuro e profundo. Formavam um conjunto impressionante com a beleza sem igual de seu rosto.

– Eu não acredito em você – ele a desafiou com aquela deliciosa voz rouca que se movia como seda áspera sobre a pele dela.

– Não me importo.

St. John tinha o rosto de um anjo, um homem tão bonito que parecia quase irreal. Ver aqueles olhos e ouvir aquela voz masculina podia fazer o cérebro de uma mulher entrar em parafuso.

E, sem dúvida, ele era um homem, independente de toda aquela perfeição.

Meias brancas agarravam com firmeza panturrilhas musculosas, e ela não deixou de pensar quais atividades ele faria para ter a boa forma de um trabalhador. Uma forma que ela admirava em Simon, porém ainda mais em St. John, que não possuía a sensibilidade do outro homem.

– Então, por que você está perambulando pelo bosque? – ele perguntou.

– E por que *você* está? – ela retrucou.

– Eu sou um homem, eu não perambulo por aí.

– Muito menos eu.

– Isso eu notei – ele murmurou. – Você, minha Lady Winter, estava ocupada demais espionando.

– E o que chama aquilo que você está fazendo?

– Tenho um encontro marcado com uma dama – ele se afastou da árvore com um rápido e gracioso movimento e Maria resistiu ao impulso de dar um passo para trás.

– Por acaso ela é um pouco... gélida?

Seu andar era lento e deliberadamente sedutor. Ela o admirou enquanto se maravilhava com sua ousadia. Sentiu o estômago dar um nó, mas escondeu esse efeito que ele provocou nela.

– Fria o bastante para atrair homens que gostam de desafios. Mas eu acho que é apenas um frio de fachada.

Maria riu.

– E ela deu algum motivo para você duvidar?

St. John parou de repente na frente dela. Uma gentil brisa quente passou, carregando o leve aroma cítrico e de tabaco de que Maria se lembrava do primeiro encontro no teatro.

– Ela irá se encontrar aqui comigo. Sendo uma mulher inteligente, ela sabe o que acontecerá se vier atrás de mim.

– Você assegurou que eu viria – ela sussurrou, inclinando a cabeça para trás para que seus olhares permanecessem grudados. Tão próximos um do outro, ela notou as linhas que enquadravam sua boca e olhos, sinais de uma vida mais dura do que suas roupas imaculadas sugeriam. – Tenho certeza que percebeu que não vim sozinha.

Movendo-se tão rápido que a pegou desprevenida, St. John agarrou sua cintura e nuca nas mãos largas e a puxou contra seu corpo.

– Notei que você não está mais transando com ele.

Maria perdeu a fala por um momento com a ousadia do gesto e a grosseria das palavras. Mas logo se recuperou.

– Você está louco? – ela perguntou quase sem fôlego, respirando com dificuldade dentro da prisão de seu espartilho, deixando o guarda-sol cair no chão cheio de folhas.

O dia estava quente, mas não foi isso que enviou uma onda de calor percorrendo sua pele. Assim como aconteceu antes, terminações nervosas se acenderam dolorosamente com a sensação dos braços dele ao redor de seu corpo. As saias bagunçavam seu equilíbrio, seus peitos se tocavam, mas as várias camadas de tecido separavam suas coxas. Porém, isso não a impediu de perceber que ele estava excitado. Não precisava sentir seu pau para saber que estava ereto por causa dela. Podia ver em seus olhos.

E quando ele a beijou, Maria também pôde sentir o sabor de sua excitação.

Fechando os olhos, ela disse a si mesma para ignorar a sensação dos lábios dele. Suaves, com um resvalar da ponta da língua. Mas seu sabor – sombrio e perigoso – era delicioso, e então ela se permitiu aproveitar, abrindo-se para ele, e foi recompensada com seu leve gemido de aprovação.

Ele tomou a boca dela como se tivessem todo o tempo do mundo. Como se houvesse uma cama próxima e ele pudesse cumprir as promessas feitas por seu beijo. Havia algo sobre a maneira como ele a agarrava, com força e suavidade ao mesmo tempo, que a afetava profundamente. Ele tomou o que queria à força, mas com uma gentileza oposta à sua atitude.

Por longos momentos, Maria permitiu ser intoxicada por ele, deixando suas sensações entrarem em ebulição por trás de seus olhos fechados. O polegar dele circulou demoradamente sua nuca, em uma carícia rítmica que fez suas costas se arquearem e seus lábios tremerem. Suas mãos refletiam o estremecimento em seu estômago, forçando-a a se apoiar no casaco dele para esconder a reação.

Então, ela recobrou a razão e o roubou de suas ilusões.

Ele endureceu a postura no instante em que a ponta da lâmina pressionou sua coxa. Levantando a cabeça, ele suspirou.

— Lembre-me de desarmá-la da próxima vez que eu tentar seduzir você.

— Nada de sedução, Christopher.

Quando ele relaxou o abraço, Maria se afastou.

— Posso chamá-lo de Christopher? De fato, esse foi um dos melhores beijos que já tive. Talvez *o* melhor. Aquilo que você fez com a língua... Mas, infelizmente para você, eu tenho o hábito de saber as intenções de negócios de minhas parecerias antes de considerar as intenções de prazer.

Mais tarde, quando estivesse sozinha, ela se recompensaria por soar tão forte quando seus joelhos estavam tão fracos. No momento, precisava encarar o homem que era perigoso em muitos sentidos. — Diga o que você quer de mim.

Seu sorriso fácil e malicioso manteve o coração dela acelerado.

— Não está óbvio?

Talvez fosse a dificuldade de respirar que a impedia de pensar direito, mas, por mais que olhasse para a situação, Maria não conseguia compreender por que ele a afetava daquele jeito.

— A mulher com quem você veio pode aliviá-lo quanto a isso — ela o lembrou.

Ela já teve muitos amantes lindos, como Simon. Homens de cabelos negros eram seus preferidos. Não gostava de patifes, canalhas ou homens arrogantes demais. Não havia razão para ficar tão excitada com o criminoso diante dela.

— Tentei essa substituição na outra noite — a risada dele soava como um prazer. Diferente do seu sorriso, o dele era um hábito. — Adoro Angélica, mas infelizmente ela não é você.

A imagem que lhe veio à tona, da morena se contorcendo debaixo daquele deus dourado, fez Maria cerrar os dentes. Uma resposta boba, estúpida e sentimental que ela não queria sentir.

— Você tem um segundo para me dizer como eu me encaixo em seu plano de vingança — ela alertou.

– Direi a você quando estivermos na cama.

Suas sobrancelhas se ergueram.

– Você acha que vai conseguir extorquir sexo de mim? Quando é *você* quem precisa de ajuda, e não o contrário?

– Você deve precisar de mim para alguma coisa – Christopher disse lentamente –, ou não teria vindo até aqui.

– Talvez tenha sido por curiosidade – ela argumentou.

– Você possui investigadores para isso.

Maria respirou fundo e embainhou a lâmina em um bolso oculto no vestido.

– Chegamos a um impasse.

– Não. *Você* está em um impasse. *Eu* estou pronto para prosseguir com o sexo.

Um canto da boca dela se curvou em um sorriso irônico.

– Você sabe que sexo vem apenas depois de combinarmos o que podemos fazer um pelo outro, não é? Se é que haverá mesmo.

Christopher congelou, sentindo sua fascinação indesejada pela Viúva Invernal aumentando até níveis dolorosos. Fisicamente, ele estava encarando o exato oposto de si mesmo. Enquanto sua pele era alva, a dela era morena. Enquanto ele era alto, ela era miúda. Enquanto ele era musculoso, ela era macia e voluptuosa. Mas o cérebro dentro da cabeça dela era tão semelhante ao seu que mal podia acreditar. Ele sabia que Maria iria circular o panteão como uma caçadora buscando sua presa, pois era exatamente isso que ele próprio faria. E a adaga...

...bom, ele estaria preparado para aquilo se ela não tivesse se derretido em seus braços.

O que ele não sabia era que a agarraria. Mas quando ela jogou seu amante na cara dele – um homem que ele sabia que não estava mais esquentando sua cama só de observar sua postura juntos – St. John sentiu uma fúria irracional. Ele planejara manter uma conversa casual. Atraí-la para perto. Não assustá-la.

Mas era claro que ela não era uma mulher que se assustava com facilidade. Maria o encarava de volta com uma sobrancelha erguida em uma interrogação silenciosa.

– Seu tempo acabou.

Então ela apanhou o guarda-sol e começou a andar de volta para a mansão.

Ele ficou olhando enquanto Maria se afastava, tentando decidir se deveria impedi-la ou não. Mas seu andar era tão gracioso que acabou apenas aproveitando a visão. St. John se encostou em uma árvore até os tons de azul gélido desaparecerem no horizonte. O mero pensamento sobre a diversão que se anunciava fazia a espera por ela quase suportável.

Quase.

Maria voltou para a festa sem pressa nenhuma. Quando St. John não se esforçou para continuar a conversa, ela soube que ele não a seguiria.

Ele a abordou no teatro. Ela o abordou aqui. O próximo movimento era dele. Maria imaginava o que seria. Talvez ele queira esperar que a curiosidade supere sua força de vontade. Nesse caso, irá esperar por um longo tempo.

Quando virou a esquina, encontrou o olhar de Simon, que rapidamente se aproximou, agarrando seus cotovelos antes de a conduzir para o lago.

– E então? – ele perguntou.

– Ele quer sexo. É só o que sei.

Ele riu.

– Nós já sabíamos disso.

– Não sabíamos não!

– Certo. *Eu* sabia disso antes de você encontrá-lo – Simon suspirou e parou de repente. – Espero que o homem que enviei para trabalhar na casa de St. John nos traga alguma informação útil.

– Isso seria ótimo – ela concordou.

– Eu diria que o pirata é um maluco, mas isso não seria verdade. Ele é astuto e criativo, e claro que me levou em consideração.

– Do que você está falando? – inclinando a cabeça e o guarda-sol para trás, Maria olhou para ele, notando a maneira como fechou o rosto e contraiu o tronco.

– A acompanhante dele está aqui para me distrair. Ela deixou isso bem claro enquanto você esteve ausente.

– Humm – estranho como essa informação a fez sorrir.

– Você gosta dele! – Simon acusou.

– Gosto do jeito como ele pensa, meu amor – puxando seu braço, ela passou a conduzi-lo ao longo da margem do lago.

O olhar de Maria pousou nos patos que flutuavam serenamente debaixo do arco da passarela.

– Ele também é muito observador. Ele sabe que nós dois não compartilhamos mais uma cama.

– Podemos mudar isso com facilidade – ele murmurou.

Mesmo com um nó na garganta, ela engoliu com dificuldade e disse:

– Ou você pode aceitar a oferta da mulher e tentar descobrir mais coisas.

Ele parou mais uma vez e a encarou com indignação.

– Eu ouvi direito o que você disse?

– Você gosta dela. Posso ver isso em seus olhos.

– Eu gosto de *partes* dela – ele corrigiu. – Maldição, você não sente nada por mim? Como pode sugerir uma coisa assim sem nem piscar?

– Você não sabe que, se eu pudesse, manteria você só para mim? Se eu fosse uma mulher diferente, Simon Quinn, eu o prenderia em casa e você seria apenas meu. Mas eu não sou esse tipo de mulher, e você não é nenhum beato, então não me venha agir como se fosse a vítima e eu fosse a vilã. Esse título eu conquistei sozinha. Você não precisa incrementá-lo.

Maria se afastou.

– *Mhuirnín...* – ele a chamou.

Ela o ignorou.

– É você quem está fazendo uma cena – ele disse logo atrás dela.

Girando em uma onda de saias, Maria o fez dar um salto para trás.

– É para isso que estou aqui: escândalos e entretenimento.

– Ele a deixou corada – Simon sussurrou com seus olhos azuis arregalados. – Meu Deus, olhe para você.

– O que isso tem a ver com St. John?

– Eu gostaria de saber. Eu teria feito o mesmo há muito tempo, antes de você me afastar.

Ela soltou a respiração com força.

– Você não me ama desse jeito, não é?

– Eu amo você sim, *mhuirnín* – a boca de Simon se curvou em um triste sorriso. – Mas não, não *desse* jeito. Já estive perto, o mais perto que já cheguei de amar alguém.

A lágrima solitária que teimou em não cair foi sua resposta. Ela considerava que a promessa que um dia pairou sobre eles fosse mais uma vítima das maquinações de Welton. Ele pagaria também por essa morte.

– Eu não deveria ter sugerido que você se deitasse com aquela mulher. Não sei o que deu em mim para dizer isso.

– Eu também não sei – ele disse, apanhando de novo seu braço. – Você deveria me conhecer bem o bastante para adivinhar o acordo que eu fiz com ela para mais tarde.

– Para mais tarde... Oh! – Maria pisou no pé dele e Simon praguejou. – Então por que você me atormentou desse jeito?

– Sou um homem e tenho um orgulho masculino. Eu queria saber se você sentiria uma pontada de ciúme por pensar em mim com outra pessoa. Pois eu sinto isso em relação a você.

Ela poderia ter acreditado se ele não tivesse começado a rir.

Desta vez, quando se afastou, Maria não parou.

– Não aguento nem olhar para você agora.

– Você me adora – ele disse atrás dela. – Assim como eu adoro você.

Se cara feia matasse, o olhar que Maria jogou sobre o ombro seria suficiente.

Empanturrado com o jantar, Christopher encostou-se ao lado da janela do salão que tinha vista para a entrada da mansão. Ele não conseguia tirar os olhos da figura miúda, mas voluptuosa, envolvida em um tecido cintilante que tinha o exato tom de um pêssego maduro. As luzes dos candelabros iluminavam suavemente a curva dos peitos, causando rigidez em seu pau. Lady Winter o encarava de volta, petulante como só ela.

Sua pulsação martelava com a consciência de que ele a teria em breve. St. John desistira de tentar entender por que estava excitado de modo tão repentino por ela. Apenas estava, e precisava aliviar essa necessidade para que pudesse considerar adequadamente suas opções.

Ele sabia muito bem que sexo com ela não revelaria as respostas que precisava sobre Welton e as afiliações de seus maridos com a agência. Ela era parecida demais com ele. Uma série de orgasmos não provocaria nela um desejo de compartilhar seus segredos. E ele queria seus segredos. Precisava deles.

Os agentes que trabalhavam sob as ordens da Marinha Real de Sua Majestade eram um espinho em sua vida. Eles o seguiam incansavelmente, o espionavam com regularidade, e recuperavam mercadorias roubadas com frequência o bastante para se tornarem irritantes. A razão para Maria se casar com dois deles poderia ser apenas o dinheiro, mas também poderia estar relacionado à própria agência, e se fosse o caso, ele queria saber o motivo.

A casa de campo dos Harwick era perfeita de um jeito que poucos locais seriam. Primeiro, ele era bem-vindo aqui. Segundo, eles estavam forçados a compartilhar o mesmo teto. E por último, porém mais importante, a casa dela estava vazia, com exceção dos criados. Com um planejamento cuidadoso, um de seus homens poderia se infiltrar no meio da criadagem. Ela não conseguiria espirrar sem ele saber.

Christopher ergueu sua taça em um brinde silencioso e Maria mostrou um sorriso de mulher, cheio de mistério.

Ao vencedor, os espólios.

CAPÍTULO 4

– Recebi notícias de Templeton – Simon murmurou, pousando a mão nas costas de Maria. – Ele estará esperando no panteão às duas horas. Não poderei encontrá-lo, *mhuirnín*. Estarei ocupado.

– Eu irei, é claro. O que você acha que ele vai dizer?

Simon encolheu os ombros apenas para manter as aparências, mas seu olhar estava afiado como navalha.

– Imagino que seja alguma notícia importante sobre sua irmã. Ele não arriscaria vir até aqui sem um bom motivo.

– Você expandiu as buscas pelo litoral? – com um olhar disfarçado, ela analisou os muitos ocupantes do salão. No momento, St. John estava jogando seu charme para cima de Lady Harwick, mas Maria não tinha dúvidas sobre onde sua atenção de fato estava.

Ela podia sentir – era uma atenção quente e intensa.

– Sim. Por causa disso, nossos homens estão espalhados e longe uns dos outros.

– E o que mais posso fazer?

Ele suspirou e acariciou as costas dela. O toque mal era discernível debaixo das camadas de tecido, mas ela sabia muito bem que a carícia estava lá.

– Fique de olho. Templeton é um mercenário. Ele não se importa com você ou sua irmã, ele se importa apenas com o dinheiro.

– Eu sempre estou de olho, Simon.

Ela se virou levemente e o encarou. Ele era um homem lindo. Vestido com casaco de seda e colete de cetim cinzentos, não havia cores para competir com seu apelo masculino. Sem peruca e com os cabelos negros presos, seus olhos azuis capturaram a atenção dela. Estavam semiabertos e davam a impressão de tédio, mas, enquanto o encarava, seu olhar se tornava cada vez mais sombrio.

– Eu a dispensarei, *mhuirnín*, se desejar cumprir as promessas que seu olhar está fazendo.

– Todas as mulheres aqui estão admirando você. Eu não posso?

A boca dele se curvou com malícia. Simon era um homem incontrolável. Maria literalmente o tirou da sarjeta, e a sensação de que ele poderia matar e transar com igual perícia causava uma potente atração para a maioria das mulheres.

– Eu nunca neguei nada a você – Simon levou a mão dela até seus lábios. – E nunca negarei.

Ela sacudiu a cabeça com uma leve risada.

– Cuide-se, Simon, meu amor.

Fazendo uma reverência, ele disse:

– Sou, e sempre serei, seu criado.

Simon se retirou e, pouco tempo depois, a companheira de cabelos negros de St. John pediu licença e fez o mesmo. Sua excitação era palpável. Maria sabia por experiência própria que ela não ficaria desapontada.

Virando a cabeça, ela viu St. John se aproximar. Qualquer resquício de inquietude que sentiu por Simon desapareceu em um instante – todos os seus sentidos se focaram no homem cujo interesse provocava um nó em seu estômago. Ele se agigantou sobre ela, iluminado pelas velas ao redor. Seu colete creme era ricamente bordado e acentuava o verde-escuro de seu casaco. Diferente de Simon, suas vestes foram criadas para chamar atenção. Mais uma vez, Maria sentiu os olhares femininos recaírem para onde ela estava.

Ele apanhou sua mão, assim como Simon fizera, e a beijou, mas a reação de Maria foi muito diferente. Ela não sentiu pesar. De jeito nenhum.

– Eu farei você se esquecer dele – St. John sussurrou, com um olhar penetrante. Ele era tão rude como Simon, e não havia dúvida de que este homem não possuía escrúpulos sobre qualquer coisa, incluindo assassinatos.

Entretanto, sua conduta não era de uma sedução lânguida como a de Simon. Era descaradamente sexual. Ela sabia, como só uma mulher poderia saber, que St. John não era um homem propenso a rolar pela cama rindo e se divertindo. St. John era visceral demais para isso.

Ela ficou muito surpresa ao perceber que estava *atraída* pelo lado primitivo do pirata, principalmente depois de sofrer com o tratamento de Lorde Winter. E não estava apenas atraída, mas cheia dos desejos mais primordiais.

— Humm... — Maria livrou sua mão e desviou os olhos, fingindo uma indiferença que não sentia.

Ele se aproximou, exalando seu aroma pelo ar. Ela sentiu um leve toque resvalar em sua garganta.

— Minha linda enganadora. Seu coração está apertado. Posso ver em seus olhos.

De repente, naquele breve contato, ela se excitou por completo. Com olhos arregalados, Maria o encarou.

Seu olhar era sombrio e faminto. Territorial.

— Um toque inocente, porém capaz de fazer você me desejar. Imagine o efeito que terá quando eu estiver *dentro* de você.

Ela respirou fundo.

— Isso é tudo que você fará: imaginar — ficou admirada por conseguir manter a voz firme.

Ele exibiu um sorriso puramente masculino.

— Quero ouvir você dizer que não vamos terminar na cama — St. John baixou a voz e seus dedos roçaram outra vez o pescoço macio. — Diga, Maria. Eu adoro um desafio.

— Não terminarei em sua cama — os lábios dela se curvaram. — Prefiro muito mais transar na minha própria cama.

Maria percebeu que conseguiu surpreendê-lo e encantá-lo. Os olhos dele brilharam, e a risada que veio a seguir era genuína.

— Posso concordar com isso sem problemas.

— Mas não hoje — ela advertiu. Depois, se aproximou e disse, em um sussurro conspiratório. — Lady Smythe-Gleason tem cobiçado você a noite toda. Você deveria experimentar. Boa noite, Sr. St. John.

O pensamento de St. John com outra mulher a afetou de um jeito semelhante ao pensamento sobre Simon. Porém, escapar deste não era tão fácil...

St. John agarrou seu braço quando ela tentou se retirar. O calor que irradiou do toque era inegável. Também foi refletido no olhar dele.

– Como parte de nossa parceria inevitável, quero o uso privado do seu corpo. Em retorno, ofereço a você a mesma cortesia.

Maria piscou incrédula.

– Como é?

Christopher usou o polegar para acariciar com intimidade a dobra de seu cotovelo, escondido pelas inúmeras rendas brancas. A carícia enviou arrepios de seu braço até os seios, endurecendo seus mamilos. Maria ficou aliviada pela prisão de seu espartilho, que escondia o estado que ele provocou nela.

– Você me ouviu – ele disse.

– Por que eu aceitaria um acordo desses? Ou melhor, por que *você* aceitaria? – ela ergueu uma sobrancelha.

Ele devolveu o gesto.

Maria riu e tentou esconder o quão fascinada ficou pela ideia de possuir o corpo dele. St. John era selvagem, bruto, um lobo em pele de cordeiro.

– Você me diverte, Christopher.

– Diversão não é o que você está sentindo – ele se aproximou ainda mais, invadindo seu espaço pessoal. – Eu deixo você excitada, intrigada, e até mesmo assustada. Meu repertório de entretenimento carnal é quase infinito, como você verá em breve. Mas eu não a divirto. Isso requer um nível de frivolidade que eu nunca alcançarei.

Os lábios dela se separaram, ofegando levemente.

– Venha para meu quarto quando mudar de ideia – ele murmurou, dando um passo para trás. Maria conseguiu exibir um sorriso irônico e então pediu licença para se retirar. Ela sentiu o olhar dele queimando quando deixou a sala, e suas palavras a seguiram por muito tempo após se separarem.

Deixar a mansão sem ser vista foi ao mesmo tempo mais simples e mais difícil do que Maria esperava.

Por um lado, foi tão fácil quanto jogar sua perna sobre o parapeito da varanda. Por outro lado, precisou descer usando a treliça coberta de plantas trepadeiras. Com calças pretas feitas especialmente para ela, foi mais um inconveniente do que um desafio real. Mesmo assim, o método não era o mais adequado para cruzar a distância entre seu quarto e o chão. Ainda mais com um florete preso à cintura.

Saltou fazendo barulho suficiente para reforçar a cautela. Em meio às sombras, olhou ao redor e esperou alguns instantes. Quando estava certa de que ninguém estava vigiando as janelas em busca de invasores, Maria começou a se dirigir para o panteão.

A noite estava quieta e a brisa soprava, mas não estava frio. Era um cenário perfeito para um encontro de dois amantes sob o luar. Estar vestida de homem para se encontrar com um repulsivo habitante das ruas era apenas um fato de sua vida. Não havia espaço para perder tempo com felicidade e conforto. E de qualquer modo, não conseguiria aproveitá-los, sabendo que Amélia estava desaparecida, talvez amedrontada e sozinha.

Assim como fizera mais cedo, Maria se moveu de árvore em árvore, circulando o panteão, com olhos cerrados para enxergar no escuro da noite. A cobertura filtrava a luz da lua o suficiente para deixar o interior da estrutura escuro como o breu. Ela fez uma pausa e segurou a respiração. Os cabelos de sua nuca estavam eriçados, como um alerta de seus instintos.

Maria girou quando ouviu um graveto se quebrar atrás dela e desembainhou o florete depressa. Um homem estava de pé a alguns metros, observando-a com uma intensidade gélida que a deixou ainda mais alerta. Na escuridão, não conseguia enxergá-lo direito, mas ele era mais baixo que Simon ou Christopher, e tão magro que parecia até doente.

– Onde está Quinn? – ele perguntou.

– Você conversará comigo hoje – havia tanto perigo em sua voz quanto em sua lâmina.

Ele riu e se virou para ir embora.

– Quem você acha que faz seus pagamentos? – ela murmurou.

Templeton parou imediatamente. Um longo tempo passou, e ela quase podia ouvi-lo pensando, depois ele se virou de volta. Assoviou de leve, se encostou em uma árvore próxima e enfiou as mãos no bolso.

Maria abriu a boca para falar e então notou que os olhos dele estavam se movendo, como se tivesse enxergado algo atrás dela que estava fora de seu campo de visão. A preocupação dele a alertou para um movimento que percebeu com o canto do olho. De repente, ela pulou para trás evitando um golpe de florete de um segundo homem.

Maria se recuperou de imediato e defendeu o golpe seguinte; os dois floretes se encontraram em um choque de metal contra metal. Ela cerrou os dentes diante da visão do homem corpulento que a encarava. Ela era uma exímia espadachim, especialidade que conquistou a duras penas com a generosidade de Dayton. Mesmo assim, seu coração disparou.

Infelizmente, minha doce Maria, você viverá pela espada, ele disse certa vez. *Portanto, teremos que nos certificar que sua habilidade com uma lâmina seja inigualável.*

Como sentia falta dele!

Como sempre, a lembrança de sua perda acentuou seu foco e ela começou a lutar com tanto fervor que seu oponente, apesar do tamanho, praguejou e se afastou. O braço dela se movimentava e atacava com a rapidez de um relâmpago. Maria manteve uma posição que permitia ficar de olho em Templeton, que observava atentamente, enquanto ela golpeava e se defendia. Maria era pequena e ligeira, mas isso não impediu que a ponta de seu pé prendesse em uma raiz de árvore. Ela cambaleou soltando um grito de alarme, enxergando o brilho da vitória nos olhos do oponente quando ele apontou o florete para o golpe final.

– Cuidado agora – Templeton gritou.

Ela se jogou ao chão e rolou. O golpe descendente acertou a terra, enquanto o golpe ascendente de Maria acertou a coxa de seu agressor. Ele urrou de raiva, como um urso ferido, então um borrão branco acertou o homem em cheio no peito e o levou ao chão com um tombo brutal. Os dois corpos rolaram brevemente, um gemido dolorido foi ouvido, e então os dois homens pararam.

No final, foi a figura vestida de linho branco que se levantou, retirando a adaga que foi enterrada no peito do agressor.

O luar revelou cabelos dourados e uma rápida virada de cabeça revelou olhos insondáveis. Christopher St. John se dirigiu até Templeton, que estava paralisado no mesmo lugar.

– Você sabe quem eu sou? – ele perguntou em um falso tom calmo de voz.

– Sim. St. John – Templeton deu um passo para trás com cautela. – A dama não está ferida.

– Não graças a você – movendo-se tão rápido quanto antes, mais veloz que um piscar de olhos, St. John prendeu Templeton contra a árvore com sua adaga perfurando o ombro.

O que se seguiu foi agonizante de se presenciar. St. John falava com um tom de voz baixo, quase tranquilizador, enquanto torcia a lâmina no ferimento aberto e o homem se contorcia ofegando e soluçando suas respostas. Contra sua vontade, o olhar de Maria se movia de um lado a outro entre os ombros largos de Christopher e o homem morto a alguns metros dali. Ela lutou contra a náusea, repetindo uma prece familiar em sua cabeça que a absolvia de culpa lembrando-a do que era preciso fazer para preservar a si mesma. E Amélia.

A vida dele ou a minha. A vida dele ou a minha. A vida dele ou a minha.

Nunca funcionava de verdade, mas o que mais ela poderia fazer? Se pensasse demais no quanto já se afundara na lama, ela mergulharia em uma depressão que duraria semanas. Sabia disso por experiência.

– Limpe a área e a deixe exatamente como estava – St. John disse, afastando-se e observando o homem cair de joelhos. – Quando o sol nascer, este lugar deve parecer intocado e impecável, você está me entendendo?

– Quando eu trabalho, sou cuidadoso – Templeton disse quase sem voz.

Christopher voltou sua atenção para Maria, aproximando-se e agarrando seu cotovelo antes de arrastá-la dali.

– Eu preciso falar com ele – ela protestou.

– Uma governanta foi contratada e enviada para Dover.

Maria ficou tensa e, observador como era, Christopher não deixou de notar.

– Ele não disse nada mais além disso – assegurou. Apesar da voz calma, havia um toque de perigo debaixo de sua fachada. – Imagino que você mantém em segredo sua necessidade dessa informação. É melhor manter as razões de sua busca um mistério. Assim, ele não terá nada para tentar uma extorsão.

– Não sou idiota – ela jogou um olhar de soslaio que arrepiou os cabelos de sua nuca. – E a situação estava totalmente sob controle.

– Eu não diria "totalmente", mas concordo, você estava se saindo muito bem sem minha intervenção. Considere minha intromissão um ato de cavalheirismo.

Embora não tenha respondido nada em voz alta, Maria sentira alívio por sua aparição e um relaxamento que não esperava. A princípio, não conseguiu entender essa nova estima que sentia por ele. Mas então percebeu, com grande surpresa, que foi a primeira vez desde Dayton que alguém a salvou.

– Por que você estava lá? – ela perguntou, notando quando deixaram a cobertura das árvores que ele estava quase sem roupas, apenas vestindo uma camisa, calça e sapatos. Havia sangue na camisa e nas mãos, como um sinal externo de sua inclinação para a selvageria.

– Eu a segui.

Ela piscou incrédula.

– Como sabia?

– Observei sua dama de companhia deixar você sozinha. Quando entrei em seu aposento, você não estava lá. Foi fácil deduzir como escapou, já que eu havia vigiado a porta até então. Uma rápida olhada pela varanda revelou sua direção.

Maria parou tão de repente que quase derrapou no cascalho.

– Você entrou no meu quarto? Seminu?

Ele a encarou, movendo lentamente os olhos sobre ela. Como se nada demais tivesse acontecido, ele retirou um lenço do bolso e esfregou o sangue das mãos.

– Pode parecer estranho, mas fiquei mais excitado ao ver suas roupas masculinas do que quando imaginei você nua na cama.

Quando seus olhos se encontraram, Maria enxergou uma escuridão que mesmo a pura luz da lua não podia esconder. Os lábios dele estavam um pouco apertados e sua postura ainda denunciava uma ferocidade que a fez estremecer. O coração de Maria acelerou outra vez quando seu instinto de preservação começou a implorar para que fugisse do predador diante de si.

Corra. Ele está caçando você.

– Já disse que não estou disponível – ela disse, pousando a mão sobre o cabo do florete. – E não sou conhecida por tolerar aqueles que se intrometem em meus assuntos.

– Você se refere aos seus maridos?

Maria seguiu em frente, dirigindo-se a passos rápidos para a mansão.

– Você não deveria sair por aí sozinha, Maria, e não deveria ter marcado um encontro desses aqui.

– E *você* não deveria me repreender.

Ele agarrou o braço dela e a puxou para perto. St. John impediu que sacasse o florete, prendendo a mão dela e apertando contra seu coração. Batia tão forte quanto o dela, e o gesto era revelador, mostrando que ele não era feito de pedra como todos pensavam. Ele imobilizou o outro braço dela, torcendo-o e segurando-o em suas costas.

O resultado foi muito íntimo, peito contra peito, o nariz dela no pescoço dele. Maria considerou brevemente se deveria lutar, então decidiu que não daria essa satisfação. Além disso, era maravilhoso ser abraçada após os eventos que acabaram de acontecer. Era um pequeno conforto que ela nunca se permitia.

– Eu quero beijá-la – ele murmurou. – Prendê-la era algo necessário, já que mais uma vez você está armada e eu não tenho intenção de ser furado. As armas que você carrega aumentam de tamanho a cada novo encontro entre nós.

– Se você acha que as únicas armas que eu tenho são aquelas que carrego comigo – ela retrucou, em um tom de voz suave –, então você está muito enganado.

– Lute comigo – ele a desafiou em um sussurro rouco, olhando para seu rosto com uma agressividade autêntica e tangível. – Faça eu tomá-la gritando e se debatendo.

Christopher St. John era implacável, determinado. Ela podia sentir a fome e a necessidade dentro dele, que a cercavam como seus braços faziam.

Ele matara um homem por ela.

E isso sem dúvida despertou o diabo dentro dele.

Ela encarou seu rosto endurecido, bonito de um modo feroz, e percebeu o que estava acontecendo. Ele lutara por ela, portanto, ela era seu prêmio. Sentiu um calafrio percorrer o corpo e a boca dele se curvou em um sorriso puramente sexual.

Calor surgiu em sua pele e penetrou em seu sangue. Sangue que corria gelado desde o momento em que sua mãe deu seu último suspiro.

Será que estava louca ao desejá-lo por ter matado em seu nome? Será que Welton a transformou em alguma aberração por achar sua proteção excitante?

Christopher envolveu seu corpo muito maior ao redor dela, mergulhando-a no aroma rico e picante de sua pele.

– Uso privado – ele alertou de novo, depois tomou sua boca. Profundamente. Descaradamente possessivo e exigente. Forçando a cabeça dela para trás até perder o equilíbrio e não ter maneira de recusar.

Com exceção de uma.

Ela mordeu seu lábio inferior. Ele rugiu, depois praguejou na boca dela.

– Nunca pensei que desejaria tanto uma mulher tão competente em habilidades masculinas, mas é inegável que eu quero você mais do que qualquer outra mulher em minha memória recente.

– Você não pode me possuir hoje. Não estou disposta a satisfazer suas vontades.

– Eu a deixarei disposta.

Christopher impulsionou os quadris contra ela, deixando muito claro sua excitação com uma impressionante ereção. A contração do sexo dela se intensificou até uma dor quase insuportável.

– Tente – ela o desafiou, sabendo que ele não a forçaria mesmo que pudesse fazê-la gostar, coisa que Maria não tinha dúvida que ele conseguiria. O que ele desejava era que ela se entregasse, que se rendesse. Maria sabia disso como só uma mulher intuitiva poderia saber. Ou talvez como apenas uma mulher que pensasse como ele.

Ele apertou o maxilar com força. Então alterou o modo como a prendia, levando a mão pousada no coração até a mão nas costas dela, libertando uma delas para puxar a echarpe de sua cabeça e depois puxar seus cabelos.

Maria ofegou de dor, e ele tomou vantagem, beijando-a com uma graça sensual que ainda não havia aparecido. Lambidas longas e profundas. Sem violência, apenas carícias. Rítmicas. Imitando o ato sexual, fodendo a boca dela com sua língua. Os joelhos enfraqueceram, fazendo Maria se derreter no corpo dele até que apenas a força dele a apoiava. Ele a ajeitava sobre seu corpo com fortes movimentos, esfregando seu pau duro na maciez da barriga dela. Maria sentiu o meio das pernas umedecer, depois ficar totalmente molhado. Estava pronta.

Ela gemia, considerando ser impossível manter-se firme contra sua habilidade *e* sua beleza incomum.

Ele reagiu aos gemidos de um jeito que ela não esperava, puxando-a de repente, erguendo seu corpo até suas pernas se esticarem e se apoiarem no chão, depois arrastando-a de volta para a treliça debaixo de seu quarto. Ele a deixou ali com uma bufada raivosa.

Maria se abaixou, apoiando as mãos nos joelhos, respirando com dificuldade. Fechou os olhos com força enquanto se recuperava. Todas as partes de seu corpo vibravam com uma energia sensual que parecia implorar para que ela deixasse o orgulho de lado e fosse atrás dele. Havia uma variedade de razões para ela o querer, porém Maria sabia que às vezes negar a um homem o que ele quer pode ser mais efetivo do que entregar sem rodeios.

Respirando fundo, ela escalou a treliça e pulou para a varanda em silêncio. Começou a se despir, pensando por que não deveria aceitar St. John e por que deveria. Alguém bateu na porta e ela congelou até perceber que o som não veio da porta do corredor.

Maria disse para entrar, e sua dama de companhia surgiu no quarto com sua eficiência de sempre, recolhendo as peças de roupa pelo chão. Dayton havia contratado a criada, e Sarah já havia provado ser a discrição em pessoa, lidando com manchas de sangue tão bem quanto manchas de vinho.

— Amanhã de manhã partiremos para Dover — Maria disse, voltando os pensamentos para a jornada adiante. Embora St. John tenha dito pouca coisa, ela entendeu a mensagem.

Sarah assentiu, acostumada com partidas repentinas. Ela ajudou Maria a vestir a camisola, depois se retirou.

Andando até a cama, Maria parou, olhando para os lençóis arrumados. Em sua mente, ela imaginou como estaria Simon neste momento – rindo, rolando em uma cama e exibindo sua gloriosa nudez, obtendo com facilidade toda a informação que desejava sem que sua parceira suspeitasse de sua falsidade.

Ela suspirou, invejando aquela proximidade. Embora fosse apenas algo físico, era também mais do que ela teve em um ano. A busca por Amélia competia com a necessidade de estar disponível para Welton, deixando-a sem tempo para que cuidasse de suas próprias necessidades.

Welton. Maldito seja. Ele queria que ela estivesse fazendo o mesmo que Simon, ganhando a confiança de St. John e descobrindo seus segredos. Ela não tinha noção de quanto tempo passaria em Dover. Não poderia ser mais do que uma semana ou Welton desconfiaria. Mas com um homem como St. John, uma semana longe pode ser demais. Ele pode muito bem se engraçar com outra mulher, e então Maria teria que esperar o caso acabar. Mesmo então, ela sabia por experiência própria que uma vez que o interesse fosse perdido, raramente era reconquistado. De algum jeito, ela teria que transformar a atração dele em total fascinação, e teria apenas horas para conseguir isso.

Assegurando a si mesma que era apenas a necessidade que a forçava, Maria abriu a porta para o corredor, olhou para os dois lados e andou em silêncio até chegar aos aposentos de St. John. Parou em frente à porta, vestida escandalosamente com uma camisola transparente. Sua mão congelou no ar antes de bater. Aquela maldita sensação de estar se dirigindo para a jaula do leão voltou a assombrá-la.

De repente, a porta se abriu e ela se viu de frente a um pirata infame, completa, maravilhosa e pecaminosamente nu. Pele e cabelos dourados estavam iluminados por trás pela luz das velas, delineando a rigidez dos músculos magníficos. Ele preenchia a porta com seu tamanho e força; preenchia também os sentidos dela com admiração e um desejo pulsante.

St. John riu com desdém.

– Posso comer você no corredor, se assim desejar, mas você ficará mais confortável em minha cama.

Maria piscou, baixando os olhos e encontrando outra fonte de cobiça. Ela tentou achar alguma resposta inteligente, mas sua língua estava presa ao céu da boca. Ela o queria por inteiro.

Christopher também a olhou de cima a baixo em uma completa análise. Seu olhar se aqueceu e se tornou sombrio. Um som grave delicioso que soava como um rugido surgiu de seu peito poderoso.

Antes que ela pudesse se recompor, ele agarrou sua mão ainda parada no ar e a puxou para o quarto.

CAPÍTULO 5

– Você está *louca*? – Christopher fechou a porta com violência, depois olhou para a tentação diante dele e concluiu: – Você não pode andar por aí vestida dessa maneira!

O levíssimo tecido feminino que tocava as curvas que ele desejava era alarmante de tão transparente, revelando cada pedaço dos charmes abundantes de Maria – longas e ágeis pernas, quadris plenos, cintura fina, e seios exuberantes e suculentos. A junção erótica entre suas coxas e os círculos escuros das aréolas estavam claros como o dia.

Foi possível ouvir quando ele cerrou os dentes. Sob as luzes das velas, sua pele morena brilhava como seda e ele apostava que também tinha a mesma maciez. Pensar que ela atravessou o corredor onde poderia ser vista por qualquer um dos convidados que também pulavam de quarto em quarto...

Maria encolheu os ombros com elegância.

– Você também não deveria atender à porta nu.

– Eu estou no meu aposento.

– Eu também estou em seu aposento – ela respondeu calmamente.

– Mas não estava há um instante!

– Você quer me condenar pelo passado? Se for o caso, eu tenho ofensas bem piores.

– Maldição, estamos falando de apenas um minuto no passado!

– Sim, e apenas um minuto atrás você estava nu diante do mesmo corredor.

Ela ergueu uma sobrancelha, comportando-se exatamente como a Viúva Invernal. Ele poderia acreditar em sua fachada, se não fossem por seus olhos e seu corpo seminu, ambos exalando um calor sensual. Além disso, ela estava aqui, pronta para o sexo.

– Eu acho que sua transgressão é pior – ela continuou. – Pelo menos eu estou vestindo alguma coisa.

Christopher rosnou. Agarrando seus ombros, ele a puxou para perto e ouviu algo rasgar. O som apenas aumentou sua irritação. Aquilo que estava vestindo oferecia menos proteção das mãos de um homem do que de seus olhos.

– Isto não é uma vestimenta. Isto é uma *tentação*, e aquilo que você está usando como tentação pertence a *mim*.

A boca dela se abriu.

– Seu bruto! Rasgando minha roupa e me tratando desse jeito.

Ela deu um passo para trás, livrou-se das mãos dele e o estapeou. No rosto.

O gesto o surpreendeu tanto que Christopher mal processou o que tinha acontecido. Ninguém ousava agredi-lo. Mesmo aqueles com um desejo de morte escolhiam outras maneiras mais pacíficas do que provocá-lo...

Ele hesitou, sem saber ao certo como se sentia sobre as ações dela. A quase dolorosa pulsação de seu pau respondia a essa pergunta, e antes que sua boca pudesse arruinar o momento outra vez, ele avançou sobre ela com tanta força que os dois foram lançados ao chão. Foi apenas pela graça de Deus que ele conseguiu se jogar para o lado e evitar esmagá-la.

– *O que você...*

Plaft. O impacto ao atingir o chão com apenas um tapete como amortecedor reverberou por todos os ossos de seu corpo.

– Meu Deus! – Maria exclamou, virando a cabeça e olhando para ele com olhos arregalados. – Você é louco!

Seu corpo se remexeu deliciosamente debaixo do braço e perna que a prendiam. Ela era tão macia quanto imaginara. Seu cheiro era inebriante, com um aroma de frutas e flores que provocava com uma promessa de inocência, uma promessa que sua aparência nunca poderia cumprir.

Parte dele sabia que deveria dizer algo, desculpar-se pela camisola rasgada ou falar alguma banalidade para acalmá-la, mas não conseguia fazer nada além de grunhir e tentar subir a barra da camisola com o joelho.

Quando o cotovelo dela atingiu suas costelas, um rosnado grave cresceu em seu peito. Era um alerta que aterrorizava a maioria das pessoas. Mas, em Maria, apenas inspirou raiva.

— Não rosne para mim! — ela exclamou, debatendo-se com tanta força que Christopher pensou que não conseguiria segurá-la mais sem feri-la.

Foi aí que ele desistiu de ser gentil, sabendo que era uma tentativa inútil, entendendo que havia regressado para um estado mental primitivo que se importava apenas com a excitação que ela provocava nele.

Agarrando os dois pulsos dela com apenas uma mão, Christopher deslizou para cima de Maria, depois forçou suas pernas a se abrirem ao se posicionar no meio delas.

Maria parou por um momento, recompondo suas forças. Então ela o combateu da maneira como ele havia desafiado antes — como um felino selvagem. Ela se debateu, tentando se arrastar pelo tapete inglês até a porta da sala de estar, mas sem conseguir avançar nem um centímetro.

— Ah, não! Você *não* irá me possuir.

Ele riu, depois rasgou a camisola em sua impaciência para despir a linda curva de seu traseiro. Desta vez, ele conseguiu murmurar um som que lembrava vagamente uma desculpa.

Ela não se abalou.

— Irei compartilhar a cama de Lorde Farsham antes de compartilhar a sua.

Esse comentário mereceu um tapa na bunda, provocando um grito surpreso em sua garganta. Farsham era um velhaco que, dizem, era impotente, fatos que não aliviavam o pensamento de Christopher sobre ela se deitar com qualquer outro homem.

Em retaliação, Maria mordeu seu braço com força. Ele rugiu de dor e sentiu uma gota de umidade descer pela cabeça de seu pau. Christopher levou a mão entre as pernas dela e encontrou sua boceta molhada, quente e pronta. Estudando-a, ele notou sua excitação refletida em seu olhar vidrado e em sua pele corada.

Graças a Deus. Ele estava quase se derramando em sua impaciência para inundá-la com seu desejo.

Maria parou por um momento, sua respiração entrecortada era o único som do quarto, pois o ar nos pulmões de Christopher estava preso com a sensação de ter o corpo dela debaixo do seu. Ele acariciou entre os lábios de seu sexo com dedos trêmulos e olhos fechados. Sem pensar no que estava fazendo, ele baixou a cabeça e pressionou os lábios na curva do ombro dela.

A mão dele se moveu, separando-se dela para direcionar sua ereção pulsante em sua entrada molhada.

– *Maria* – afinal. Uma palavra. Espremida para fora de sua garganta pela sensação da boceta dela apertando a cabeça de seu pau.

Ela gemeu e arqueou os quadris até onde o peso dele permitia, alterando o ângulo em que ele pressionava dentro dela. Christopher deslizou um pouco mais fundo.

Ele respirava entre os dentes. Deus, ela era quente lá dentro, quente como o inferno, e tão deliciosamente apertada...

– Quanto tempo? – ele questionou.

Ela jogou os quadris contra ele de modo impaciente.

Ele mordeu sua orelha.

– Quanto tempo?

– Um ano – ela disse, quase sem voz. – Mas continue com esse ritmo e talvez chegue a dois. Você se esqueceu como se faz sexo quando se esqueceu da educação?

– Sua maldita. Teimosa. Vadia – ele pontuou cada palavra com uma investida de seus quadris, entrando e saindo de dentro dela, forçando suas coxas a se separarem cada vez mais.

– É. *Milady*. Para. Você – ela respondeu com a respiração entrecortada.

Então ele atingiu um ponto que a fez gemer e se contorcer de um jeito completamente diferente, em um convite sensual, não raivoso.

– Você gosta assim? – ele murmurou, sorrindo com o canto da boca. A súbita rendição dela o acalmou. Estar dentro dela também ajudava, é claro. Desde o momento em que a tocou pela primeira vez no teatro, era ali que ele queria estar. – Quer um pouco mais?

Christopher contraiu as nádegas e deslizou ainda mais fundo, sentindo tonturas com a sensação do corpo dela se apertando ao seu redor.

A boceta dela se contorcia faminta, sugando-o para o fundo, provocando uma sensação tão intensa que ele estremeceu contra ela.

– Maria – ele sussurrou, deixando a cabeça pender ao lado dela. – Você...

Com seu cérebro perdido em uma loucura sexual, ele não conseguia pensar em nada que pudesse descrever... seja lá o que queria descrever. Em vez disso, ele se retirou dela, gemendo com suas suaves carícias enquanto se separava.

– Maldito – ela murmurou, rolando de costas. Maria o encarou com seu lindo rosto denunciando sua frustração e raiva renovada. Estranhamente, a visão de uma mulher furiosa não o fez querer se livrar dela. Com Maria, acontecia o exato oposto.

Ela não se intimidava com ele e não tentava esconder o óbvio: que os dois eram semelhantes. Sua resposta o fez sofrer com a necessidade de abrir totalmente suas pernas e mergulhar seu pau dentro dela. Várias e várias vezes.

– Não aqui – ele murmurou, levantando-se e erguendo o corpo dela. Quando ela tropeçou, Christopher a apanhou e a jogou sobre os ombros.

– Seu bruto!

– Sua vadia – ele deu outro tapa. Depois, não resistiu e acariciou a pele marcada.

– Covarde! Lute comigo cara a cara, não me atinja pelas costas.

Ele sorriu, adorando o som de sua voz, cheia de desafio. Deixando a sala de estar, ele entrou no quarto de dormir. Cruzou o vasto espaço e a jogou no colchão.

Ela aproveitou o impulso das molas e o chutou, acertando as mãos estendidas dele enquanto praguejava sem parar. Nada disso salvou sua camisola. Ele a rasgou de seu corpo e jogou as tiras ao chão.

– Vou *comer* você cara a cara, minha vadia passional – ele murmurou, prendendo-a com seu corpo muito maior. – Por isso mudei o local. Vamos passar um bom tempo aqui, e não quero machucar meus joelhos ou seus seios perfeitos.

Ela enterrou as unhas nas costas das mãos dele quando Christopher entrelaçou seus dedos nos dela. Com um forte empurrão do joelho, ele abriu suas pernas outra vez e então investiu dentro de Maria. O som que escapou de sua garganta quando mergulhou até o fundo foi áspero e visceral. Arrebatado com a sensação, ele baixou a cabeça até os seios e tomou um mamilo em sua boca.

— Sim! — ela gritou, mexendo enlouquecida debaixo dele.

— Pare com isso — ele advertiu, levantando a cabeça para encará-la com olhos sombrios. — Você irá me exaurir antes de eu ter a chance de montar em você propriamente.

Maria o apressou.

— Vamos com isso, maldição!

A risada de Christopher preencheu o espaço entre o colchão e o dossel acima deles.

Ela piscou e ficou parada, observando-o.

— Faça isso de novo — Maria pediu.

Suas sobrancelhas se ergueram e ele flexionou o pau dentro dela. O gemido que saiu de seus lábios fez suas bolas contraírem.

— Eu posso rir ou transar, mas não as duas coisas ao mesmo tempo. O que você prefere que eu faça primeiro?

A instantânea tensão sexual que tomou conta do corpo dela era palpável.

— Ótimo — ele murmurou, lambendo os lábios dela. — Essa também é minha escolha.

Então ele começou a se mexer, levando as mãos entrelaçadas até os ombros dela, usando os cotovelos para apoiar o peso de seu tronco. Os quadris subiam e desciam lentamente, arrastando seu pau para fora, depois empurrando para dentro. Maria gemia e Christopher esfregou o rosto contra o dela.

— Admita — ele sussurrou, beijando seu rosto. — Diga o quanto você gosta disso.

Ela virou a cabeça e mordeu a orelha dele. *Com força.*

— *Você* pode me dizer o quanto gosta, se algum dia resolver começar logo!

Ele rosnou e aumentou o ritmo, sabendo que estava a alguns momentos de um orgasmo de proporções épicas. Não poderia ser de outro jeito. Por causa dela, sua boca suja e seu temperamento que o enlouquecia. Ele queria ocupar aquela boca com uma tarefa muito mais prazerosa. Mais tarde. Agora, ele estava tão excitado que sua ereção doía, sua pele estava coberta de suor, sua respiração queimava nos pulmões enquanto ele montava seu corpo com investidas fortes e profundas. E, por todo o tempo, ele tentava fazer de um jeito que ela também gostasse, uma preocupação que nunca tivera antes, mas que o impelia ferozmente agora.

Maria recebia a luxúria dele e entregava em igual medida, apertando as pernas ao redor dos quadris dele, trabalhando com as coxas com igual fervor. Seus mamilos estavam eretos, e cada investida dele alisava seu peito nos seios dela, fazendo os dois gemerem. Durante todo o tempo ela sussurrava em seu ouvido xingamentos, palavrões e insultos que o levavam até a beira da loucura.

Christopher entrava até o fundo, encarando seu rosto. Ele observava os olhos dela se arregalarem, os lábios se abrirem, o pescoço se curvar quando sua pélvis circulava contra o clitóris. Ele observou o orgasmo tomar conta dela, se mover através dela. Viu seus olhos se fecharem e suavizar a tensão que sempre apertava sua boca.

A palavra "linda" era incapaz de descrevê-la. A beleza de Maria alcançava muito além disso, tão maravilhosa que ele notou mesmo no meio da tortura de seu próprio clímax que se anunciava. Sentiu os espasmos da boceta dela o apertando, sugando seu pau, puxando-o mais fundo, até ele não conseguir mais segurar.

A pressão se acumulou em seus ombros, desceu pelas costas e explodiu na ponta de seu pau em um jato de sêmen escaldante. Como conseguiu evitar um urro de alívio, ele nunca saberia. Sabia apenas que estava preso entre curvas suaves, pequenas mãos agarrando sua bunda, uma voz ofegante gemendo, apoiando-o no meio de um orgasmo estupendo.

E um beijo. Tão leve quanto uma pena no pescoço.

Perdido para um clímax violento, ele ainda assim sentiu aquele beijo.

Maria ficou olhando para as sombras no dossel acima deles e se mexia inquieta. Christopher espelhava sua postura ao seu lado. O silêncio entre os dois se prolongava desconfortavelmente. Se estivesse na cama com Simon, ele traria taças de vinho e contaria alguma história engraçada.

Com Christopher, havia apenas essa maldita tensão. E um arrepio que percorria todo seu corpo.

Ela suspirou, reexaminando os eventos da noite.

A risada de Christopher a surpreendera. Aquele som foi maravilhoso e delicioso vibrando contra ela. As feições dele se transformaram por completo, fazendo seu coração parar por um minuto. No geral, todo o encontro foi... *intenso*, como já sabia que o sexo seria com ele. Seu lado perigoso a excitava, a deixava imprudente, a impelia a provocar seu temperamento. Também era excitante levar um homem tão controlado até seus limites e fazê-lo perder o controle. Ele transava com tanta paixão, tanta força, seu corpo era um instrumento aperfeiçoado para o prazer.

Ela estremeceu com desejo renovado, virou a cabeça e o encontrou encarando-a. Ele ergueu uma sobrancelha e depois a puxou para perto.

Gostava de ser abraçada tão forte por ele, com suas pernas entrelaçadas e seus poderosos braços envolvendo seu tronco. Resquícios de suor faziam suas peles grudarem uma na outra. Maria fechou os olhos e inspirou o aroma dele, agora intensificado pelo exercício. Estava óbvio que essa ternura era estranha a ele. Suas mãos se moviam hesitantes sobre ela, como se não soubesse direito o que fazer.

– Você está dolorida? – ele sussurrou.

– Podemos transar de novo, se quiser. Ou eu posso me retirar, se você me emprestar um roupão.

Ele apertou o abraço.

– Fique.

Já era quase manhã. De qualquer maneira, ela teria que ir embora logo – tanto do quarto quanto da mansão. Dover e a possibilidade de encontrar Amélia representavam uma forte atração. Otimismo era um luxo, mas se não tivesse nenhuma esperança, não poderia seguir em frente.

A mão de Christopher acariciou as costas dela, fazendo Maria se curvar em sua direção, um movimento que revelou a extensão de sua renovada ereção que se encostava na coxa dela. A excitação, mais extenuada do que a febre que experimentaram antes, corria pelas veias dela. Seus seios se incharam em contato com o peito dele e os mamilos endureceram contra sua pele.

– Humm... – ele gemeu, puxando-a inteiramente para cima de seu corpo.

Ela encarou seu anjo-caído, dotado de uma beleza celestial no exterior, mas com a consciência de um predador no interior. As mãos passeavam por seus cabelos dourados, deixando os olhos dela semicerrados de prazer e as pupilas dele dilatadas de desejo.

– Nunca achei cabelos loiros atraentes – ela disse, quase para si mesma.

Em resposta, ele soltou aquela rica risada profunda que fazia seu estômago se aquecer.

– Ainda bem que outras partes de você não concordam com isso.

Rindo de leve, ela ergueu o corpo e sentou-se nele.

– Eu não gosto de mulheres de gênio ruim – a curva de sua boca aumentou. – Mas eu gosto de você. Só Deus sabe o porquê.

Seu elogio, embora improvisado, a agradou. Ao longe, ela ouviu a badalada de um relógio marcando a hora.

O sorriso de Christopher diminuiu.

– É uma pena não estarmos em casa – ele disse, com intensos olhos de safira. – Não gosto de me apressar.

Maria encolheu os ombros, recusando-se a confessar que sentia o mesmo. Nenhum dos dois sabia lidar com o outro, mas o nível de identificação entre eles era tão grande que ela sabia que sentiria falta dele.

Subindo os quadris, ela encontrou a ereção quente com os lábios de seu sexo e desceu envolvendo seu pau. As grandes mãos dele agarraram suas coxas e as guiaram para repetir o movimento. Ela obedeceu, depois fez uma pausa.

Ele não desviou o olhar dela nenhuma vez. A intensidade de seu exame era algo raro, e ela não conseguia decidir se gostava ou não disso. Então levou as mãos entre eles, mirando seu membro ereto e envolvendo-o de novo com seu corpo, calando assim todos os seus pensamentos.

Um gemido e a tensão de seus músculos foi a resposta dele. Maria sentiu a mesma sensação brutal em seu corpo. Fazia muito tempo desde seu último encontro sexual, tempo demais. Mas, além disso, Christopher era um homem bem-dotado, e sua posse do espaço tão apertado dentro dela a esticou deliciosamente. Ela tremia ao redor dele, começando no fundo onde o apertava e se espalhando para fora.

– Maldição – ele sussurrou, pulsando e crescendo dentro dela. – Como pude pensar que você era uma pessoa fria?

Intrigada pelo possível significado daquilo, ela parou um pouco antes de envolvê-lo por inteiro.

Um músculo no maxilar dele teve um espasmo violento.

– Sua boceta está queimando quente e gulosa. Está sugando meu pau. A sensação é incrível.

Ela sorriu e terminou a descida, tomando-o inteiro. Maria soube naquele momento que conseguira capturar sua atenção. Ele a desejaria enquanto estivesse longe, e essa impaciência seria útil. Satisfeita, ela se abaixou sobre ele, parando com a boca logo acima de seus lábios.

– Posso beijá-lo? – ela perguntou.

Ele ergueu a cabeça, tomando sua boca, assaltando com a língua em investidas rítmicas, fazendo-a gemer.

– Sim – ele sussurrou, respirando com dificuldade, tocando suas costas. – Faça tudo comigo.

Ela se ergueu e ofegou ao sentir a boca dele mordendo seu mamilo. Quando começou a chupar, ela fechou os olhos. Ficou ainda mais molhada, mais excitada, equilibrando-se com as mãos nos ombros dele. Christopher a invadia com longas investidas que ecoavam nos tremores de seu corpo. Ele flexionou dentro dela e Maria gemeu um som grave e queixoso.

– É assim que vamos começar o dia – a voz rouca de Christopher era como uma carícia alisando sua pele febril. – Não se mexa. Vou sugar até você gozar, e sua boceta fará o mesmo por mim.

Se ela conseguisse falar, teria dito que isso era impossível, mas então ele provaria que ela estava errada. A boca dele parecia encantada, puxando com firmeza em uma cadência precisa, a língua acariciando acima e abaixo do mamilo. Primeiro um, depois o outro. Suas mãos largas com calos provocantes a acalmaram quando ela se tornou mais agitada, contorcendo-se em busca do orgasmo.

Quando ela gozou, ele a seguiu, sua boceta agarrando o pau dele, atraindo sua semente, sofrendo espasmos enquanto ele a inundava e soltava um grito gutural. Maria permaneceu naquela tensão, presa no meio de um prazer brutal e feroz.

Christopher a abraçou, envolvendo-a em seus braços calorosos e beijando sua testa. Ele adormeceu naquela posição.

Mas, mesmo dormindo, ele não a soltou.

Maria entrou em seus aposentos com um suspiro de alívio. Ela não foi vista por ninguém, um milagre que só foi possível esgueirando-se pelo corredor para evitar as criadas.

Em outra parte da mansão, Christopher dormia. Ele franziu o rosto quando ela se afastou, mas não acordou.

Fechando a porta do corredor, Maria cruzou a sala de estar em direção ao quarto de dormir e parou no meio do caminho, surpreendida pela grande figura que bloqueava a porta.

— *Mhuirnín*.

Simon estava encostado no batente, vestido com uma linda combinação rosa de calça e casaco. Os pés estavam cruzados um na frente do outro, mas a pose não conseguia disfarçar sua tensão.

— Você me assustou — ela disse, com a mão sobre o peito acelerado.

O olhar dele começou a descer até chegar aos pés dela. Ela estava usando um roupão de Christopher, então não havia muito para se ver, mas sabia que não podia disfarçar as atividades lascivas da noite.

— Você dormiu com ele — Simon disse. Endireitando-se, aproximou-se dela com sua lenta e sedutora passada e pousou as mãos sobre seu rosto. — Eu não confio nele. Por isso, não confio em você com ele.

— Não pense sobre isso.

— Mais fácil falar do que fazer. As mulheres em geral misturam sentimentos com sexo. Isso me preocupa.

— Com exceção de você, eu nunca tive problemas com isso.

A boca dele deixou escapar um leve sorriso.

— Estou lisonjeado.

— Não — ela respondeu ironicamente. — Você está arrogante.

— Isso também — seu sorriso aumentou.

Maria sacudiu a cabeça, bocejando.

— Preciso dormir. Após meu banho, nós partiremos. Acho que vou cochilar na carruagem.

– Dover. Sarah me informou – ele deu um beijou rápido em sua testa. – Ela quase terminou de arrumar as malas. Meus baús já estão na carruagem que nos espera lá fora.

– Não vou demorar – Maria sentiu um frio na barriga quando percebeu que o aroma de Christopher ainda exalava de sua pele. Ele matou por ela, depois fez amor apaixonadamente, e terminou abraçando-a com tanta ternura... Os diversos lados dele a pegaram de surpresa, abalando a imagem de pirata que ela tinha.

Simon deu um passo para trás e depois se dirigiu ao armário, onde serviu um copo de água.

– Peço que se apresse, *mhuirnín*. Não queremos provocar nenhuma cena desagradável.

Maria correu para seu quarto, mas parou na porta.

– Simon?

Ele a olhou com as sobrancelhas erguidas.

– Eu já disse o quanto gosto de você?

– Você me ama – ele respondeu com um sorriso malicioso. – Não é preciso dizer. Eu sei disso – ele bebeu a água e serviu outro copo. – Mas sinta-se livre para dizer quantas vezes quiser. Meu ego não se importa nem um pouco de ouvir.

Rindo, Maria fechou a porta.

CAPÍTULO 6

– Você sabia que ela partiria pela manhã – Thompson disse, com o rosto impassível.

– Sim, sim – Christopher estava sentado em uma cadeira, com o corpo inclinado para permitir que o braço se estendesse por cima do encosto. Estava sem casaco e colete, mas mesmo assim sentia-se quente demais. Seu corpo desejava estar em movimento, correndo atrás da mulher que o deixou sem se despedir, e o esforço que fazia para permanecer sentado não era pequeno.

Seu criado se movia com propósito, preparando os objetos necessários para barbear seu mestre.

– E saber que você possui homens a seguindo não alivia sua preocupação?

Christopher riu. Preocupação. Era isso que estava sentindo? Por que sentia isso, quando sabia que Maria podia muito bem cuidar de si mesma?

Talvez fosse porque Quinn estava com ela.

Ele cerrou os dentes.

Quinn.

– Angélica, meu amor – seu tom de voz estava baixo e direto, sua cabeça se virou para enxergá-la terminando seu chá ao lado da janela. – Descobriu alguma coisa?

Ela balançou a cabeça e curvou a boca para baixo.

– Eu tentei, mas ele era muito bom com... distrações.

Ele arqueou uma sobrancelha

– O que você contou? – Christopher sabia pouco sobre Quinn, mas reconhecia que era um homem que sobrevivia com sua inteligência.

O rubor que se espalhou pelo rosto dela fez Christopher praguejar baixinho.

– Não muito – ela disse apressadamente. – Ele estava curioso sobre seu interesse por Lady Winter.

– E como você respondeu?

– Eu disse que você mantinha seus negócios para si mesmo, mas que se estivesse de olho nela, então você a conquistaria – ela suspirou e se recostou na cadeira. Christopher notou as olheiras em seu rosto que denunciavam uma noite semelhante à dele.

A memória de Maria, macia e solícita, aqueceu sua corrente sanguínea. Arranhões marcavam suas costas e braços, marcas de dentes decoravam o topo de seus ombros. Ele havia compartilhado a cama com uma adorável mulher endiabrada, e saiu marcado por esse encontro. Em vários sentidos.

– Qual foi a resposta de Quinn? – ele perguntou suavemente.

Angélica estremeceu.

– Se alguém quiser conquistá-la, terá que ganhar dele.

Christopher não reagiu no exterior, mas por dentro essa afirmação o atingiu com a mesma intensidade que um golpe de chicote. Quinn estava certo. Era ele quem compartilhava a casa de Maria, sua vida, suas confidências. Christopher não possuía nada além de algumas horas de prazer.

– Vá arrumar suas malas – ele disse, observando enquanto sua antiga amante se levantava e obedecia.

– Você irá atrás dela? – Thompson perguntou, indicando a cadeira onde St. John seria barbeado.

– Não. Os homens que enviei para vigiá-la farão isso. O que preciso descobrir dela será encontrado em Londres e, quanto mais cedo eu voltar, mais fácil isso acontecerá.

Suspirando, Christopher admitiu para si que queria encontrá-la de novo. Gostava daquela mulher de todas as maneiras que um homem poderia, mas também gostava de maneiras que raramente sentia por alguém

– ele a admirava, respeitava e a via como uma alma gêmea. Por causa disso, ele não podia confiar nela. Seu objetivo sempre foi a sobrevivência, e sabia que deveria ser o dela também.

Além disso, havia a pequena questão de sua necessidade de sacrificá-la para conquistar sua própria liberdade. Desejá-la era uma maldita inconveniência e ia contra o objetivo da agência.

Mas havia outras considerações além de sua luxúria e a missão da agência. Quinn não estava tomando conta direito de Maria. Enviá-la sozinha para se encontrar com Templeton e deixá-la disponível para Christopher eram riscos perigosos.

Enquanto contemplava qual seria o próximo passo dela, seus dedos envolveram os braços da cadeira.

Permaneceu sentado apenas com sua força de vontade, pois a urgência de se levantar e correr atrás dela era quase impossível de resistir. Maria vivia uma vida perigosa, um fato que o incomodava como um dente dolorido.

Fechou os olhos quando Thompson passou a lâmina por seu rosto. Infelizmente, apesar do desejo de protegê-la, a verdade era que o maior perigo para Maria no momento era ele mesmo.

Maria se recostou na cadeira e olhou ao redor da íntima sala de jantar. À sua frente, Simon olhava faminto para a sedutora criada que servia a comida. A estalagem que escolheram para passar as últimas noites era confortável e acolhedora por várias razões além da lareira e dos tapetes ingleses.

– Ela respondeu ao seu interesse – Maria disse, sorrindo enquanto a criada se retirava.

– Talvez – ele deu de ombros. – Entretanto, sob as circunstâncias, eu não posso me dar ao luxo. Estamos próximos, *mhuirnín*. Posso sentir.

Após quatro dias de buscas, ele localizou um mercador que conhecia uma governanta recém-chegada na cidade. Naquela mesma tarde, eles descobriram onde ela estava empregada. Ninguém sabia nada sobre a jovem que seria educada pela governanta, mas Maria torcia com fervor para que fosse Amélia. As informações que juntaram nas últimas semanas sugeriam que sim.

– Você trabalhou de modo incansável nos últimos dias, Simon, meu amor. Você merece uma pausa.

– E quando você vai descansar? – ele perguntou. – Quando vai fazer uma pausa?

Ela suspirou.

– Você já me entregou o bastante... Seu tempo, sua energia, seu apoio. Não precisa negar a si mesmo os prazeres que encontra só por minha causa. Isso não vai me dar conforto algum. Irá apenas me angustiar mais. Eu fico feliz sabendo que você está feliz.

– Minha felicidade está intrinsicamente ligada à sua.

– Então você deve viver infeliz. Pare com isso. Seja feliz.

Simon riu e estendeu o braço sobre a mesa para segurar a mão dela.

– Você me perguntou no outro dia se já me disse o quanto gosta de mim. Eu devo perguntar a mesma coisa. Você sabe o quanto eu agradeço o seu afeto? Em toda minha vida, é a única pessoa que deseja minha felicidade sem pedir nada em troca. Eu faço as coisas por você por gratidão e um desejo recíproco de ver você feliz.

– Obrigada.

Simon era fiel e direto, dois traços que ela admirava e de que precisava desesperadamente. Ela entendia como ele se sentia. Simon preenchia um papel semelhante em sua vida. Ele era a única pessoa que se importava com ela de verdade.

Ele fez uma última carícia em sua mão e voltou a se recostar na cadeira.

– Os homens que chegaram de Londres nesta tarde estão vigiando a casa neste momento. Amanhã, nós utilizaremos a luz do dia para nos aproximar.

– Concordo, logo de manhã já será suficiente – ela abriu um sorriso. – O que significa que você tem a noite toda para fazer o que quiser.

Naquele momento, a criada retornou trazendo uma nova jarra de bebida. Maria piscou para Simon que, por sua vez, jogou a cabeça para trás e riu.

Fingindo um bocejo exagerado, ela disse:

– Se me dá licença, vou me retirar. Estou muito cansada.

Simon se levantou e circulou a mesa, puxando a cadeira dela e beijando sua mão. Seus olhos azuis brilharam com divertimento quando desejou boa-noite. Satisfeita, sabendo que ele aproveitaria o resto da noite, Maria se retirou para seu quarto, onde Sarah esperava para ajudá-la a se despir.

Embora estivesse contente por Simon, havia um aspecto ruim de ficar sem sua companhia: não tinha mais uma distração para as lembranças da voz rouca e do corpo rijo que arrancaram prazer dela mesmo contra sua vontade.

E a fizeram adorar.

Estava se tornando ridículo o quanto pensava em St. John. Maria disse a si mesma que era apenas por causa de sua longa abstinência. Estava pensando no ato sexual em si, e não em seu parceiro.

– Obrigada, Sarah – ela murmurou quando a criada terminou de escovar seu cabelo.

Depois de uma breve reverência, a dama de companhia se preparou para se retirar, mas uma súbita batida na porta interrompeu sua partida. Maria gesticulou para que não atendesse e apanhou sua adaga. Depois, posicionou-se ao lado da porta e fez outro gesto permitindo que Sarah continuasse.

– Sim? – Sarah disse.

Quando o visitante respondeu, Maria reconheceu a voz como sendo de um de seus contratados. Relaxando instantaneamente, ela baixou o braço ao lado do corpo.

– Veja o que ele quer.

Sarah saiu para o corredor e voltou alguns momentos depois.

– Era o John, milady. Ele disse que você e o Sr. Quinn deveriam segui-lo agora. Eles detectaram atividade na casa e temem que estejam se preparando para partir.

– Meu Deus – o coração dela acelerou. – Desça e tente encontrar o Sr. Quinn. Duvido que encontre, mas tente.

Após Sarah se retirar, Maria andou até o baú ao pé da cama e começou a trocar de roupa outra vez. Seus pensamentos corriam em sua mente, considerando vários cenários e como lidar com cada um deles. Ela tinha apenas uma dúzia de homens e teria que colocar a maioria para vigiar o perímetro. Na melhor das hipóteses, poderia manter dois batedores consigo para protegê-la.

Uma leve batida foi seguida de imediato pela porta se abrindo. Sarah entrou sacudindo a cabeça.

– O Sr. Quinn não está mais lá embaixo. Devo ir até o quarto dele?

– Não – Maria prendeu a bainha da espada na cintura. – Mas após minha partida, você deve informar o criado dele.

Mais uma vez vestida com calça e botas, cabelo preso e escondido debaixo da echarpe e do chapéu, ela poderia passar como um jovem garoto à distância, um disfarce que evitaria qualquer boato sobre uma mulher suspeita cavalgando à noite.

Com um sorriso para tranquilizar a preocupação de Sarah, Maria entrou no corredor onde John esperava. Juntos eles desceram pela escada dos fundos até a estrebaria.

A porta de serviço da casa de Maria em Londres estava aberta, e Christopher entrou silenciosamente na cozinha. Seu contratado esperava lá, após ter estabelecido residência na casa dos Winter alguns dias antes, disfarçado de criado. Se Maria estivesse em casa, ele não teria sido selecionado, mas ela estava ausente há quase duas semanas. Christopher havia se livrado de três de seus criados com empregos melhores em outros lugares, e o desespero forçou a governanta a agir sem orientação.

Com um leve aceno de cabeça, Christopher reconheceu o trabalho bem-feito. Apanhou a vela que seu homem trouxe, depois começou a subir a escada dos criados até os andares superiores. A galeria estava bem arrumada, os tapetes eram grossos e coloridos, as alcovas decoradas com candelabros que não estavam acesos.

Riqueza. Aquela casa exalava riqueza. Dois nobres maridos mortos, deixando para trás fortunas que permitiram a Maria manter uma vida muito confortável.

Ele havia investigado seus casamentos, pois os homens que ela escolhera eram fonte de grande interesse para ele. O velho Lorde Dayton a levara para o campo, onde ficaram durante todo o curto casamento. O jovem Lorde Winter viveu com ela na cidade e a exibia descaradamente. Foi a morte de Winter que primeiro alimentou as especulações sobre Dayton.

Winter era um homem na flor da idade, um esportista corpulento com muita disposição e muito amigável. Morte por doença parecia inconcebível para um homem tão vigoroso.

Christopher cerrou os dentes ao pensar em Maria com outro homem, e afastou com fúria essa ideia.

Quase uma semana se passara desde a noite em que ficaram juntos, e até agora ele não passara mais do que algumas horas sem ser atormentado por pensamentos sobre ela. Recebeu um informe relatando uma investigação minuciosa sobre o paradeiro da governanta. Por que Maria desejava encontrar essa mulher, ele ainda não sabia. Quem era ela para que um tipo como Templeton fosse contratado a fim de encontrá-la?

Abrindo a primeira porta que apareceu e continuando em seguida, Christopher memorizou o interior da casa e a posição dos quartos. Não gostou de descobrir que o quarto de Quinn era adjacente ao de Maria. Isso revelava a profundidade de sua ligação com aquele homem.

Christopher *sabia* que eles não compartilhavam mais uma cama. Ela admitira que já se passara um ano desde seu último encontro sexual, e o aperto de seu corpo foi prova disso. Mesmo assim, ele se sentia irritado por Quinn e, pior do que isso, não entendia por quê.

Enquanto vasculhava pelas gavetas e armários de Quinn, Christopher sentiu seu humor piorar. A proliferação de armas, cartas cifradas, e uma gaveta de roupas para disfarce denunciavam um homem que não era o simples amante que aparentava ser.

Christopher saiu do quarto de Quinn pela porta adjunta, cruzou a sala de estar compartilhada e entrou no quarto de Maria. Imediatamente foi atingido pelo aroma dela, que permeava o ar com seus suaves tons cítricos. Seu pau pulsou e inchou de leve.

Ele praguejou em voz baixa. Não sofria uma ereção involuntária desde a juventude. E, quis o destino, desde a juventude não encontrava afinidade sexual, como acontecera na semana passada.

Nenhuma das mulheres que trabalhavam para ele conseguia levá-lo ao nível de satisfação que Maria alcançara. Um nível que agora ele cobiçava. Duas visitas ao prostíbulo de Emaline Stewart não ajudaram muito. Três das garotas mais populares de lá tentaram até de manhã por duas noites consecutivas. Christopher ficou exausto, mas ainda insatisfeito.

Ele queria uma mulher que o fizesse lutar por sua atenção e, em toda sua vida, cruzou o caminho de apenas uma que conseguia isso.

Erguendo seu braço para espalhar a luz da vela, Christopher girou devagar, admirando os vários tons de azul que decoravam o quarto. Estranhamente, comparado com os outros aposentos, este era muito mais discreto. Não havia adornos nas paredes cor de damasco, exceto o retrato de um casal em cima da lareira.

Ele se aproximou, pisando em silêncio no tapete. Com olhos cerrados, estudou a imagem, que só poderia ser dos pais de Maria. A semelhança era tanta que não podia ser negada. Ficou pensando no local do retrato. Por que aqui? Um lugar onde mais ninguém veria, com exceção dela própria.

Começou a pensar em algo. Ela mantinha a imagem de seu verdadeiro pai muito próxima de si, porém os boatos diziam que ela era também muito próxima de seu padrasto, Lorde Welton. Christopher conhecia Welton. Aquele homem não possuía o afeto que irradiava dos olhos do pai de Maria. Os dois não eram farinha do mesmo saco.

– Quais são seus segredos? – ele se perguntou, antes de se virar e começar a vasculhar o quarto de Maria.

Seu contratado poderia fazer com facilidade esse trabalho por ele correndo menos riscos, mas só de pensar nas posses e vestes íntimas de Maria sendo manuseados por um lacaio ele se sentia impedido de dar tal ordem.

Ela era sua semelhante, e ele a respeitaria como tal. Em se tratando de Maria, Christopher faria tudo pessoalmente. Era o maior elogio que poderia dar a alguém.

Após amarrarem os cavalos em uma cerca afastada, Maria e dois batedores se afastaram dos animais como sombras na escuridão. Estavam vestidos de preto, o que deixava até mesmo John, alto como era, difícil de ser detectado.

Tom gesticulou para a esquerda e depois foi naquela direção, esgueirando-se pelas pequenas árvores ao redor. Maria o seguiu, com John cuidando da retaguarda. Com apenas o luar para ajudar em seu progresso, cruzaram a distância até a casa bem devagar.

Cada passo fazia o coração de Maria acelerar; sua ansiedade e impaciência formavam uma combinação perigosa. O vento carregava um leve frio, mas o suor cobria sua pele enquanto a esperança que não queria sentir se recusava a ser negada. Apesar da frustração que se intensificava com cada beco sem saída que encontrava, ela desejava desesperadamente ser bem-sucedida, sentindo o coração doer com a saudade de sua irmã.

A casa era simples e os jardins pareciam descuidados, mas a propriedade possuía um charme bruto. Pintura nova, tijolos limpos e caminhos livres mostravam o trabalho de uma mão cuidadosa, apesar do que parecia ser uma falta de criados. Um livro deixado em um banco de mármore indicava que passavam tempo de lazer ao ar livre.

A cena acolhedora fez a garganta de Maria se fechar. Ela adoraria viver uma vida despreocupada como sugeria a paisagem diante de si.

Seus pensamentos estavam cheios com sonhos de uma reunião alegre quando a mão de John agarrou seu ombro e a fez se abaixar. Assustada, mas experiente o bastante para manter silêncio, Maria se ajoelhou e lançou uma expressão questionadora. Ele moveu o queixo para o lado e ela acompanhou com o olhar, enxergando quatro cavalos sendo conduzidos e amarrados a uma carruagem.

– Nossas montarias – ela sussurrou, observando os cocheiros que trabalhavam rapidamente. Tom se levantou e correu de volta pelo caminho de onde vieram.

O pânico tomou conta dela, deixando suas mãos tão úmidas que precisou secá-las na calça. Com tantos ladrões nas estradas, nenhum viajante comum arriscava sair a esta hora. Algo estava errado.

Naquele momento, duas figuras encapuzadas apareceram, ambas tão pequenas que só poderiam ser mulheres. O coração de Maria subiu pela garganta. Ela implorou para que a menor das duas olhasse em sua direção.

Olhe para mim. Olhe para mim.

O capuz virou diretamente para ela e a pessoa tentou enxergar onde eles estavam escondidos. Sob a fraca luz da lamparina, Maria não conseguia distinguir ninguém. Uma lágrima caiu de seus olhos, depois outra, escorrendo quentes por seu rosto.

– Amélia – disse a pessoa mais alta, cuja voz ecoou pelo campo em tons abafados pela distância. – Suba com cuidado.

Por um momento, Maria ficou congelada. Seu coração parou, os pulmões perderam o ar, o sangue martelou em seus ouvidos. Amélia. Tão perto. O mais perto que já estivera em anos. Maria não a perderia outra vez.

Ela se levantou depressa, com os músculos preparados para correr.

– John!

– Sim, eu ouvi – ele desembainhou a espada. – Podemos resgatá-la.

– *Vejo só o que temos aqui.*

A voz arrogante atrás deles assustou aos dois. Girando, encontraram um grupo de sete homens saindo da floresta ao redor, empunhando várias armas e cercando-os.

– Uma pequenina e um grandão – o homem riu e seu cabelo oleoso brilhou sob o luar tanto quanto seus olhos. – Atrás deles, rapazes!

Maria mal teve tempo para sacar o florete antes de defender um golpe. Mesmo em menor número, ela e John encararam a luta com confiança. No silêncio da noite, o som irritante do choque de aço ecoava ousadamente. Seus oponentes gritavam e riam, acreditando que a vitória estava assegurada. Mas eles estavam lutando por dinheiro e por esporte. Maria estava lutando por algo muito mais valioso.

Ela atacava e defendia contra dois homens ao mesmo tempo, com seus passos dificultados pelo terreno irregular e sua visão prejudicada pela escuridão.

Durante todo o tempo ela estava muito ciente da carruagem atrás deles, seu cérebro contava os minutos que levaria para alcançá-la. Os cocheiros ouviriam a luta e se apressariam ainda mais. Se ela não se livrasse logo, perderia Amélia de novo.

De repente, mais combatentes apareceram, lutando não contra ela, mas ao seu lado. Maria não tinha noção de quem eram, apenas estava aliviada por se livrar daquilo. Defendendo-se de uma espada com um pulo para trás, Maria girou e começou a correr o mais rápido que podia em direção à carruagem.

– Amélia! – ela gritou, tropeçando em uma raiz, mas mantendo o equilíbrio. – Amélia, espere!

A pequena mulher encapuzada parou com um pé no degrau. Ao puxar o capuz para o lado, revelou uma jovem mulher de cabelos pretos e brilhantes olhos verdes. Não era a criança que Maria se lembrava, mas certamente era Amélia.

– Maria?

Debatendo-se contra a mulher mais alta, sua irmã tentou descer, mas foi empurrada para dentro.

– Amélia!

A porta oposta se abriu e Amélia caiu, cambaleando no meio de suas saias.

Maria acelerou a corrida, encontrando uma força que não sabia que possuía. Estava quase lá, a entrada da cocheira a apenas alguns metros, quando um forte golpe atingiu suas costas e a levou ao chão.

Presa debaixo do peso de um homem, seu florete derrubado para longe, ela não conseguia respirar, pois o ar fora expulso de seus pulmões com o golpe. Ela agarrou a terra, raspando as unhas no chão, olhando fixamente para Amélia, que também se debatia.

– Maria!

Desesperada, Maria chutou o homem cujas pernas estavam entrelaçadas às dela, e então uma dor que nunca sentira na vida atingiu seu ombro. Sentiu a carne ser rasgada por um golpe de adaga. Não uma vez, mas duas.

E então, o peso saiu de cima dela. Maria sussurrou o nome da irmã e tentou se mover, mas percebeu que estava presa ao chão pela lâmina que a perfurava. A dor de sua tentativa de se livrar foi demais para ela.

Em um momento, sentia agonia. Depois, não sentia mais nada.

CAPÍTULO 7

— Vamos receber um navio na cidade de Deal amanhã à noite.

Christopher olhou pela janela do escritório para a rua lá embaixo enquanto massageava o próprio pescoço. Os cavalos andavam apressados, já que ninguém gostava de passar mais tempo do que o necessário nesta área da cidade.

— Está tudo pronto?

— Sim – Philip disse logo atrás. – O proprietário já arranjou as carruagens e as montarias, então o transporte começará em breve.

Cansado, Christopher assentiu, sofrendo com a falta de sono. Levar a si mesmo até a exaustão física não aliviaria a inquietude causada por sua situação, e não ajudaria Maria.

— Ouvi dizer que essa mercadoria é de primeira – Philip disse, com seu tom de voz cheio da confiança que Christopher incentivava.

— Sim. Estou satisfeito.

Diluir o álcool e empacotar o chá contrabandeado levaria tempo, mas seus homens trabalhavam com afinco, e suas mercadorias entravam no mercado muito mais rápido do que outros contrabandistas conseguiam.

Alguém bateu na porta e ele permitiu a entrada. Sam ingressou no escritório, segurando o chapéu contra o peito, em um gesto que Christopher sabia que denunciava seu nervosismo. Sam era um dos homens encarregados de seguir Maria, então Christopher imediatamente ficou tenso.

– O que foi? – ele perguntou.

Sam estremeceu e passou a mão em seus cabelos ruivos.

– Houve uma luta há duas noites e...

– Ela foi ferida? – Christopher prendeu a respiração e sua cabeça foi inundada com memórias do corpo curvilíneo de Maria. Ela era tão pequena...

– Sim. Ferimentos de faca no ombro esquerdo. A lâmina o atravessou por inteiro.

A voz de Christopher se tornou ainda mais controlada, um sinal claro de sua irritação crescente.

– Sua missão era protegê-la. Enviei quatro pessoas nessa missão, e mesmo assim vocês falharam?

– Ela caiu em uma emboscada! E nós estávamos em menor número!

Christopher olhou para Philip.

– Prepare a carruagem.

– Ela está aqui – Sam disse rapidamente. – Na cidade.

– Como é? – seu coração acelerou. – Ela viajou nessas condições?

Sam estremeceu e confirmou.

Um rosnado grave retumbou das profundezas do peito de Christopher.

– Vou mandar trazer seu cavalo – Philip ofereceu, retirando-se depressa.

Christopher não tirou os olhos do rosto corado de Sam.

– Você deveria ter mantido ela na cama e mandado me chamar.

– É um milagre eu poder contar a história! – Sam levantou as mãos em defensiva, amassando a aba de seu chapéu. – Quando a levamos de volta para a estalagem, o irlandês ficou maluco – coçou com força a cabeça e continuou: – Ele ameaçou Tim! Tim estava tremendo, e você sabe que ele não tem medo de ninguém.

– Quinn não estava com ela quando o ataque ocorreu?

Sam balançou a cabeça.

Com as mãos fechadas em punhos ao lado do corpo, Christopher se retirou com passadas largas, forçando Sam a saltar para fora do caminho. Cruzando o corredor, ele parou na porta do salão, onde uma dúzia de seus lacaios jogavam cartas.

– Venham comigo – ele disse antes de descer a escada para o andar térreo.

Os homens se levantaram prontamente e o seguiram.

Ele apanhou casaco e chapéu e saiu pela porta principal. Em questão de segundos, estava montado e os outros estavam saindo dos estábulos, onde os cavalos esperavam prontos para qualquer emergência.

Enquanto passavam do distrito de St. Giles até o distrito de Mayfair, mendigos e prostitutas eram substituídos por vendedores e pedestres, mas todos os chamavam, acenando com seus chapéus em saudações alegres. Christopher cumprimentava de volta apenas quando necessário, mas o movimento era automático, seus pensamentos estavam inteiramente focados em Maria.

Mais tarde, após assegurar-se de que ela estava bem, ouviria a descrição do incidente nos mínimos detalhes de cada um dos seus quatro homens que estiveram presentes. Haveria uma discussão, e os pontos onde houve erro seriam descobertos. Os outros homens ouviriam sobre isso, e o fracasso seria usado de lição. Os quatro provavelmente nunca mais receberiam uma tarefa tão importante outra vez.

Talvez outras pessoas em sua posição tomassem medidas mais brutais de disciplina, mas um homem mutilado é menos eficiente do que um homem inteiro. E a perda de privilégios ensinaria a mesma lição a eles. Quando a violência era necessária, simplesmente era necessária, mas ele não precisava disso para controlar aqueles sob seu comando.

Ao chegar à casa de Lady Winter, desceu do cavalo quando dois de seus homens detiveram os cavalariços que se aproximaram. Entraram passando por cima do mordomo indignado, e Christopher entregou o chapéu e as luvas antes de subir as escadas de dois em dois degraus.

O tempo entre descobrir sobre os ferimentos de Maria e sua chegada a seus aposentos foi mesmo curto, mas não rápido o bastante para ele. Abriu a porta do quarto ao mesmo tempo em que Quinn entrou pela sala de estar contígua.

– Meu Deus! – o irlandês exclamou. – Dê mais um passo e eu o matarei com minhas próprias mãos.

Christopher fez um gesto indiferente para os homens que o seguiam.

– Cuidem disso – ele disse, abafando a confusão que se seguiu com um firme clique na fechadura.

Respirando fundo, sentiu o aroma de Maria e trancou a porta, surpreso por hesitar antes de se virar para olhar seu rosto. A ideia dela machucada provocava coisas estranhas em sua tranquilidade.

– Dê graças a Deus por eu estar cansada demais para lutar com você, Sr. St. John.

Ele sorriu ao ouvir sua voz rouca. A voz estava fraca, é verdade, mas o desafiava mesmo assim. Virando-se, ele a encontrou perdida em sua grande cama, pálida e com sobrancelhas franzidas de dor. Vestida com uma fina camisola de algodão com rendas no pescoço e nos pulsos, a infame Lady Winter parecia tão inocente quanto uma colegial.

Ele sentiu um nó no estômago.

– Christopher – ele corrigiu quase sem voz, forçando-o a limpar a garganta. Tirando o casaco, tomou um momento para se recompor.

– Sinta-se em casa – ela ironizou, observando-o.

– Obrigado – ele dobrou o casaco no encosto de uma cadeira e sentou-se na beira da cama.

Maria virou a cabeça para olhar em seus olhos.

– Você não parece bem.

– Oi? – as duas sobrancelhas se ergueram. – Acho que pareço melhor do que você.

O canto da boca dela se curvou.

– Besteira. Você é bonito, mas eu sou muito mais linda.

Ele sorriu e apanhou sua pequena mão.

– Disso não posso discordar.

Um barulho alto no quarto ao lado seguido de alguém praguejando fez Maria estremecer.

– Espero que você tenha homens suficientes lá. Simon está muito nervoso, e eu já o vi despachar um pequeno exército.

– Não pense nele – Christopher disse bruscamente. – Eu estou aqui. Pense em mim.

Ela fechou os olhos, revelando delicadas pálpebras escurecidas por pequenas veias azuis.

– Foi só isso que fiz nos últimos dias.

Ele foi surpreendido pela afirmação e não sabia se deveria ou não acreditar. E isso o fez pensar sobre como se sentiria se fosse verdade. Ele franziu o rosto e olhou para ela.

– Você esteve pensando em mim?

Sem pensar, ele acariciou seu rosto e passou duas mechas de seus cabelos por trás da orelha. A ternura que estava sentindo o desconcertou e o fez querer levantar, sair do quarto e voltar para casa, onde tudo era familiar e funcionava como um relógio.

– Eu disse isso em voz alta? – ela murmurou, arrastando as palavras. – Que bobagem minha. Não ligue para o que eu digo. É culpa do láudano, tenho certeza.

O recuo de sua confissão fez Christopher aproximar-se ainda mais. Parou com os lábios a poucos centímetros da boca dela. Seu aroma o enlouquecia.

– Me beije – ela sussurrou, desafiando-o mesmo em seu estado frágil.

Ele sorriu com a maneira como ela o instigava, e seu sorriso provocou o dela. Ficou satisfeito por conseguir tirar o peso da dor que a afligia.

– Estou esperando por você – ele murmurou.

Houve um momento revelador de hesitação. Então, Maria moveu a cabeça, diminuindo a pequena distância entre eles até seus lábios tocarem gentilmente a boca dele. O suave e inocente beijo o arrebatou, congelando-o no lugar, acelerando seu coração.

Incapaz de resistir, ele lambeu a junção de seus lábios coletando o sabor de ópio, conhaque e da pura e deliciosa Maria. Ela ofegou, abrindo-se para ele, agarrando sua mão. Quando a ponta da língua dela se aventurou em resposta, Christopher gemeu.

Mesmo indefesa, ela conseguia acabar com ele.

Então, a mão livre de Maria procurou o meio das pernas dele, usando seus dedos finos para percorrer a extensão de seu pau. Christopher se contorceu com violência diante da carícia, praguejando entre os dentes cerrados.

Ela gemeu de dor quando a força do movimento dele a sacudiu.

– Maria, perdão – arrependido, ele beijou sua mão. – Por que me tocar dessa maneira quando não existe possibilidade de você poder ir até o fim?

Maria levou um momento para responder, seus olhos fechados com força como se estivesse se recuperando da dor que inadvertidamente causou.

– Você não disse se pensou em mim durante nossa separação. Eu gostaria de saber.

Algum objeto de vidro se quebrou no outro quarto, e então algo pesado se chocou contra a parede. Quinn gritou, e alguém respondeu.

Christopher rosnou.

– Minha invasão não é prova suficiente do meu desejo de estar com você?

Suas pálpebras se abriram, revelando impenetráveis olhos negros que pareciam tão desolados para ele, muito mais do que esperaria de ferimentos de batalha. A desesperança que enxergou em sua alma era profunda e melancólica.

– Invasão é uma tática para derrotar inimigos – ela disse apenas. – Embora eu fique lisonjeada por sua rapidez.

– E o beijo? – ele perguntou. – O que foi aquilo?

– Não sei.

Ele continuou encarando-a, seu peito subia e descia em uma respiração difícil. Frustrado com a falta de controle, Christopher se levantou e começou a andar agitado de um lado a outro, algo que nunca fazia.

– Você gostaria de um pouco de água? – ele perguntou.

– Não. Vá embora.

Ele parou em seguida.

– Como é?

– Você me ouviu – virando a cabeça, Maria pousou o rosto no travesseiro. – Vá. Embora.

Cedendo ao desejo de partir, Christopher se aproximou de seu casaco. Ele não precisava dessa irritação, e não era do tipo de homem que implorava para mulheres. Ou elas o queriam ou não queriam.

– E não sei se gosto de seus homens me seguindo – ela murmurou.

Sua mão parou quando tocou a vestimenta.

– Deveria estar agradecida – ele sugeriu.

Ela o dispensou com as mãos.

O gesto de desprezo o irritou profundamente. Ele havia esperado com impaciência pelo retorno dela, e agora que não a tratava com as banalidades que desejava, ela o mandava embora.

– Eu pensei em você – ele resmungou.

Os olhos dela não se abriram, mas uma sobrancelha se ergueu. Apenas Maria conseguia transformar esse discreto movimento em um gesto gélido de desdém.

Christopher sentiu que revelou mais do que deveria, então disse:

– Eu esperava que nós pudéssemos passar um ou dois dias na cama quando você retornasse; entretanto, imaginei que seria um tempo muito mais animado do que esse que você está passando apenas deitada aí.

Ela mostrou um sorriso de quem compartilha uma lembrança secreta, como se entendesse que a necessidade dele era física e nada mais.

– Quantas vezes?

– O sexo? Quantas vezes eu conseguisse.

Ela riu suavemente.

– Quantas vezes você pensou em mim?

Ele rosnou.

– Vezes demais.

– Eu estava despida?

– Na maioria das vezes.

– Sei.

– E quantas vezes eu estava despido? – ele perguntou com a voz rouca, sentindo sua fome se renovar.

– Todas as vezes. Pelo jeito, sou mais libertina do que você.

– Acho mais provável que você e eu empatemos.

Maria o olhou de soslaio.

– Humm...

Deixando o casaco onde estava, Christopher voltou para ela.

– Quem é essa governanta que você busca com tanto afinco? – ele sentou-se e tomou sua mão outra vez. Foi então que percebeu o quanto suas unhas estavam curtas, unhas que já foram longas o bastante para machucar suas costas. Ele acariciou as pontas dos dedos.

– Não é ela quem eu procuro.

– Não? – Christopher olhou em seu rosto tentando analisar a expressão. Mesmo com sua coloração pálida, ele a achava linda. Com certeza conhecia muitas mulheres bonitas, mas nenhuma que pudesse suportar a dor que Maria sentia agora.

– Então, quem?

– Você não questionou seus homens?

– Não havia tempo.

– Agora estou mesmo lisonjeada – ela disse, arrastando de novo as palavras, sorrindo de um jeito que o atingia como a força de um golpe. Já teria visto ela sorrir antes? Christopher não se lembrava.

– Estou questionando *você* agora.

– Você está muito bonito nesse tom de marrom – mais uma vez ela tocou sua coxa, acariciando por cima da calça. Seus músculos se apertaram debaixo do toque dela. – Você se veste muito bem.

– Eu fico melhor nu – ele disse.

– Gostaria de poder dizer o mesmo. Infelizmente, eu tenho alguns furos.

– Maria – ele falou com um tom de voz baixo e sincero, sua mão apertou ainda mais a mão dela. – Me permita ajudar em seus assuntos.

Ela voltou toda a atenção para ele.

– Por quê?

Porque eu precisarei trair você. Porque preciso me redimir de algum jeito antes de fazer isso.

– Porque eu posso ajudar.

– Por que você quer me ajudar, Christopher? O que você ganha com isso?

– Preciso ganhar algo?

– Acho que sim – ela disse, estremecendo ao ouvir a porta do quarto sendo forçada.

– Maria! – Simon gritou através da porta, seguido imediatamente por um golpe e o som de um corpo caindo.

Christopher precisava admitir, ele estava impressionado com a perseverança do homem.

– Eles não irão machucá-lo, não é? – ela perguntou com preocupação no rosto. – Uma coisa é usar um pouco de força, mas não vou tolerar nada além disso.

A preocupação dela apenas aumentava a irritação dele.

– Tudo que peço é aquilo que já pedi antes: quero você disponível para meu uso. Sem reservas. Sempre que eu quiser, sem desculpas.

– Talvez eu prefira recusar e cuidar dos meus próprios assuntos.

Ele riu cinicamente.

– Talvez eu acreditasse se você não tivesse admitido que pensa em mim.

– Eu nunca serei a concubina de alguém.

– Ofereço o mesmo nível de conveniência para você. Estarei disponível quando você desejar. Isso melhora o acordo?

Maria passou os dedos pela palma da mão dele. Foi uma carícia inocente, quase sem pensar. O olhar dela estava distante, a cabeça ocupada com outras coisas, o lábio preso entre os dentes em preocupação. Christopher ergueu a mão livre e passou o polegar sobre a curva do lábio inferior.

– Quando nos encontramos pela primeira vez no teatro, você mencionou uma agência – ela lembrou, com sua respiração quente atingindo a pele dele.

– *A* agência – Christopher lutou contra a vontade de impedi-la de dizer qualquer coisa que ele pudesse usar contra ela.

– Esse é o verdadeiro propósito por trás desta oferta? – a cabeça dela se inclinou para o lado enquanto o estudava. – Porque você precisa me usar para outra coisa além de aquecer sua cama?

– Sim, faz parte da oferta – seu polegar deixou o lábio e se moveu pelo rosto. – Eu quero você de verdade, Maria. E também quero ajudá-la.

Os olhos dela se fecharam de novo com um suspiro.

– Estou cansada, Christopher. A viagem foi difícil nessas condições. Mais tarde, irei considerar sua proposta.

– Por que se arriscou a voltar? – ele sentiu que havia algo mais além do cansaço. Ela parecia desanimada e profundamente melancólica.

Os olhos dela se abriram e a maneira como apertou a mão dele mostrava urgência.

– Welton não sabe dos meus... interesses ou viagens. Se quer mesmo me ajudar, tenho uma tarefa para você.

– O que posso fazer?

– Onde vocês estavam há duas noites, quando me feri?

Ele estava no bordel da Emaline tentando convencer a si mesmo que não precisava de Maria para se satisfazer sexualmente. Mas, claro, nunca admitiria isso.

. – Seu paradeiro naquela noite era conhecido publicamente? – ela repetiu com outras palavras.

Sentindo culpa – uma emoção tão rara que precisou de um instante para reconhecê-la – ele respondeu:

– Não.

– Você poderia dizer que esteve comigo se alguém perguntar?

– Humm... talvez. Com o incentivo certo.

– Se você estava com outra mulher, então eu não quero persuadi-lo. Encontrarei outro álibi.

– Você está com ciúmes? – ele sorriu, satisfeito pela ideia.

– Eu deveria? – Maria sacudiu a cabeça. – Esqueça o que falei. Homens não toleram mulheres ciumentas.

– É verdade – ele beijou de leve seus lábios, depois aprofundou o beijo conforme ela não se afastou. Maria respondeu na mesma medida. Christopher sentiu seu sangue ferver instantaneamente com a reação dela. Ferida e com dor, mesmo assim aceitou sua investida amorosa como se não pudesse resistir.

Ele sussurrou contra sua boca:

– Mas *este* homem gosta da ideia de uma Maria com ciúmes.

Uma batida na porta do corredor forçou a separação.

– Descanse – ele disse quando ela abriu a boca para responder. – Irei ajudar naquilo que puder.

Levantando-se, Christopher andou até a porta e abriu, encontrando Tom, que parecia preocupado.

– Lorde Welton está no salão – Tom disse. – Philip mandou chamá-lo.

Christopher logo se recompôs, deixando o rosto impassível, mas havia um turbilhão de pensamentos em sua mente. Ele assentiu, depois voltou para o quarto e apanhou seu casaco.

– O que foi? – Maria perguntou, arregalando os olhos negros com preocupação. – Simon está bem?

Levou um instante para afastar a vontade de responder de modo indelicado.

– Irei me certificar de que ele está bem, mas me diga uma coisa: você mostraria a mesma preocupação se fosse eu no lugar de Quinn?

– *Você* está com ciúmes?

– Eu deveria?

– Sim. Espero que fique se retorcendo de ciúmes.

Uma explosão de risadas escapou – em parte por achar genuinamente engraçado, em parte pelo desgosto de estar cativado por uma linda mulher famosa por sua história trágica com os homens. Quando ela ofereceu outro sorriso, ele se resignou e nutriu uma fraca esperança de que esse encanto fosse passageiro.

– Me dê um momento para lidar com um assunto inesperado – ele murmurou, vestindo o casaco. – Depois conversaremos sobre os detalhes de nossa parceria. E vou checar se Quinn está bem.

Ela assentiu e ele se retirou usando a sala contígua, parando um instante debaixo do batente para observar os móveis destruídos e o irlandês amordaçado e amarrado a uma cadeira no canto. Murmúrios furiosos e um safanão violento se seguiram à aparição de Christopher. Quinn se levantou, curvado por causa da cadeira amarrada em suas costas, e dois dos homens de Christopher o jogaram de volta ao chão.

– Sejam gentis com nosso amigo – ele disse, irônico, notando seus homens espalhados ao redor com diferentes graus de dor. – A madame insiste, embora pareça que o medo dela seja injustificado.

Conseguiu segurar sua risada até alcançar a escada. Então liberou até chegar ao salão. Felizmente, encontrou o térreo em uma situação muito melhor do que o andar superior.

Philip o recebeu em frente à escada.

– Enviei a governanta para conversar com Lorde Welton no salão – o jovem explicou, conduzindo Christopher até o escritório. – Ela disse que Lady Winter está indisposta. Pelo visto, a notícia não foi bem recebida. A governanta pediu para você ser chamado.

Christopher se virou para a mulher, que estava de pé em frente à janela.

– O que posso fazer por você, Sra...?

– Fitzhugh – ela respondeu erguendo o queixo. Fios de cabelo cinza enrolados por causa do calor e da umidade da cozinha emolduravam um rosto marcado pela idade, mas com feições belas. – Ele me perguntou se ela estava doente ou ferida. Não gosto dele, Sr. St. John. Ele é muito intrometido.

– Entendo. Imagino que você não quer que ele saiba da condição de sua senhora.

Ela assentiu com tristeza, as mãos avermelhadas torcendo seu avental.

– Milady deu ordens expressas.

– Então, mande-o embora.

– Não posso fazer isso. É ele quem cuida do dinheiro.

Christopher parou, com sua suspeita imediatamente se tornando certeza de que algo estava errado. A segurança financeira de Maria deveria estar assegurada para o resto da vida, independente da generosidade de seu padrasto. Ele lançou um olhar para Philip, que concordou em silêncio. Esse assunto deveria ser investigado minuciosamente.

– Tem alguma sugestão? – Christopher perguntou, voltando a atenção para a Sra. Fitzhugh e analisando-a com cuidado.

– Eu disse que você estava para chegar e que Lady Winter estava indisposta.

– Humm... entendo. Então, talvez seja melhor eu aparecer na hora certa, não é mesmo?

– É melhor não se atrasar – ela concordou.

– É claro que não. Se não se importa, poderia se dirigir até o salão, Sra. Fitzhugh?

A governanta se apressou e Christopher ergueu uma sobrancelha na direção de Philip.

– Mande chamar Beth. Quero falar com ela ainda hoje.

– Pode deixar.

Christopher deixou a sala e cruzou a pequena distância até a frente do salão, onde entrou atrás da Sra. Fitzhugh como se tivesse acabado de chegar. Ele fingiu surpresa.

– Boa tarde, milorde.

Lorde Welton levantou a cabeça da bebida que estava servindo e seus olhos se arregalaram. Uma satisfação brilhou por trás de sua expressão, mas logo foi mascarada.

– Sr. St. John.

– Uma ótima tarde para uma visita, milorde – Christopher disse em um tom suave enquanto examinava discretamente a boa qualidade das roupas de Lorde Welton. Apesar de uma vida de excessos em todos os tipos de vícios, o visconde parecia a encarnação da saúde e da vitalidade com suas tranças negras e astutos olhos verdes. Ele tinha a aparência de um homem que se sentia tão seguro em seu lugar no mundo que nada mais o preocupava.

– Sim. Eu concordo – Welton tomou um grande gole, depois disse: – Embora ouvi dizer que minha enteada está indisposta.

– Oh, é mesmo? Ela estava vibrante quando a encontrei há dois dias – ele suspirou fingindo estar desapontado. – Então imagino que ela cancelará nossos planos para hoje à tarde. Estou arrasado.

– Dois dias atrás, você diz? – Welton perguntou, franzindo o rosto, desconfiado.

– Sim. Após nos conhecermos em uma festa na casa dos Harwick, ela graciosamente aceitou meu convite para jantar – Christopher pronunciou as últimas palavras com um tom de satisfação masculina.

A sutil insinuação não passou despercebida para Lorde Welton, que sorriu, presunçoso.

– Ah, bem, parece que esse rumor é tão inútil quanto os outros – ele tomou o resto da bebida antes de se levantar. – Por favor, diga a ela que estive aqui. Não tenho intenção de me intrometer em seu encontro.

– Tenha um bom dia, milorde – Christopher disse com uma leve reverência.

Welton sorriu maliciosamente.

– Já está sendo.

Christopher esperou até a porta da frente se fechar atrás do visconde e depois voltou para o escritório.

– Mande alguém segui-lo – ele disse para Philip.

Então, subiu as escadas de volta para Maria.

Robert Sheffield, o Visconde de Welton, desceu os pequenos degraus até a rua e parou por um momento para olhar a casa atrás dele.

Algo estava errado.

Apesar dos fatos aparentes dizerem o contrário – o juramento da governanta de que eles não conheciam os agressores, e a afirmação de St. John de que esteve com Maria na noite do ataque – o instinto de Robert dizia para ficar desconfiado. Quem mais desejaria resgatar Amélia além de Maria? Quem mais seria tão ousado? Ele não acreditaria na afirmação de Amélia de que seus agressores eram desconhecidos, mas a governanta corroborou a versão e ela não tinha razão para mentir para a pessoa que pagava por seus serviços.

Robert parou na porta da carruagem e olhou para o cocheiro.

– Leve-me para o White.

Entrando, ele se recostou no assento e considerou as alternativas. Maria poderia ter enviado homens em seu lugar, ficando livre para encontrar St. John, mas como conseguiria dinheiro para isso?

Ele esfregou a área entre as sobrancelhas para aliviar a dor de cabeça. Esse constante conflito entre os dois era realmente ridículo. A maldita megera deveria estar agradecida. Ele a resgatara de apodrecer no campo e arranjara casamentos com homens ricos e poderosos. Sua casa e seu modo de vida luxuoso existiam graças a ele, e por acaso ela algum dia já o agradecera?

Não. Portanto, ele a manteria como principal suspeito, mas Welton não era nenhum tolo. Também precisava considerar a possibilidade de que mais alguém tivesse algo contra ele, alguém que sabia que sua sorte dependia de Amélia. Ele odiava gastar fundos que poderiam ser usados para seu prazer com essa busca inútil, mas que outra escolha tinha?

Robert suspirou, percebendo que precisaria de mais dinheiro se quisesse manter seu atual estilo de vida. O que significava que era preciso encontrar algum generoso admirador de Maria.

CAPÍTULO 8

– Amélia, não chore mais. Eu lhe imploro.

A jovem puxou ainda mais a coberta sobre a cabeça.

– Vá embora, Miss Pool. Por favor!

A cama se afundou ao seu lado e uma mão pousou em seu ombro.

– Amélia, eu fico de coração partido ao vê-la assim.

– E de que outra maneira eu deveria me sentir? – ela fungou, seus olhos queimavam de tanto chorar, seu coração estava despedaçado. – Você viu o que ela passou para me encontrar? Como lutou para se aproximar de mim? Eu não acredito em meu pai. Não mais.

– Lorde Welton não possui motivos para mentir – Miss Pool a tranquilizou, acariciando suas costas. – Lady Winter realmente possui uma reputação... assustadora, e você viu suas vestimentas e os homens que a serviam. Para mim, seu pai parece correto.

Jogando a coberta para o lado, Amélia sentou-se e lançou um olhar endurecido para sua governanta.

– Eu vi o rosto dela. Aquela não era a aparência de uma mulher que aceita com alegria dinheiro para ficar longe de mim. Ela não parecia um monstro sem consciência que deseja me transformar em uma cortesá como meu pai acusa.

Miss Pool franziu as sobrancelhas, seus pálidos olhos azuis cheios de confusão e preocupação.

– Eu não teria impedido você de falar com ela se soubesse que era sua irmã. Tudo que vi foi um jovem garoto correndo em sua direção. Pensei que fosse apenas um pretendente apaixonado – ela suspirou. – Talvez se vocês tivessem conversado, não teria essas ilusões sobre o caráter dela. Além disso, não sei se mentir para Lorde Welton foi uma boa ideia.

– Obrigada por não dizer nada para meu pai – Amélia apanhou a mão da governanta e a apertou. O cocheiro e os batedores também mantiveram silêncio. Eles a acompanhavam desde o início e desenvolveram ternura por Amélia. Embora a impedissem de fugir, eles faziam o melhor que podiam para deixá-la feliz. Exceto pelo cavalariço Colin, objeto de seu afeto, que passava a maior parte do tempo evitando-a.

– Você me implorou – Miss Pool disse com um suspiro –, e não fui forte o bastante para recusar.

– Nenhum dano foi causado por ocultar esse conhecimento dele. Estou aqui em Lincolnshire com você – no fundo de seu coração, Amélia suspeitava que, se seu pai soubesse das ações da irmã, tudo em sua vida mudaria. E duvidava que fosse para melhor.

– Eu leio os jornais, Amélia. O modo de vida de Lady Winter não é adequado à sua educação para a vida social. Mesmo que tudo o que seu pai disse seja... *exagerado*, o que duvido depois de ver o que vi, você deve concordar que as chances de ela ser uma boa influência são muito pequenas.

– Não insulte Maria, Miss Pool – Amélia disse rispidamente. – Nenhuma de nós a conhece direito para jogar calúnias sobre seu caráter.

A voz de Amélia falhou quando relembrou a imagem do grande patife que jogou Maria ao chão e depois a perfurou com uma adaga. Lágrimas se acumularam em seus cílios e depois caíram, molhando as flores que decoravam seu vestido.

– Meu Deus, espero que ela esteja bem.

Por todo esse tempo ela pensara que seu pai a estava protegendo de Maria. Agora não sabia mais o que pensar. A única coisa de que tinha certeza era que a voz de sua irmã carregava um tom de desespero e saudade que seria impossível de fingir.

Miss Pool a puxou para perto e ofereceu o ombro, que Amélia aceitou com gratidão. Ela sabia que Miss Pool não ficaria por muito tempo. Seu pai trocava de governanta todas as vezes que a mudava de casa, o que não era menos do que duas vezes por ano. Nada em sua vida era permanente.

Não esta nova casa com seu charmoso jardim. Não este quarto adorável e esta decoração floral com seus tons favoritos de rosa.

Então, seus pensamentos pararam por um instante.

Irmãos são permanentes.

Pela primeira vez em anos, ela percebeu que não era órfã. Havia alguém neste mundo disposto a morrer por ela.

Maria arriscou a vida em uma tentativa de falar com ela. Que diferença drástica de seu pai, a quem ouvia falar apenas por terceiros.

De repente, Amélia sentiu como se algo que estivesse esperando por muito tempo finalmente acontecera, embora não entendesse o que era. Ela teria que explorar esse sentimento, aceitá-lo, e depois decidir como agir. Após anos de dias iguais que se misturavam com nada de novo para oferecer, um mistério havia sido revelado, um mistério que oferecia a esperança de pôr um fim à sua solidão.

As lágrimas que derramou em seguida eram de alívio.

Maria olhava para o dossel de sua cama e tentava encontrar forças para aguentar a dor de se mexer. Ela precisava ver Simon. Sabia que ele era capaz de cuidar de si mesmo, mas também sabia que estava preocupado com ela e Maria não queria que ficasse atormentado à toa.

Ela estava prestes a deslizar para fora da cama quando a porta do corredor se abriu e St. John retornou. Mais uma vez, prendeu a respiração ao vê-lo. Ele era muito mais do que uma beleza incomum, é verdade, mas era sua absoluta confiança o que mais a atraía. Simon também tinha essa característica, mas em Christopher era diferente. Enquanto Simon explodia em um entusiasmo irlandês, Christopher se continha ainda mais e se tornava mais perigoso.

– Se você levantar da cama, vou colocá-la no meu colo e dar umas palmadas – Christopher disse asperamente.

Ela quis sorrir, mas conteve-se. O feroz pirata tinha uma preocupação maternal. Ela achava isso charmoso. Isso equilibrava sua personalidade rude e controladora. E Maria percebia que o deixava inquieto. Provocá-lo era um prazer simples, sabendo que conseguia penetrar debaixo de sua couraça.

– Eu devo mostrar para Simon que estou bem.

Um longo rosnado ecoou pelo quarto, depois ele se apressou até a sala contígua. Abrindo a porta, ele disse, quase gritando:

– Lady Winter está bem. Você entendeu, Quinn?

Grunhidos e murmúrios amordaçados acompanharam a afirmação de Christopher. Ele se virou para Maria e perguntou de um modo arrogante:

– Melhor assim?

– Simon, meu amor? – ela chamou, estremecendo quando um suspiro fez seu ombro doer.

Batidas violentas da cadeira no chão foram sua resposta.

Christopher continuou esperando com uma sobrancelha erguida.

– Você precisa mesmo amarrá-lo?

A outra sobrancelha subiu para se nivelar à primeira.

– Sinto como se precisasse fazer algo para salvá-lo – ela murmurou, mordendo os lábios.

Fechando a porta com força, Christopher tirou o casaco e voltou para seu lugar na cama. Ela percebeu o quanto a prisão de suas roupas o incomodava. Depois o imaginou vestindo apenas uma leve camisa e uma calça no convés de um de seus navios.

A boca dele se ergueu em um dos cantos, como se soubesse dos pensamentos dela.

– Não tenho nenhuma intenção de ser cortês com ele. Quinn deveria estar cuidando de sua segurança. Ele falhou nessa tarefa.

– Ele não sabia que eu iria sair.

– Você fugiu?

Ela assentiu.

Ele riu.

– Então, ele é ainda mais tolo por não ter previsto sua ação. Ele deveria lhe conhecer melhor do que eu, já que até mesmo eu esperaria isso de você.

– Eu não teria ido se soubesse do perigo – ela argumentou. Mas, se fosse o caso, teria perdido a visão de Amélia. Embora o resultado tenha sido desastroso, o encontro renovou suas esperanças. Amélia estava saudável e ainda na Inglaterra.

– Aqueles que vivem como nós, sempre devem esperar pelo perigo, Maria – ele sussurrou, acariciando sua mão com o polegar. – Nunca baixe a guarda.

Enquanto lutava contra sua resposta à ternura dele, Maria voltou seu olhar para a porta, buscando por um escape.

– Lorde Welton esteve aqui.

Os olhos dela dispararam para o rosto de Christopher. Os olhos dele estavam sombrios e indecifráveis. Ele era especialista em manter seus pensamentos para si mesmo. Mas ela tinha certeza de que ele podia notar seu pânico.

– É mesmo?

– Ele pensava que você estava ferida.

Maria estremeceu por dentro.

– Mas eu o assegurei que nós jantamos há dois dias e que você estava muito bem.

– Há dois dias?

Christopher chegou mais perto e passou a mão suavemente em seu rosto. Ele não conseguia parar de tocá-la, um defeito que ela considerava muito atraente. Maria passou tanto tempo cuidando de si própria que já nem lembrava mais como era bom sentir-se cuidada por alguém.

– Eu disse que ajudaria – ele a lembrou.

Mas ela percebeu algo debaixo daquela superfície de perfeição masculina. Algo além de mera inquietação em um território inexplorado. Até descobrir o que era, Maria não poderia confiar a ele simples verdades, muito menos algo tão vital como o resgate de Amélia.

Então ela assentiu para confirmar sua promessa de considerar seu pedido, depois fechou os olhos.

– Estou mesmo cansada – o lado esquerdo de seu corpo latejava da cabeça até o quadril.

Maria sentiu Christopher inclinar-se mais perto, sentiu sua respiração roçar em seus lábios. Ele estava prestes a beijá-la outra vez, um daqueles beijos leves e deliciosos que faziam seu sangue ferver. Por gostar desses beijos, ela abriu os lábios para ele. Christopher riu de leve, em um som rouco que ela adorava.

— Posso trocar um beijo por um segredo? – ele perguntou.
Ela abriu um olho.
— Você dá valor demais para seus beijos.
O sorriso maroto dele tirou seu fôlego.
— Talvez você dê valor demais para seus segredos.
— Ah, vá embora – ela disse, com um grande sorriso.
Ao invés de obedecê-la, Christopher a beijou profundamente.

— Amélia?
Christopher se ajeitou no banco ao lado da janela, apoiando o braço no joelho dobrado enquanto observava o jardim lá embaixo. Já era noite, mas sua casa e os arredores estavam bem iluminados e bem guardados. As plantas estavam podadas para evitar lugares onde alguém pudesse se esconder. Assim como em sua vida, as necessidades estavam resolvidas, mas não havia lugar para confortos ou extravagâncias.
— Sim, é isso que ela estava falando.
— E foi a garota que respondeu, e não a governanta. Vocês estão certos disso? – ele olhou de soslaio para os quatro homens alinhados.
Eles assentiram ao mesmo tempo.
— Por que ninguém foi atrás da carruagem?
Os quatro se remexeram desconfortáveis.
Sam limpou a garganta e disse:
— Você nos disse para vigiar a mulher. Quando ela se feriu... – ele encolheu os ombros.
Christopher suspirou.
Alguém bateu na porta e ele mandou entrar. Philip apareceu e apenas disse:
— Lorde Sedgewick.
— Peça para ele entrar – Christopher dispensou os outros homens e um momento depois Sedgewick surgiu. Alto, pálido e vestido em uma profusão de rendas, joias e cetim, era a síntese da afetação aristocrática. Pensar que o homem achava que podia controlar Christopher era risível.

Pensar que estava caçando Maria o deixava com raiva. E Christopher não era um homem que você gostaria de irritar.

— Milorde — ele se levantou.

— Como a vida sem algemas está te tratando? — Sedgewick perguntou com um sorriso zombeteiro.

— Eu não recomendo que se sinta presunçoso demais, milorde — Christopher gesticulou para o sofá verde na sua frente. — Sua posição é tão precária quanto a minha.

— Tenho toda a confiança que meus métodos, embora pouco ortodoxos, irão dar resultados louváveis — o conde ajustou a cauda de seu casaco antes de se sentar.

— Você sequestrou uma falsa testemunha do governo e está usando-o para extorquir minha cooperação. Se a verdade de sua testemunha aparecer, isso resultaria em... problemas.

Sedgewick sorriu.

— Estou muito ciente de sua popularidade com o povo. Minha testemunha está segura. De qualquer forma, você pode ganhar sua liberdade a qualquer momento se me entregar Lady Winter. O perdão condicional que você possui garante isso. Estamos somente esperando para ver se você irá falhar e voltar para a prisão, ou se irá ser bem-sucedido e nos entregar a mulher. Os dois resultados são aceitáveis para mim. E devo dizer que, no momento, o primeiro cenário parece mais provável.

— Ah, é mesmo? — Christopher estudou o conde com olhos cerrados. — E como você chegou a essa conclusão?

— Duas semanas já se passaram e você ainda não foi visto com Lady Winter. Parece que está fazendo pouco progresso.

— As aparências enganam.

— Imaginei que diria isso. Portanto, pensei em um jeito de você provar que não está desperdiçando nosso tempo — Sedgewick sorriu. — Lorde e Lady Campion darão um baile de máscaras depois de amanhã. Você irá com Lady Winter. Assegurei aos anfitriões que ela comparecerá.

— O aviso está muito em cima da hora — Christopher alertou.

— Estou preparado para prendê-lo se não aparecer.

— Boa sorte com isso, milorde — embora as palavras tenham sido ditas com bom humor, por dentro Christopher não achou nenhuma graça.

— Eu posso encontrar magicamente outra testemunha — o conde disse enquanto ajeitava as rendas de seu pulso —, por um bom preço. Bom o bastante para superar o medo de represálias.

— Nenhum de vocês resistiria a uma investigação detalhada.

— Uma vez preso, suas chances de sobreviver irão diminuir de maneira drástica. Após sua morte, ninguém se importará se a testemunha era ou não viável.

Embora tenha permanecido com aparência indiferente, por dentro Christopher se contorcia de fúria. Maria estava ferida e sentindo muita dor. Levaria um tempo para se recuperar. Como poderia pedir para comparecer a um evento social nessas condições?

— Se eu mostrar a correspondência que estamos trocando, você se convenceria de nossa conexão? — ele perguntou.

— Não. Quero ver você e ela juntos, em carne e osso.

— Na próxima semana, então — mesmo isso seria cedo demais, mas melhor do que dois dias. — Talvez em um piquenique no parque?

— Por acaso eu descobri seu blefe? — Sedgewick provocou. — E pensar que o chamei de "amedrontador". Ah, bom, acho que até eu erro de vez em quando. Não estou vestido para levá-lo de volta para Newgate, mas posso fazer uma exceção neste caso, já que estou aqui.

— Você acha que pode me tirar da minha própria casa?

— Eu vim preparado. Há vários soldados lá fora no beco perto dos estábulos.

O fato de que o visconde realmente acreditava que poderia invadir a casa de St. John fez Christopher sorrir, e também lhe deu uma ideia. Como acabara de dizer, as aparências podem enganar. Talvez uma Angélica mascarada pudesse passar como uma substituta para Maria. Valia a pena considerar.

— Então Lady Winter e eu iremos encontrar você no baile de máscaras, milorde.

— Ótimo — Sedgewick esfregou as mãos. — Mal posso esperar.

— Eu vou matá-lo, Maria.

Olhar para Simon andando nervoso ao pé de sua cama estava lhe causando dor de cabeça, então Maria fechou os olhos. Ela também estava se sentindo culpada pelo tratamento que St. John ordenou a Simon, o que intensificava sua frustração. Com um olho roxo e o lábio inchado, Simon parecia mesmo ter passado por maus bocados.

— No momento, preciso dele vivo, Simon, meu amor. Ou pelo menos de informações sobre ele.

— Hoje à noite vou me encontrar com o homem que infiltramos na casa de St. John. Ele trabalha nos estábulos, mas engajou um romance com uma das criadas. Espero que tenha conseguido descobrir algo com ela.

— Por que duvido disso? — ela zombou. Maria não podia imaginar St. John possuindo qualquer empregado de língua solta.

Simon praguejou em gaélico.

— Porque você é esperta. Todos os novos criados de St. John passam um mínimo de dois anos a seus serviços antes de receberem permissão para entrar na casa. É uma das maneiras com que St. John controla a lealdade de seus lacaios. Qualquer um que tenha um objetivo secundário, como nós, geralmente considera a espera longa demais. Além disso, dizem que St. John cuida tão bem de seus funcionários que aqueles que o procuram com outras intenções acabam se convertendo em aliados.

— Assim fica fácil entender seu sucesso, não é mesmo?

— Não peça para eu admirá-lo. Minha paciência já esgotou os limites.

Ajeitando-se para tentar encontrar uma posição mais confortável, Maria gemeu quando sentiu pontadas de dor aguda em seu lado esquerdo.

— *Mhuirnín*.

No momento seguinte, mãos fortes a posicionaram com o máximo de cuidado.

— Obrigada — ela sussurrou.

Lábios firmes a beijaram suavemente. Seus olhos se abriram e seu coração se apertou diante da preocupação nos lindos olhos de Simon.

— Sofro por vê-la nessas condições — ele murmurou, inclinando-se sobre ela com uma mecha de cabelo preto caindo sobre os olhos.

– Logo ficarei bem – ela o assegurou. – Com sorte, antes que Welton apareça de novo. Podemos apenas rezar para que o encontro com St. John ontem seja suficiente para mantê-lo longe até eu me recuperar.

Simon se dirigiu até uma cadeira próxima e sentou-se. A correspondência do dia o esperava em uma bandeja de prata em cima da mesa. Ele começou a checar as cartas, resmungando para si mesmo como sempre fazia quanto estava agitado.

– Tem uma carta aqui enviada por Welton – ele disse.

Maria, quase dormindo, piscou sonolenta.

– O que diz?

– Me dê um minuto – houve uma longa pausa e o som de papel sendo manuseado, depois Simon falou: – Welton diz que encontrou uma pessoa cuja amizade ele deseja que você cultive. Amanhã à noite, no baile de máscaras dos Campion.

– Meu Deus – ela sussurrou, sentindo o estômago dar um nó. – Eu devo recusar, é claro. Não posso sair da cama nessas condições.

– É claro que não.

– Peça para minha secretária redigir uma resposta. Diga que tenho um compromisso com St. John como ele desejava, e Christopher não seria bem recebido nesse evento.

– Cuidarei disso. Agora, descanse. Não se preocupe.

Assentindo, Maria fechou os olhos e logo caiu no sono.

Acordou algum tempo depois ao sentir o cheiro do jantar. Virando a cabeça, enxergou a escuridão da noite entre as cortinas.

– Como está se sentindo? – Simon perguntou de sua cadeira ao lado da cama. Deixando seu livro no chão, ele se inclinou, apoiando os braços nos joelhos.

– Com sede.

Ele assentiu e se levantou, voltando um momento depois com um copo d'água. Apoiando a cabeça dela, Simon levou o copo até seus lábios e observou enquanto ela bebia avidamente. Quando terminou, ele voltou a sentar-se, rolando o copo entre a palma das mãos, as pernas descobertas pelo roupão aberto.

– O que foi? – ela perguntou, notando sua agitação.

Ele apertou os lábios antes de dizer:

– Welton respondeu.

Quando se lembrou da carta, Maria estremeceu.

– Ele não aceitou a recusa?

Simon sacudiu a cabeça com pesar.

– Ele prefere que você compareça sozinha.

Com dores, desanimada e desesperada para ser deixada em paz, Maria começou a chorar. Simon circulou a cama e deitou-se ao seu lado, aninhando cuidadosamente o corpo dela em seus braços quentes. Ela chorou até não conseguir mais. Depois soluçou sem lágrimas.

Por todo esse tempo Simon a tranquilizava, abraçava, encostava o rosto ao dela e chorava com ela. Até que, por fim, não havia mais nada a fazer, todas as esperanças de Maria haviam acabado, deixando-o vazia por dentro.

Mas o vazio também tinha seus confortos.

– Mal posso esperar até a morte de Welton – Simon disse com ardor. – Matá-lo irá me trazer um grande prazer.

– Um dia por vez. Você pode escolher um vestido que esconda meu ombro e pescoço?

Ele exalou com força, resignado.

– Cuidarei de tudo, *mhuirnín*.

Maria começou mentalmente o processo de renovar suas esperanças com um novo propósito.

Welton não venceria. Ela não permitiria esse prazer a ele.

– Prefere este aqui? – Angélica perguntou, girando lindamente em seu vestido prateado de tafetá.

– Deixe-me ver – Christopher disse, analisando o vestido e sua figura enquanto a barra e as rendas paravam no lugar.

Angélica era um pouco mais alta do que Maria e seu corpo não era tão curvilíneo, mas alguns artifícios poderiam esconder as discrepâncias. Aquele vestido era mesmo melhor do que os outros que experimentara. A cor realçou o tom moreno de pele que ele achava tão atraente em Maria e o espartilho deixava os seios maiores. Com o penteado certo e uma máscara que cobrisse totalmente o rosto, eles poderiam enganar a todos.

– Você não poderá falar – ele alertou. – Não importa o que digam, nem quem diga – a voz de Angélica não era nem um pouco semelhante à de Maria. – E não ria. É um baile de máscaras. Seja misteriosa.

Ela assentiu com vigor.

– Nada de conversas, nada de risadas.

– Irei recompensá-la muito bem por isso, meu amor – ele disse gentilmente. – Serei muito grato por sua cooperação.

– Sabe que eu faria qualquer coisa por você. Você me deu uma casa e uma família. Lhe devo minha vida.

Com um gesto, Christopher dispensou a gratidão dela e o desconforto que ele sentiu. Ele nunca sabia o que dizer quando as pessoas o agradeciam, então preferia que não agradecessem.

– Você tem sido uma grande ajuda para mim. Não precisa me pagar com nada.

Angélica sorriu e se aproximou, sedutora, apanhando sua mão e beijando-a.

– Então, você gostou deste vestido?

Ele assentiu.

– Sim. Você está magnífica.

O sorriso dela aumentou enquanto voltava para o quarto de vestir.

– Eu não teria coragem para tentar esse plano – Philip disse, sentado em uma cadeira ao lado da lareira.

– Não seria prudente enfrentar Sedgewick agora – Christopher explicou, acendendo um charuto. – Até eu saber qual será meu próximo movimento, é melhor deixá-lo com sua ilusão de poder. Isso irá acalmá-lo, talvez até fique complacente, deixando-me livre para trabalhar em uma solução sem sua interferência.

– Até hoje eu vi apenas ilustrações de Lady Winter, mas pelas histórias que ouvi, ela parece ser mesmo única. É difícil imitar o incomparável.

Christopher assentiu, pousando o olhar brevemente na luz refletida pelos óculos de Philip. O jovem havia cortado o cabelo curto naquela manhã. Isso o fazia parecer ainda mais jovem do que aos seus dezoito anos.

– Muito difícil, mas Maria está muito ferida para comparecer, não há como negar esse fato. O risco à sua saúde é maior do que minha necessidade no momento. Se Sedgewick descobrir a farsa, eu poderia tentar explicar de algum jeito. Não há como negar que Maria e eu somos... – Christopher exalou, soprando uma fumaça aromática. – Seja lá o que somos, ela iria me autorizar se eu pedisse.

– Espero que você esteja certo em presumir que ninguém irá perceber as diferenças entre as duas mulheres.

– É muito mais fácil desmascarar uma fraude quando você compara o original com o falso. Neste caso, Maria esteve fora da cidade por duas semanas. Os convidados terão que se apoiar em suas memórias, já que ela estará de cama em casa. Angélica e eu cuidaremos para sermos vistos juntos por Sedgewick o mais rápido possível, depois partiremos de imediato.

Philip ergueu seu copo de conhaque.

– Que seu plano funcione perfeitamente.

Christopher sorriu.

– Em geral, funciona.

CAPÍTULO 9

Enquanto esperavam na fila de carruagens que se aproximavam da mansão dos Campion, Maria respirava com um ritmo constante. Cada buraco na estrada trazia tanta dor que ela se sentia nauseada. A constrição do espartilho não ajudava e o peso do penteado elaborado deixava seu pescoço dolorido.

Simon estava sentado em frente a ela, suas vestimentas bem mais casuais, seu olhar brilhando na penumbra da carruagem.

– Estarei esperando por você – ele murmurou.

– Obrigada.

– Apesar das circunstâncias, está maravilhosa.

Ela conseguiu sorrir um pouco.

– Felizmente, Welton e eu nunca trocamos muitas palavras. Imagino que não vá demorar mais do que meia hora, embora o encontro em si possa demorar um pouco mais do que isso.

– Mandarei um batedor atrás de você se demorar mais do que uma hora. Você será chamada. Diga que é St. John quem procura sua companhia.

– Que ótimo – ela ironizou.

A carruagem trepidou sobre os paralelepípedos na entrada da mansão e então parou de novo. Desta vez, a porta foi aberta e seu batedor estendeu a mão para ajudá-la a descer. Ele foi cuidadoso de modo discreto.

Maria recompensou sua preocupação com um leve sorriso, depois subiu os degraus e entrou na mansão.

A nova espera na fila de entrada foi outra tortura, assim como foi fingir alegria quando cumprimentou os Campion. Foi com grande alívio que terminou as formalidades e, com um rápido ajuste na máscara, ela entrou no salão lotado.

Seu adorável vestido rosa com rendas prateadas estava oculto por sua capa negra. Ela não possuía nada que pudesse esconder seu ferimento por completo, deixando-a sem outra escolha. Por causa disso, Maria vestiu-se com aprumo, mas manteve a discrição. Ela andou com cuidado ao redor do salão, desviando dos convidados e enviando um sinal silencioso para ficarem longe. Felizmente, a postura estava funcionando.

Maria olhou de um lado a outro do salão procurando por Welton. Acima, três enormes candelabros queimavam com dezenas de velas, iluminando o teto ornamentado com seus moldes elaborados e murais coloridos. A orquestra tocava e os convidados dançavam numa profusão de rendas, saias e penteados. As conversas se misturavam em um único som de fundo que de alguma forma a acalmava, pois significava que ninguém estava prestando atenção nela.

Maria estava começando a pensar que poderia sobreviver à noite quando um convidado descuidado trombou nela. Uma pontada de dor desceu por seu lado esquerdo e ela ofegou, virando o corpo instintivamente.

– Perdoe-me – uma voz grave disse atrás dela.

Girando para encarar a pessoa, ela se encontrou diante de um homem cujos olhos se arregalaram como se a conhecesse.

– Sedgewick! – um homem portentoso chamou por trás dele. Maria sabia que era Lorde Pearson, um homem que falava e bebia demais. Já que não queria falar com ele nem ser apresentada para o descuidado Sedgewick, ela se afastou apressada.

Foi então que ela o viu, seu amante infiel de cabelos dourados que brilhavam debaixo da luz das velas, sua figura resplandecendo em rica seda branca bordada. Apesar da máscara que cobria seu rosto, ela sabia que era Christopher. Ele estava com a atenção totalmente voltada para uma mulher de cabelos negros, sua pose denunciando seu interesse.

Sua promessa de exclusividade era uma mentira.

A dor em seu ombro foi ofuscada por outro tipo de dor.

– Ah, aí está você – a voz de Welton atrás dela fez Maria congelar. – Devo enviar o alfaiate para sua casa outra vez? – ele perguntou quando ela se virou para encará-lo. – Não tinha nada melhor para vestir?

– O que você quer?

– E por que está tão pálida?

– Um novo pó de arroz. Você não gostou? – ela piscou os cílios para ele. – Eu acho que destaca o resto da minha maquiagem.

Ele riu.

– Não, eu não gostei. Jogue fora. Você parece doente.

– Você me deixa magoada dizendo isso – ela ironizou.

O olhar feio de Welton dizia muito.

– Seu valor neste mundo é baseado inteiramente em sua aparência. Se eu fosse você, cuidaria melhor disso.

Ela não se afetou por seu insulto.

– O que você quer? – Maria repetiu.

– Quero apresentar você a uma pessoa – o sorriso dele fez sua pele se arrepiar. – Venha comigo – ele apanhou sua mão e a conduziu pela multidão.

Após alguns momentos de silêncio, Maria encontrou a coragem para perguntar:

– Como está Amélia?

O olhar que ele jogou por cima do ombro era revelador. Ele não a descartava como possível líder do recente ataque.

– Está ótima.

Maria não esperava de verdade que ele não suspeitasse dela. Mesmo assim, ficou ainda mais desanimada ao pensar em como ele responderia a isso. A segurança aumentaria, seus movimentos seriam mais cuidadosos. Ela teria que trabalhar ainda mais duro para encontrar Amélia.

– Ah, lá está ele – Welton murmurou com um tom de voz convencido e apontou o queixo na direção do homem a alguns metros dali. Apesar da multidão, Maria sabia a quem ele se referia por causa da intensidade dos olhos que a encaravam debaixo da máscara. O homem estava encostado na parede de um jeito insolente, suas longas pernas cruzadas nos tornozelos, exibindo uma pose arrogante e sedutora.

– O Conde de Eddington – ela sussurrou. Um libertino de primeira ordem. Lindo, rico, nobre e com uma reputação de ser muito bom em todas as atividades que se dispunha a fazer, inclusive na cama.

Parando subitamente, Maria soltou a mão de Welton e se virou para ele com o rosto fechado.

– Que diabos você quer com ele?

– Ele pediu para ser apresentado.

– Você sabe muito bem o que ele quer.

O sorriso de Welton aumentou.

– E ele pagaria muito bem por isso. Se você decidir aceitar, pode receber um bom dinheiro.

– Você já está com dívidas? – ela retrucou.

– Não, não. Mas meus gastos estão prestes a aumentar, o que significa que sua parte da herança de Winter está prestes a diminuir. Achei que ficaria agradecida por minha ajuda em incrementar suas finanças.

Chegando mais perto, ela baixou a voz, uma atitude que não escondeu em nada sua repulsa.

– Nunca serei grata por nada que venha de você.

– É claro que não, você sempre foi uma ingrata – ele sussurrou e ergueu as mãos ironicamente, como se estivesse ferido, mas nada podia mudar aqueles olhos sem vida. – Estou facilitando uma apresentação, não uma escapada amorosa.

Ela olhou para Eddington, que fez uma breve reverência, curvando a boca em um sorriso que já levara muitas mulheres à ruína. Porém, fez apenas Maria cerrar os dentes.

– Você me tirou de St. John para isto?

– Eu vi St. John – ele respondeu – ele já está maluco por você. Uma noite sem você irá apenas aumentar seu encanto.

Rindo, Maria reconheceu a habilidade de St. John para enganar os outros. É claro, Welton preferia enxergar as coisas sob a luz mais benéfica, o que nem sempre correspondia à verdade.

– Não olhe para mim com cara feia – ele alertou. – Você não fica bonita assim – ele suspirou como se estivesse lidando com uma criança irracional. – O que faz de você tão atraente é sua fama de inalcançável e insaciável. Por que você acha que eu deixo você manter aquele seu amante irlandês? Se ele não aumentasse seu apelo eu já teria me livrado dele há muito tempo.

Maria precisou de um minuto para controlar a raiva que sentiu com o comentário sobre Simon. Por fim, ela conseguiu dizer:

— Então, podemos prosseguir logo com isso? Não quero ficar aqui a noite toda.

— Você realmente precisa aprender a se divertir mais — Welton murmurou, apanhando de novo sua mão.

— Vou me divertir muito depois que você estiver morto — ela respondeu.

Seu padrasto jogou a cabeça para trás e riu.

— Isto aqui é um palácio — Angélica sussurrou, arregalando os olhos por trás da máscara.

— A nobreza vive muito bem — Christopher concordou, olhando ao redor do salão em busca de Sedgewick.

— Você é mais rico do que a maioria deles.

Ele olhou para ela com um leve sorriso.

— Você está sugerindo que um homem com meu estilo de vida deva viver com tanta ostentação?

— Talvez não seja o jeito mais prático...

Ele ergueu a mão para interrompê-la.

— Dinheiro pode ser usado para coisas muito mais úteis. Por que eu precisaria de um salão de bailes? Mais navios e lacaios nos ajudariam muito mais.

Angélica suspirou e balançou a cabeça.

— Você deveria tentar aproveitar mais a vida. Trabalha demais.

— É por isso que tenho mais dinheiro do que muitos nobres por aí — ele a puxou para a beira do salão e começaram a andar. — Sei o quanto esta noite é única para você, mas estamos perdendo muito tempo. Quanto mais demorarmos, mais aumenta o risco de sermos descobertos.

Estavam atraindo muita atenção que não desejavam. Não havia como evitar. Angélica estava muito atraente, e ele cometeu o erro de não usar uma peruca. Achava que isso poderia facilitar que Sedgewick o encontrasse. Em vez disso, temia que todos o estivessem reconhecendo, menos o homem que mais precisava.

Enquanto seus olhos continuavam a procurar pelo salão, Christopher notou as pessoas que escondiam suas identidades usando capas e desejou ter feito o mesmo. É claro, o que desejava de verdade era estar em outro lugar. Qualquer lugar, menos ali, mas especialmente com Maria.

Ele parou por um momento quando reconheceu Lorde Welton e uma mulher com quem conversava. Seus ombros pareciam rígidos, seu queixo estava erguido. Seja lá o que estivessem discutindo, não era uma conversa agradável para ela.

Philip estava investigando o passo do visconde, mas uma investigação dessas leva tempo. Christopher podia ser mesmo paciente quando necessário. Entretanto, desta vez, sentia uma urgência peculiar para saber tudo que podia sobre sua atual amante.

— Beth diz que Lorde Welton é charmoso, embora às vezes seja um pouco violento com ela – o olhar de Angélica seguia o de Christopher.

— Welton é egoísta em tudo, meu amor. Conversei com Bernadette. Ela cuidará para que ele leve seus desejos sombrios para longe de nossa Beth.

— Ela me disse que você deu permissão para se afastar dele – ela disse. Christopher encolheu os ombros.

— Não sou um traficante de sexo, como você sabe muito bem. Posso pedir por favores, mas não forçá-los. Se Beth está infeliz, não quero que ela continue assim – ele olhou de volta para o homem em questão e então parou de repente, sentindo os cabelos da nuca se arrepiarem.

A mulher conversando com o visconde lhe era muito familiar. O cabelo brilhante e armado e sua postura orgulhosa fizeram o coração dele acelerar.

— Maldição – ele murmurou, com uma certeza interior de que Welton estava falando com Maria. No entanto, ele era um homem que precisava de provas.

Retomou os passos, andando o mais rápido que a multidão permitia. Parou de procurar por Sedgewick e tentou encontrar o melhor ângulo para confirmar sua suspeita. Welton começou a andar outra vez, puxando a mulher consigo, conduzindo-a na direção de...

Christopher olhou adiante e enxergou um homem que olhava de modo ousado para os dois. Era o Conde de Eddington. Um homem que as mulheres desejavam tanto por seu título nobre quanto por sua beleza.

Meu Deus, será que Maria pretendia falar com ele? Será que pretendia atraí-lo para o altar? Eddington era um solteirão convicto, mas Maria poderia tirar até um monge de seus votos. Sua atração era objeto de apostas, com muitos admitindo abertamente que a excitação de se casar com uma mulher assim compensaria os riscos para sua longevidade.

A ideia fez Christopher cerrar os dentes.

Aumentando as passadas, ele estava quase correndo entre os convidados, com Angélica atrás dele, segurando desesperadamente sua mão. Ele estava quase perto o bastante para identificar com certeza de quem se tratava, quando seu caminho foi bloqueado de repente.

– Saia da minha frente – ele rosnou, esticando o pescoço para manter Welton em seu campo de visão.

– Está com pressa? – Sedgewick disse devagar.

Christopher praguejou em voz baixa, observando Eddington beijar a mão de Maria e a conduzir para longe de sua vista.

Deixando Christopher e sua desesperada curiosidade para trás.

– Lady Winter – Eddington murmurou, com seus olhos sombrios colados aos de Maria enquanto beijava sua mão. – É um prazer.

Ela conseguiu mostrar um leve sorriso.

– Lorde Eddington.

– Como é possível que nós nunca conversamos antes?

– Você é muito solicitado, milorde, deixando pouco tempo para gastar com pessoas como eu.

– Conversar com uma mulher tão adorável nunca poderia ser uma perda de tempo – ele a analisou cuidadosamente. – Agora, se me permite, gostaria de conversar com você em particular.

Maria balançou a cabeça.

– Não posso pensar em nada para conversarmos que não pode ser dito aqui.

– Você acha que vou atacá-la? – ele perguntou com um charmoso meio sorriso. – E se eu prometer não ficar perto demais?

– Ainda prefiro recusar.

Ele se aproximou mais e o tom de sua voz baixou até um sussurro:

– A agência está muito interessada em você, Lady Winter – seu rosto estava impassível como se tivesse comentado algo trivial como o clima.

Maria cerrou os olhos.

– Agora você me permite uma conversa em particular?

Sem ter outra escolha, ela permitiu que a conduzisse para fora do salão, onde entraram em um longo corredor. Passaram por vários convidados, mas a multidão diminuía enquanto se afastavam. Por fim, viraram uma esquina e, com uma rápida olhada por cima do ombro, Eddington a puxou para um canto escuro.

Levou um instante para Maria se acostumar com a luz reduzida. Quando pôde enxergar melhor, percebeu que estavam em uma grande sala de estar cheia de sofás, poltronas e mesas.

– O que você é? – ela perguntou, virando para encará-lo depois que ele fechou a porta com um clique. Suas vestimentas cinza se misturavam às sombras, mas seus olhos capturaram o pálido luar e brilharam perigosamente.

– Após as mortes dos agentes Dayton e Winter – ele disse, ignorando sua pergunta –, você se tornou suspeita de traição.

Engolindo em seco, Maria agradeceu pela escuridão que ocultava qualquer traço de culpa.

– Eu sei.

– E você continua como suspeita – ele acrescentou.

– O que você quer? – ela se sentou em uma poltrona próxima.

– Eu estava falando com Lady Smythe-Gleason na noite passada. Ela mencionou ter visto você conversando com Christopher St. John em uma festa recente na casa dos Harwick.

– É mesmo? Eu converso com muitas pessoas. E me esqueço da maioria delas.

– Ela disse que havia uma tensão amorosa palpável entre vocês.

Maria riu.

Eddington sentou-se na poltrona à sua frente.

– O desaparecimento da testemunha contra St. John precipitou sua soltura. A agência suspeita que St. John é o culpado, mas acho que foi alguém de dentro. Um agente associado ao pirata, ou um agente que quer usar o informante para extorsão. Aquele homem estava muito bem protegido. St. John tem muitos meios, mas até ele possui limites.

– Se a agência suspeita de St. John, posso presumir que você está sozinho em suas suspeitas sobre outro agente?

– Você deveria se preocupar menos com meus interesses e mais com os seus.

– O que quer dizer com isso?

– Você poderia usar um... *amigo* dentro da agência. E eu poderia usar uma amiga de St. John. Isso nos faz muito adequados um ao outro.

– Você quer me usar para descobrir informações sobre St. John? – ela perguntou, incrédula. – Está brincando?

– No momento, você e St. John são os indivíduos mais vigiados da lista dos mais procurados da agência: você por causa da morte de dois agentes respeitados, e o pirata por uma variedade de crimes.

Maria não conseguia decidir se queria rir ou chorar. Como sua vida chegou até isso? O que seus pais pensariam se pudessem ver até onde ela se afundou?

Eddington se inclinou para frente, apoiando os braços nos joelhos.

– Welton arranjou seus dois casamentos, e com isso viu sua fortuna aumentar com os falecimentos de seus maridos. Ele foi rápido ao me apresentar para você após eu o contatar. Seu padrasto possui um interesse mercenário sobre você. Winter me disse a mesma coisa, certa vez.

– Não vejo como isso pode ser de seu interesse.

– Sabe o que eu acho? – ele sussurrou. – Acho que Welton possui algo contra você, algo que está usando para chantageá-la. Eu posso libertar você. Não espero que me ajude sem receber nada em troca.

– Por que eu? – ela se perguntou, mostrando cansaço na voz. – O que fiz para merecer essa tristeza?

– Acredito que a questão seja o que você *não* fez.

Como isso era verdade.

– Descubra o que aconteceu com a testemunha – ele implorou –, e eu a libertarei tanto da agência como de Welton.

— Talvez minha alma seja tão negra quanto o pecado, e eu poderia trair você — às vezes, gostaria até de não ter alma. Suspeitava que sua vida seria muito mais fácil se não tivesse consciência, como os homens que a usavam.

— É um risco que estou disposto a correr.

O conde esperou um momento e depois se levantou. Então, ofereceu a mão para Maria.

— Pense nisso. Vou procurar você amanhã fingindo ser um pretendente apaixonado, e então você poderá me dar uma resposta.

Resignada, Maria entregou sua mão.

— Milorde — Christopher disse rispidamente. — Lady Winter, deixe-me apresentá-la ao Lorde Sedgewick. Milorde, esta é a incomparável Lady Winter.

Angélica fez uma reverência adorável, seguida pela mesma cortesia de Sedgewick.

— É um prazer conhecê-la — o visconde disse. — E peço desculpas mais uma vez por meu descuido anterior.

Christopher congelou por um momento. Quais eram as chances disso acontecer?

— Por favor, perdoe-me — Sedgewick continuou quando Angélica não respondeu.

Mantendo a compostura, Christopher levou um dedo na frente da boca, fazendo um gesto de silêncio.

— Lady Winter está incógnita hoje, milorde. Você entende o quanto isso deixa a festa mais animada, não é?

— Ah, é claro — o sorriso de Sedgewick era largo e convencido. — Eu apoio sua decisão de se livrar da capa, milady. Um vestido tão bonito quanto o seu não poderia ficar oculto.

Maria estava aqui.

— Se nos der licença, milorde.

Sedgewick beijou a mão da dama, disse algumas amenidades que Christopher não prestou atenção, depois se retirou.

Livre de sua missão, Christopher puxou Angélica para fora do salão e juntos percorreram um longo corredor. Ele não sabia se estava indo na direção certa para encontrar a mulher que vestia a capa preta, mas era o caminho para o jardim dos fundos. De lá, Angélica poderia circular a casa até a entrada, onde esperaria por ele na carruagem.

– Obrigado, meu amor – ele disse, beijando seu rosto antes de vê-la cruzando um par de portas francesas. Ele assoviou, chamando seus homens que cercavam o perímetro da mansão para que acompanhassem Angélica até a carruagem. Depois, se virou em tempo de ver a acompanhante de Welton surgir de uma sala com Lorde Eddington saindo logo atrás dela. Estava óbvio que eles tiveram um encontro amoroso.

Mais segredos. Também haveria mais mentiras?

Christopher assumiu o risco e chamou:

– Maria.

A mulher ergueu o queixo e desamarrou a máscara, revelando as feições que ele tanto desejava. Ela o olhou diretamente nos olhos.

– Aproveitando sua noite? – ela perguntou com frieza, encarnando com perfeição a Viúva Invernal.

Pelo visto, ela o viu com Angélica e não gostou nem um pouco. Ótimo.

Christopher retirou sua própria máscara, permitindo a ela uma visão completa de seu descontentamento. Ele esperava por uma explicação.

Em vez disso, ela se virou e foi embora.

Enfurecido, ele a perseguiu.

CAPÍTULO 10

Maria ouviu Christopher trocar palavras ásperas com Eddington enquanto cruzava o corredor. Ela acelerou os passos. Correr fez seu ferimento doer ainda mais. Sentiu tonturas, mas sua carruagem a esperava. Se fosse rápida, poderia alcançá-la e fugir.

– Indo embora tão cedo, milady?

Surpreendida, ela virou a cabeça e viu o homem que Lorde Pearson havia identificado como "Sedgewick" se aproximando.

Ele franziu o rosto e olhou por cima do ombro dela.

– Onde está seu acompanhante?

Maria piscou sem entender, diminuindo os passos.

– Ah, aí está ele – o homem murmurou.

Olhando para trás, Maria viu Christopher se aproximando com rapidez. Sem ter tempo para entender o comentário, ela continuou sua escapada.

Seus passos soavam abafados pelo tapete do corredor, depois ecoaram altos quando pisou no chão de mármore do saguão de entrada. Passando por um criado assustado e vários convidados que chegavam tarde, ela desceu a escada até o tumultuado caminho de entrada, onde percorreu entre muitas carruagens procurando a dela.

– Maria!

Os dois chamados partiram de trás dela, duas vozes masculinas com tonalidades e sotaques diferentes – uma brava e alta, a outra baixa e urgente. Ela se virou rapidamente para a direita, correndo em direção a Simon, que agarrou seu braço não machucado e a jogou para dentro da carruagem.

– Boa sorte da próxima vez, meu amigo! – ele gritou para Christopher e então entrou na carruagem, já em movimento.

A quantidade de palavrões que Christopher soltou fez Maria sorrir. Ela odiou o quanto ficou afetada pela visão dele com outra mulher, por isso ficou satisfeita por ignorar sua tentativa de dar desculpas. A maneira apaixonada como pairou sobre a mulher no vestido prateado e o modo delicado como a beijou condizia muito com a imagem de Christopher e a lembrou de sua visita à casa dela. Ele demonstrara um carinho semelhante com Maria, embora os beijos tenham sido muito mais do que delicados.

– Quer me explicar o que aconteceu? – Simon pediu, analisando-a intensamente.

Maria descreveu os eventos.

– Meu Deus – ele murmurou quando ela terminou. – Quais são as chances de você cair em uma situação difícil dessas com Eddington?

– E não é assim que sempre foi a minha vida? Uma série de situações difíceis? – fechando os olhos, ela recostou a cabeça no banco.

– E quanto ao comentário de Sedgewick? O que ele quis dizer?

– Não sei. Investigue-o. Ele me abordou como se tivéssemos nos encontrado antes em algum momento, mas tenho certeza que nunca o vi antes. Será que ele me confundiu com a acompanhante de St. John? Além disso, ele não pareceu preocupado com a presença do pirata. Muito estranho.

– Vou investigar as duas coisas – houve uma pausa, e então Simon sussurrou: – A oferta de Eddington, se for sincera, seria um presente dos céus, *mhuirnín*.

– Mas como posso confiar nele? Eddington deseja duas coisas: a captura de St. John e a identidade do assassino responsável pelas mortes de Dayton e Winter. Ele é ambicioso. E que grande jogada se conseguisse me capturar também, não acha?

Simon batia o pé agitado no assoalho.

– Concordo. Sinto como se uma rede estivesse se fechando ao seu redor, mas eu não posso fazer nada.

Ela sentia o mesmo.

A viagem até Mayfair foi lamentavelmente longa e, após a canseira da noite, o ferimento de Maria latejava. Atormentada por seus pensamentos e confusa, sua paz de espírito estava comprometida. Mais uma vez, ela teve um lembrete de que servia apenas para ser manipulada. Mas algum dia conseguiria se livrar de todas as pessoas que a exploravam. Ela e Amélia fugiriam, recomeçariam suas vidas, encontrariam felicidade.

Assim que chegaram em casa, Simon a conduziu até o andar de cima. Dispensou Sara, preferindo ele mesmo despir Maria com suas mãos gentis, tomando cuidado com a dor que permeava cada célula do corpo dela. Ele a deitou na cama e depois trocou seu curativo, murmurando sua preocupação com o sangue fresco que manchava o tecido.

– Ao menos não infeccionou – ela sussurrou, fechando os olhos de alívio quando deitou a cabeça nos travesseiros.

– Tome isto.

Ele aproximou uma colher de sua boca e um momento depois o láudano deslizou por sua garganta. Após tomar um gole de água, seus efeitos potentes ficaram claros quando a dor começou a diminuir.

– Como se sente, *mhuirnín*? – Simon passou gentilmente os dedos sobre sua sobrancelha até chegar à têmpora.

– Grata por ter você – suas palavras saíram arrastadas e terminaram em um gemido suave quando ele a beijou de leve. Maria respirou fundo, absorvendo o adorável aroma de sua pele. Ela segurou a mão dele e a apertou.

– Agora, descanse para poder se curar. Eu preciso de você forte.

Ela assentiu e caiu no sono.

Seus sonhos foram desagradáveis, o coração acelerava e ela perseguia uma indefinida Amélia enquanto a risada de Welton ecoava em sua mente. Maria se debateu, o que agravou sua dor no ombro. Com um gemido, ela acordou.

– Calma – disse uma voz rouca ao seu lado.

Virando a cabeça, seu rosto encostou em um peito nu e quente. Pelos ásperos amorteceram sua cabeça e braços fortes a mantinham o mais imóvel possível sem machucá-la. O luar invadia o quarto pelas janelas, revelando uma fresta que deixava o ar fresco da noite entrar – assim como, pelo visto, deixou entrar o homem em sua cama.

– Christopher – ela sussurrou, encontrando conforto na familiaridade daquele abraço.

Ele exalou como se o som de seu nome o afetasse, seu peito subindo e descendo debaixo dela. O quarto estava escuro, e embora não pudesse enxergar o relógio, ela sabia que várias horas haviam passado desde que adormecera.

– Por que você está aqui?

Ele ficou em silêncio por um longo tempo, depois disse:

– Não sei.

– Como conseguiu passar por meus homens?

– Com grande dificuldade, mas consegui.

– É claro – ela disse. O punho dela, que descansava em cima do abdômen musculoso de Christopher, relaxou, abrindo a mão para pressionar a palma sobre a pele. Seu toque desceu até alcançar a cintura da calça.

– Então você não está totalmente despido – ela notou.

– Você gostaria que eu estivesse?

– Admito que a ideia de você sem as calças possui seus atrativos.

– Sua maldita provocadora – havia um toque de afeto em sua voz áspera. Ele deu um beijo forte em sua testa e puxou a coberta para cima do ombro ferido. – Eu vim para repreendê-la por ter me deixado daquele jeito. Minha raiva estava grande e precisando de escape.

– Você está apaixonado por mim? – ela provocou, escondendo o quanto realmente queria saber a resposta.

– Eu espero que as promessas feitas a mim sejam cumpridas – o aviso era claro.

– Você fez a mesma promessa para mim.

– Eu mantive a minha – ele murmurou. – Você pode dizer o mesmo? Maria afastou a cabeça para olhá-lo nos olhos.

– Que tipo de sexo posso fazer nestas condições?

– Um toque, um beijo – ele a encarou de volta com olhos cintilantes. – Um olhar sugestivo.

Maria o analisou por um momento, ocultando com cuidado suas próprias reações. Ela não sabia exatamente por que ele a atraía tanto.

Por mais que houvesse razões para gostar dele, havia muito mais motivos para ser cautelosa.

– Você beijou uma mulher.

– Sua reação fez valer a pena.

Uma leve risada escapou de seus lábios, um som tanto irônico quanto zombeteiro. Um segundo depois ele também riu, um som retumbante que ela achou muito agradável.

– Que belo casal nós formamos – ele disse. – Sim. Se pudéssemos escolher, eu sugeriria que ficássemos longe um do outro.

Christopher acariciou as costas de Maria.

– A mulher que você viu era Angélica. Quinn a conheceu muito bem.

– Ah – Maria assentiu.

– Quinn ocupa o quarto ao lado do seu. Se a posição dele em sua casa é tão importante – ele perguntou, tocando seu queixo e forçando Maria a encará-lo outra vez –, então por que ele não está agora ao seu lado?

– Você não deveria se importar com Simon ou Eddington. Eu não deveria me importar com Angélica. O que fazemos quando estamos separados não pode ter consequência nenhuma para os assuntos entre nós.

Ele apertou os lábios.

– Concordo que deveria ser assim. Mas não é isso que acontece na realidade.

– O que tivemos foi apenas sexo. Se cedermos de novo, ainda será apenas sexo.

– Sexo muito bom – ele corrigiu.

– Você achou mesmo? – ela continuou analisando o que podia enxergar de suas feições naquela escuridão.

O sorriso de Christopher fez Maria perder o fôlego.

– Eu sabia que seria antes mesmo de acontecer – ele tocou de leve os lábios dela. – Você precisa se recuperar para que possamos voltar com nosso esporte amoroso. Enquanto isso, me diga uma coisa. O que Welton queria de você que a forçou a sair de casa nessas condições?

– Por que Sedgewick me abordou como se me conhecesse e pensou que eu era sua acompanhante?

Eles encararam um ao outro em silêncio, nenhum dos dois querendo admitir nada. Por fim, ela suspirou e se aconchegou nele. Como sentia falta da sensação de ter um homem em sua cama, do conforto de um abraço forte e do calor do desejo masculino... Por algum motivo, as coisas não ditas a trouxeram para mais perto de Christopher. Não havia como negar que eles eram absurdamente semelhantes.

– Meu irmão era um agente – ele disse de repente, com a respiração soprando quente em seus cabelos.

Olhando pela janela para a noite estrelada, Maria piscou e ficou imaginando por que ele revelaria tal coisa para ela.

– Ele descobriu algumas informações – Christopher continuou, sem mostrar emoção na voz – e as compartilhou comigo. Ele precisava desesperadamente de dinheiro e eu consegui a quantia do único jeito que podia.

– Ilegalmente – de repente, suas ocasionais demonstrações de bondade fizeram sentido. Ela também andava do outro lado da lei pelo bem de sua irmã.

– Sim. Quando ele descobriu minhas atividades, ficou furioso. Não gostou de ser beneficiado em troca da minha vida estar em risco.

– É claro que não.

– Então ele veio até Londres para me ajudar, o que poupou minha vida muitas vezes. Eu sempre estava um passo adiante das armadilhas por causa dele.

– Sórdido – ela sussurrou, correndo a mão pela lateral do corpo de Christopher –, mas brilhante.

– Nós também achávamos. Até que suas ações foram descobertas.

– Oh!

– Então fomos vítimas de extorsão. Foi complicado e, no final, ele foi morto. Nigel queria me salvar e conseguiu, mas o preço foi sua própria vida.

– Sinto muito – ela beijou o peito dele, demorando-se com os lábios em sua pele. Maria sabia muito bem como é perder um irmão. Ao menos ela tinha uma chance de recuperar Amélia. O irmão de Christopher estava perdido para sempre. – Imagino que vocês eram próximos um do outro?

– Eu o amava.

A afirmação simples abalou Maria. Aquelas palavras não feriam em nada sua aparente invencibilidade. Elas possuíam tanta força que sua confissão nunca poderia ser considerada fraqueza.

– É por isso que você não gosta da agência?

– Em parte. Mas existem outras coisas.

– Você está me contando isso para ganhar minha simpatia e minha ajuda?

– Em parte – ele repetiu. – E em parte porque, se não podemos discutir o presente, isso nos deixa apenas com o passado.

Maria fechou os olhos, sentindo tonturas por causa do láudano e por causa de Christopher, a quem ela não entendia.

– Por que discutir qualquer coisa? Por que não ficamos apenas com o sexo e o mínimo possível de informação necessária para alcançar nossos objetivos?

Ela sentiu o impacto da cabeça dele atingindo os travesseiros. A ação mostrava toda sua frustração.

– Estou na cama de uma mulher inválida a quem não posso confiar de maneira alguma. Se eu me sentar aqui em silêncio, ficarei louco tentando pensar por que estou aqui e não em qualquer outro lugar. Já que sexo hoje está fora de questão, preciso de outra atividade para me distrair.

– É só isso que preciso fazer para extrair informação de você? Negar meu corpo? E então você vai derramar todos os seus segredos para se entreter?

Ele rosnou com sua voz grave, ela estremeceu. Não de medo, mas com uma pequena centelha de desejo. O homem não tinha noção do que fazer com ela ou consigo mesmo quando estavam próximos. Maria sabia exatamente como ele se sentia.

– Eu amava Dayton – ela disse, com um tom de voz tão baixo que não era mais do que um sussurro.

O grande corpo de Christopher congelou debaixo dela.

– Ele era um bom homem e eu tentei de tudo para ser uma boa mulher para ele. Eu era tão jovem e inexperiente, e ele era tão realizado e versado. Foi ele quem me ensinou a sobreviver. E eu retribuí com o preço de sua vida – embora ela tentasse esconder, havia um claro tom de perda em suas palavras.

– Maria – a mão dele deslizou pelos cabelos dela até a nuca. Ele não disse mais nada, mas não era preciso.

Ela compartilhou muito pouco, mas sentiu como se tivesse revelado seu lado mais íntimo. Não era uma sensação agradável. Como se soubesse de sua agitação interior, Christopher a ajeitou para que seu rosto ficasse ao alcance de sua boca.

Começou com uma suave carícia de sua língua nos lábios dela. Depois seguiu com o contato dos lábios, tão diferentes dos de Simon – mais finos, mais firmes, mais exigentes. Ele inclinou a cabeça e encaixou suas bocas, roubando seu fôlego e tomando para si. Embora a mudança não tenha sido fácil, ela entendia. Interação física era algo com que os dois se sentiam confortáveis.

Ela se abriu para ele, com seus movimentos controlados e prazerosos, cada toque das línguas considerado e deliberado. Era um encontro calculado, planejado e executado com um propósito. Não era um prelúdio, não eram preliminares. Era o final. *Sem mais emoções.*

Então ela arruinou tudo ao procurar por suas mãos e entrelaçar seus dedos. Seus dedos se apertaram e um som de entrega preencheu o espaço entre eles. Se veio dele ou dela, Maria não sabia dizer. Inquieta com a súbita intimidade, ela se afastou, escondendo o rosto no espaçoso ombro dele. Christopher respirava com dificuldade no meio do silêncio, seu peito subia e descia rapidamente contra o dela, que ofegava da mesma maneira.

Eddington apareceria amanhã com a oferta de se livrar de Welton e, como consequência, entregar Amélia. E tudo que ela precisava prometer era Christopher, servido em uma badeja de prata.

Ela respirou fundo e sentiu seu aroma.

– Maria.

Seu nome. Pronunciado com a voz rouca. Ele não disse mais nada. E outra vez, não era preciso.

Amélia saiu de sua casa temporária em Lincolnshire e puxou ar fresco para seus pulmões. Todas as casas que eles ocupavam estavam em algum estado de ruína – esta parecia coberta de poeira – e cada uma era de algum conhecido distante de seu pai. Como ele conseguia o direito de usar essas propriedades era um mistério para ela, assim como era toda sua vida. Ninguém nunca explicava nada, com exceção da velha ladainha de que sua irmã era uma degenerada.

Parando na lateral da casa, Amélia olhou para os estábulos, procurando pela figura alta e esguia de Colin e a tranquilidade que essa visão lhe trazia. O bonito cavalariço era sobrinho de seu cocheiro. Amélia e ele viviam juntos desde que eram crianças. Colin era três anos mais velho, mas parecia muito mais do que isso. Os dois já foram amigos um dia, brincando juntos nos momentos em que ele ficava livre do trabalho, correndo pelos campos e imaginando que viviam em circunstâncias muito diferentes.

Isso agora parecia tão distante. Colin havia amadurecido e se distanciado dela. Agora gastava seu tempo livre com mulheres de sua idade ou mais velhas, ou com os outros criados. Ele a evitava e agia de modo grosseiro nas raras vezes em que era forçado a falar com ela. Amélia era apenas uma criança irritante de dezesseis anos em comparação a um homem de dezenove. Apesar disso, ainda era apaixonada por ele. Sempre fora. Mas rezava para deixar de ser. Ela possuía seu orgulho, e ser dispensada pelo objeto de seu afeto era tão triste que Amélia rezava pelo dia em que não sentiria mais nada por ele.

Condenando-se silenciosamente por estar procurando por ele, Amélia se virou e encontrou o caminho de terra que usava todos os dias para se exercitar.

Lembrou-se de sua última governanta, que dissera "você também vai superá-lo", quando Amélia chorara após um gesto particularmente rude de Colin. Esperava que fosse verdade, que um dia fosse superar essa paixão infantil.

Logo. Por favor, Deus, que seja logo.

Girando seu gorro na mão, Amélia circulou a propriedade, pulando com passos delicados sobre raízes de árvores e pilhas de folhas caídas.

Quando alcançou a cerca de madeira que a separava de sua liberdade, Amélia parou e pela primeira vez considerou como seria se escapasse. Ela nunca pensara nisso antes, mas suas ideias estavam mudando após Maria tentar resgatá-la. O que havia lá fora? Que aventuras a esperavam além de sua existência minúscula que consistia em criados, governantas e uma vida na estrada?

– Ah, a pequena dama está vagando por aí.

Assustada pela áspera voz masculina atrás dela, Amélia girou rápido demais e quase caiu.

– Céus – ela gritou sem ar, pousando a mão sobre o coração acelerado. Amélia reconheceu o jovem cheio de sardas como sendo um dos novos lacaios de seu pai. Aqueles que contratou para substituir os que morreram na luta com Maria. – Você me assustou.

– Desculpe – ele disse, sorrindo sem graça. Baixo e musculoso, o garoto de cabelos castanhos era o mais jovem da equipe cuja função era mantê-la protegida. É claro, ela estava começando a suspeitar que sua verdadeira função era mantê-la *presa* dentro de casa.

Amélia notou a vara em sua mão.

– O que você está fazendo?

– Vou pescar – ele fez um gesto para o outro lado da cerca. – Tem um riozinho lá.

– Ah – ela não quis soar desapontada.

– Você gosta de pescar? – ele perguntou, estudando-a curiosamente com seus pálidos olhos azuis. Usando calças de lá e um casaco, com longas mechas de cabelo aparecendo debaixo do chapéu, ele não parecia estar vestido para pescar, mas o que ela sabia sobre isso?

– Não faço ideia – ela admitiu. – Nunca fui pescar.

Ele abriu um sorriso tão juvenil que ela suspeitou que tinham a mesma idade, talvez ele até fosse mais jovem

– Quer experimentar? – ele ofereceu. – Eu não me importaria de ter companhia.

Amélia franziu as sobrancelhas, curiosa, mas desconfiada.

– Os peixes podem morder, mas eu não mordo – ele provocou.

Ela mordiscou os lábios.

– Vamos lá, antes que o Dickie passe por aqui e impeça você de ir – ele passou por ela e pulou a cerca. Depois, ofereceu a mão. – Não fica longe. Se você não gostar, podemos voltar.

Sabendo que provavelmente não deveria, Amélia seguiu-o mesmo assim, adorando a injeção de adrenalina que sentiu ao fazer algo tão fora do comum, algo novo e diferente.

– Qual é o seu nome? – ela perguntou, enquanto ele a ajudava a pular a cerca.

– Benedict. Mas todos me chamam de Benny.

– Oi, Benny – ela sorriu com timidez. – Eu sou a Amélia.

Ele fez uma grande reverência antes de apanhar de volta a vara de pescar. Os dois andaram em silêncio por algum tempo, permeando um denso agrupamento de árvores até começarem a ouvir o som de água corrente.

– Como você acabou trabalhando para Lorde Welton? – ela perguntou, olhando para ele de soslaio.

Benny encolheu os ombros.

– Ouvi dizer que havia trabalho, então mostrei minha cara no lugar onde me indicaram.

– Que tipo de vida é essa? – ela retrucou. – Que habilidades você vai aprender aqui? O que vai fazer quando não precisarem mais de você?

Ele sorriu e seus olhos brilharam debaixo da sombra do chapéu.

– Estou abrindo meu caminho para Londres, entende? Quando eu conseguir, terei experiência. Depois, planejo trabalhar para St. John.

– Quem é esse? O que ele faz?

Benny parou de repente e seu queixo caiu diante dela. Ele piscou e depois soltou um assovio baixo.

– Você ainda está verde feito grama – ele murmurou, balançando a cabeça, depois continuou.

– O que você quer dizer com isso? – ela reclamou, quase tropeçando quando voltou a segui-lo.

– Deixa pra lá.

Eles emergiram do matagal e se aproximaram de um riacho. O leito era rochoso e a água rasa, um lugar adorável que emanava a sensação de inocência, como se a área raramente fosse perturbada por qualquer pessoa. Amélia sentou em um tronco caído e começou a desamarrar as botas, jogando de modo impaciente seus longos cabelos para trás dos ombros. Benny andou até a beira do riacho e tirou o casaco. Enquanto ele se ajeitava, ela tirava as meias. Depois, levantando as saias, ela foi até a água e pisou cuidadosamente. Ofegou ao sentir a água gelada.

– Você está espantando todos os peixes! – Benny reclamou.

– Ah, isto é maravilhoso! – ela gritou, cheia de memórias de quando caçava sapinhos e andava na lama com Colin. – Obrigada!

Benny franziu o rosto.

– Pelo quê?

– Por me trazer aqui. Por falar comigo – rindo, ela girou em um pé só, depois gritou quando escorregou em uma pedra lisa e caiu. Benny se levantou imediatamente para tentar segurá-la, mas também caiu de costas, metade dentro e metade fora da água, com Amélia caindo por cima dele. Ela não segurou uma risada, e quando começou, não conseguiu mais parar.

– Meu pai sempre me disse que os ricos são todos malucos – ele murmurou.

Amélia estava se levantando quando um par de botas gastas entrou em seu campo de visão e ela foi erguida grosseiramente pela gola de seu vestido florido.

– Que diabos você acha que está fazendo? – Colin rosnou, olhando feio para ela.

A risada dela morreu em um silêncio engasgado e seus olhos se arregalaram com a visão à sua frente. Colin tinha cabelos pretos, pele escura, olhos negros, e um corpo esguio que secava sua boca. Sangue cigano, foi o que sua última governanta disse.

Desde quando era tão alto? Colin se agigantava sobre ela, seus cabelos caíam sobre os olhos enquanto a encarava tão intensamente que Amélia até se encolheu. Não havia nada juvenil sobre ele, não com aquele queixo esculpido e olhos experientes. O que aconteceu com o amigo que um dia ela amou?

Com tristeza, percebeu que ele já não existia mais.

Amélia abaixou a cabeça em uma tentativa de esconder sua melancolia com a descoberta.

– Eu estava me divertindo – ela sussurrou.

Um longo momento passou enquanto sentia o olhar dele queimando em sua cabeça. Depois, um som grave e agitado retumbou em sua garganta.

– Fique longe dela – ele disse para Benny, que havia se sentado ao lado.

Colin agarrou o cotovelo dela e a puxou, apanhando suas botas e meias ao passar por elas.

– Pare – Amélia se debateu, esmagando folhas mortas com os pés descalços. Sem hesitar, ele a jogou sobre o ombro e entrou na mata como um guerreiro conquistador.

– Ponha-me no chão! – ela gritou, mortificada, com seus cabelos caindo sobre o rosto e quase se arrastando no chão da floresta.

Mas ele a ignorou, carregando-a até uma pequena clareira onde a colocou no chão e jogou seus pertences ao seu lado.

Ela engoliu com dificuldade e ergueu o queixo.

– Eu não sou uma criança! Posso tomar minhas próprias decisões!

Ele cerrou os olhos e cruzou os braços, revelando músculos poderosos que adquiriu com o trabalho pesado. Vestido com calção e camisa, ele parecia rústico e pronto para qualquer coisa. Sua aparência intensificou as estranhas sensações que ela começara a sentir por ele, arrepios que começavam na boca do estômago e irradiavam para fora.

– Sugiro que uma dessas decisões seja usar seu cabelo preso – ele disse friamente. – Você está velha demais para usar solto desse jeito.

– Farei o que eu quiser.

Um músculo em seu maxilar tremeu.

– Não quando o que você quer é se juntar com gente como aquela – fez um gesto para trás.

Ela soltou uma risada irônica.

– Quem você pensa que é para querer mandar em mim? Você é um criado. Meu pai é um membro da nobreza.

Colin respirou fundo.

– Você não precisa me lembrar disso. Vista suas botas.

– Não – cruzando os braços debaixo dos seios quase infantis, ela ergueu uma sobrancelha tentando parecer orgulhosa.

– Não me provoque, Amélia – o olhar dele desceu e Colin soltou um som amedrontador. – Vista logo as malditas botas.

– Ah, suma daqui! – ela gritou, jogando as mãos para cima, sentindo um desgosto completo pelo novo Colin e lentamente perdendo as esperanças de encontrar o antigo. – O que você está fazendo aqui? Eu estava me divertindo pela primeira vez em muito tempo, e você tinha que aparecer e estragar tudo.

– Você desapareceu por mais tempo do que o normal – ele acusou. – Alguém precisava apanhar você e impedir que fizesse alguma travessura.

– Como você poderia saber quanto tempo eu passei longe? As únicas vezes em que nota que eu existo é quando está irritado e precisa descontar em alguém – ela tentou bater o pé no chão, mas o gesto perdeu impacto com seu pé descalço. – E ninguém pode dizer que fazer amigos é alguma atividade indesejada.

– Você não quer fazer amizade com pessoas como ele.

– Eu quero fazer amizade com alguém! Não tenho ninguém desde que você decidiu que me odeia.

Os lábios de Colin se apertaram, depois ele passou as duas mãos nos cabelos e gemeu. Ela ficou com inveja de suas mãos, querendo também sentir aquelas grossas mechas correndo entre seus próprios dedos.

– Fique longe dos homens – ele ordenou, em um tom de voz que não permitia discussão. Ela estava se preparando para discutir mesmo assim, então ele passou direto por ela e se dirigiu para a casa.

Amélia mostrou a língua para suas costas largas e sentiu uma pontada no peito. Ele não falava daquele jeito com mais ninguém, tão grosseiro e malvado. Isso doía e alimentava seus sonhos de fugir e deixá-lo para trás.

Quando se sentou e apanhou as meias, ela lamentou a própria existência. Mas logo iria para Londres, onde seria apresentada à sociedade. Depois, ela se casaria e se esqueceria de Colin.

Amélia cerrou os dentes.

– Vou me esquecer de você, Colin Mitchell. Eu *vou*.

CAPÍTULO 11

Quando Maria acordou, Christopher não estava mais lá. Ela ficou na cama por um tempo, olhando para o dossel, tentando entender aquela estranha parceria entre eles. Christopher estava esperando. Esperando que ela admitisse alguma conexão com a agência que ele pudesse usar. Maria não sabia se a confissão de que amava Dayton mudaria o seu jeito de pensar. É claro, ela amou seu primeiro marido como se fosse um tio favorito e ele a considerava uma sobrinha favorita, mas achou melhor dissimular esse ponto para o pirata.

Por quê?, ela simplesmente perguntara quando o Conde de Dayton pagara uma pequena fortuna a Welton para se casar com ela.

Minha Mathilda se foi, ele respondeu com a mesma simplicidade, seus olhos bondosos cheios de dor. *Desde então não tenho mais nada para seguir em frente. Ajudar você irá me dar um novo propósito.*

Eles se casaram e foram morar no campo, onde Dayton usou seu considerável conhecimento sobre combate e fuga para treiná-la. Acordavam cedo e passavam o dia treinando esgrima e tiro. Durante a noite, discutiam assuntos como criptologia e maneiras como contratar homens de habilidades duvidosas. Ele não deixou nada para a sorte, sabendo que ela faria qualquer coisa para recuperar Amélia.

— Como está se sentindo? — Simon perguntou quando entrou no quarto. Ele estava vestido para cavalgar. Seu cabelo deitado pelo vento e o cheiro de cavalo diziam que estava voltando, e não indo. — Dormiu bem?

Ela pensou na pergunta por um momento, deixando de lado as boas lembranças de Dayton.

– Dormi – ela respondeu um pouco surpresa. A noite passada foi a primeira desde que viu Amélia em que conseguiu dormir sem pesadelos. Era por causa de Christopher, ela sabia disso. O homem estava preparado para tudo, e isso a fez sentir-se mais segura. O que era estranho, considerando o quanto ele era perigoso.

– Fui até o bordel da Bernadette e conversei com Daphne – ele a ajudou a sentar-se e arrumou os travesseiros para ela. – Parece que tivemos um golpe de sorte. Ele tinha uma favorita, uma garota nova chamada Beth. Aparentemente, ela não gostava de algumas de suas inclinações carnais, então ele começou a passar mais tempo com Daphne, cujas preferências são mais tolerantes.

Maria sorriu.

– Estou precisando de um pouco de sorte.

– Com certeza – ele a analisou com cuidado. – Você parece diferente hoje.

– Melhor, espero.

– Muito – seu sorriso era de tirar o fôlego. – Vou pedir chá e café da manhã para você.

– Obrigada, Simon – ela o observou enquanto ele saía. – Eddington irá aparecer hoje – ela disse.

– Eu não me esqueci disso – ele respondeu sobre o ombro.

Sozinha de novo, ela considerou sua situação. Havia de existir uma maneira de atrasar todos eles – Christopher, Welton e Eddington. Sua mente ainda estava sonolenta, mas com tempo suficiente e pensamento claro, sabia que deveria existir uma maneira de colocar os três homens em uma posição que a beneficiaria. Todos eles possuíam algo que ela queria e, se fosse esperta, poderia conseguir tudo.

Com isso na cabeça, Maria passou a manhã perdida em pensamentos, completando distraidamente os passos necessários para se preparar para a visita de Eddington. Ela vestiu com cuidado um vestido cor de creme e colocou um xale sobre os ombros para disfarçar seu curativo. Quando o conde foi anunciado, ela já tinha escolhido um plano temporário. Estava tão confiante com a ideia que pediu para ele ser conduzido ao salão principal em vez do escritório, onde ela geralmente cuidava dos negócios.

– Bom dia, milorde – ela disse com um tom exagerado de educação.

– Milady – ele fez uma reverência. Vestido com calças claras e uma jaqueta verde-escuro, ele exibia uma beleza inegável. Galanteador como sempre, piscou para Maria antes de se sentar na poltrona azul do outro lado da mesa.

– Chá? – ela perguntou.

– Sim, obrigado.

Ela estava agindo com uma casualidade deliberada enquanto preparava a bebida, movendo as mãos graciosamente. Por duas vezes jogou um olhar discreto e um sorriso insinuador para ele. A curva que se formou nos lábios dele mostrou que Eddington sabia qual era sua fama, mas mesmo assim queria jogar.

– Você está muito bonita hoje – ele murmurou quando recebeu a xícara e o pires.

– Eu sei.

Eddington riu, suavizando suas belas feições e desfazendo seu ar predatório de sempre. Ele escondeu bem isso com seu olhar intenso, mas ela sabia o efeito que teve.

– É um prazer conhecer uma mulher sem papas na língua – ele disse.

– Eu me esforcei para agradar você, milorde. Eu não teria minha reputação se não soubesse como me tornar atrativa.

– Então você quer me levar para a cama? – as duas sobrancelhas se ergueram. – Também gosto de mulheres insaciáveis.

Maria riu.

– Já tenho homens demais em minha vida no momento, obrigada. Mesmo assim, os encantos de uma mulher são uma ferramenta poderosa, não concorda?

Ele baixou o tom de voz.

– Principalmente quando são usados por uma mulher tão sedutora quanto você.

– Cheguei a uma decisão em relação à sua proposta – ela disse, usando uma voz séria para deixar claro o fim dos gracejos e o começo dos negócios.

O conde sorriu contra a borda da xícara.

– Excelente.

– Irá custar mais a você do que a remoção de Welton e da agência de minha vida.

– É mesmo? – ele cerrou os olhos.

– Muito mais – ela alertou.

– Quanto mais? – ele demandou saber.

Ela acenou distraidamente a mão e sorriu.

– Eu me recuso a discutir dinheiro com qualquer pessoa que não seja meu procurador. Acho muito vulgar e desagradável. Eu lhe direi onde encontrá-lo e você pode acertar minhas contas com ele.

Eddington baixou a xícara com um cuidado excessivo.

– Dinheiro? – ele bufou com ironia. Ele era um homem inteligente. Sabia que ela seria uma aquisição cara. – Talvez eu não ache que St. John seja tão valioso assim.

– Você possui uma testemunha, se é que ainda está vivo. Se não estiver, você não possui nada. Exceto eu.

– Você irá testemunhar contra ele? – Eddington perguntou, intensificando outra vez suas feições.

Ela assentiu.

– E quanto às mortes de Dayton e Winter?

– O que tem?

– Você é a principal suspeita.

Maria sorriu.

– Talvez eu tenha mesmo assassinado os dois, milorde. Talvez não. Você está livre para provar o que quiser.

– Como posso saber se você é confiável ou não?

– Não há como saber. Assim como eu não posso saber se isso é uma farsa deliberada para me incriminar pelas mortes dos meus maridos – ela encolheu os ombros. – Você disse que eu era um risco que estava disposto a correr. Se mudou de ideia, você pode se retirar agora.

Ele considerou a situação por um longo tempo.

– Não consigo dizer se você é o diabo disfarçado de mulher, ou uma vítima daqueles ao seu redor.

– Eu me pergunto a mesma coisa todos os dias, milorde. Suspeito que sou um pouco das duas coisas – ela se levantou, forçando-o a fazer o mesmo. – Se descobrir a resposta, por favor me diga.

O conde circulou a mesa e parou na frente dela. Perto, perto demais. Queria intimidá-la com sua altura e força física, mas ela não se deixava acovardar. Em seu acordo, era Maria quem tinha o poder. Ele não possuía nada contra ela. Apenas conjecturas e nenhuma maneira de penetrar as defesas de St. John.

– Tome cuidado – Eddington alertou, com a voz grave e cheia de perigo. – Vou deixar a cidade esta noite e voltarei apenas daqui a duas semanas, mas saberei de tudo que fizer.

– É claro.

Algum tempo depois da partida do conde, Maria se levantou e foi até o escritório, onde escreveu uma carta para Welton e a enviou. Ouviu uma batida na porta aberta e sorriu quando Simon entrou.

– Você parece satisfeita – ele disse.

– Convenci Eddington a financiar minha busca por Amélia.

Ele arqueou uma sobrancelha.

– Você contou para ele?

– Não – ela sorriu maliciosamente.

Aproximando-se, Simon desabou em uma das poltronas diante da grande escrivaninha.

– Eddington quer a mesma informação que Welton. Com quem você pretende compartilhar isso?

Ela suspirou.

– Ainda não decidi. Se eu contar a Eddington, ele pode me ajudar com Welton e então eu poderia encontrar Amélia. Mas Christopher acabaria enforcado.

– *Christopher?* É assim que você o chama agora?

– Se eu contar a Welton – ela continuou, ignorando Simon –, ele tentará extorquir St. John ou qualquer pessoa que esteja envolvida. Eu não estaria melhor do que agora, mas St. John viveria. É claro, St. John pode então despachar Welton e poupar-se dessa chateação. Agora que simpatizo com o pirata, posso dizer que Welton foi longe demais desta vez.

— Ou você poderia contar para St. John sobre Welton e Eddington em troca de ajuda para encontrar Amélia — Simon sugeriu. Ela sabia o quanto doía para ele admitir que St. John poderia ajudar de uma maneira que ele próprio era incapaz. Colocar seu orgulho masculino de lado para ver a felicidade dela era uma prova de seu afeto por Maria.

— Eu pensei nisso — Maria se levantou e andou até Simon, pousando as mãos em seu rosto e beijando sua testa em gratidão. — Mas até eu descobrir a razão de sua soltura e quais são suas intenções comigo, eu não poderei confiar nele.

Simon a puxou gentilmente para seu colo.

— Então, o que faremos agora?

— Mandei uma carta para Welton. Pretendo dizer a ele que vou viajar de férias. Preciso me recuperar e já está na hora de investigarmos fora de Londres. Temos o dinheiro para expandir nossa busca. O melhor caminho para nós seria encontrar Amélia antes de precisar tomar uma decisão. Tê-la comigo mudará tudo.

Ele assentiu.

— Cuidarei dos preparativos necessários.

— Desde quando isso está acontecendo? — Christopher perguntou secamente.

— Algumas semanas — Philip respondeu, ajeitando seus óculos. — Fiquei sabendo da situação nesta tarde e corri para contar a você.

Encostando o quadril na escrivaninha, Christopher cruzou os braços e respirou fundo antes de responder.

— Por que não fui informado sobre isso de imediato?

— O proprietário achou que poderia lidar com a situação.

— Quando uma gangue rival invade meu território, eu mesmo devo lidar com isso. Meu Deus, se ceder um centímetro eles acabam tomando toda a costa.

Alguém bateu na porta e Christopher mandou entrar. Quando viu seu criado particular, ele disse:

— Vamos partir em algumas horas e só voltaremos daqui a duas semanas.

– Sim, senhor – o criado fez uma reverência e se retirou.

– Posso acompanhar você? – Philip pediu. Ele estava de pé a alguns metros, em uma postura orgulhosa como Christopher havia lhe ensinado quando era um menino.

Christopher balançou a cabeça.

– Guerra entre gangues é algo sangrento e não há lugar para espectadores. Suas habilidades estão dentro do seu crânio, não com sua espada. Eu não vou arriscar perder você apenas para satisfazer sua curiosidade.

– Você é muito mais esperto do que eu, e sua perda seria muito mais sentida. Por que arriscar a si mesmo quando possui homens que poderiam cuidar do assunto com resultados semelhantes?

– Eles não podem cuidar do assunto – Christopher se endireitou e apanhou seu casaco, que estava pendurado no encosto de uma cadeira. – Isto não é apenas sobre espaço privilegiado na costa. É sobre mim e aquilo que é meu. Eles querem as duas coisas. Até eu confrontá-los, eles não recuarão. Por que você acha que meus inimigos ainda não me mataram atirando de longe? Até que me derrotem cara a cara, eles não podem realmente clamar vitória. O poder deles sempre estaria em dúvida.

– É mesmo um comportamento primitivo – Philip murmurou.

Rindo, Christopher vestiu o casaco.

– Os humanos são animais, afinal de contas.

– Você já considerou deixar essa vida? – o jovem perguntou, inclinando a cabeça para o lado. – Você já tem muito dinheiro.

Christopher parou e encarou seu discípulo.

– E o que eu faria depois?

– Casamento. Uma família.

– Nunca – ele ajeitou a renda em seu pescoço e pulsos. – A única maneira de escapar deste tipo de vida é a morte. Se não fossem eles atrás de mim, seriam aqueles perto de mim. Se o seu objetivo é se tornar um homem de família, meu jovem Philip, é melhor ir embora. Quanto mais fundo você entrar nesta vida, menores serão suas chances disso.

Philip o seguiu até o saguão.

– Para onde você está indo agora?

– Preciso me despedir de Lady Winter.

Assim que as palavras deixaram sua boca, Christopher percebeu o quanto elas soavam erradas. Em tempos como este, sempre reconhecia a possibilidade de morrer. Ele possuía garantias para proteger seus criados no pior dos casos, o que permitia que encarasse a luta com o vigor de quem já aceitou a morte. Entretanto, agora estava hesitante, com menos ímpeto de encarar a viagem para o inferno. Queria ver Maria mais uma vez, senti-la debaixo de seu corpo, se arqueando de prazer, escutar a risada rouca de suas provocações. Queria que o deixasse maluco como só ela conseguia até ficar duro como pedra para montá-la durante uma noite inteira.

Mas que droga, a verdade era que ele queria transar com ela de novo e o desejo era tão grande que queria continuar vivendo para conseguir fazer isso. Uma grande risada escapou quando ele apanhou seu chapéu e luvas entregues pelo mordomo e deixou a casa. Animais primitivos, com certeza.

Era absurdo querer tanto uma mulher. Ele poderia ter quem quisesse, desde uma duquesa até uma vendedora de peixes. As mulheres o desejavam, sempre foi assim. Mas quando parou seu cavalo na frente da casa de Maria e jogou as rédeas para o cavalariço, a ansiedade que atravessou suas veias era produto de uma única mulher.

Quando o mordomo abriu a porta para encontrá-lo na varanda de entrada, o criado não conseguiu esconder seu olhar de pavor.

– Anuncie minha presença para Lady Winter – ele disse lentamente –, e poderemos evitar uma nova invasão.

O criado obedeceu e o conduziu para o mesmo salão onde ele havia conversado com Lorde Welton. Assim que ficou sozinho, Christopher analisou os arredores sob a luz do dia, notando as molduras douradas que decoravam as paredes cinzentas. Odiava esperar, e odiava a maneira como sua impaciência o fazia andar agitado. Certos homens andam de um lado a outro, inquietos. Christopher não era esse tipo de homem.

Por fim a porta se abriu e Maria entrou no salão. Ele parou de imediato, com olhos arregalados e impressionado por sua própria reação diante dela vestida de modo casual. Parecia estranhamente íntimo, lembrando-o da noite passada quando a sentiu em seus braços, quente e macia. Não conseguia pensar em nada que preferisse fazer do que deitar-se com ela, sentindo seus lábios molhados em um beijo demorado.

Ele se aproximou ansioso para tomar sua boca e reviver as delícias da noite passada. Sabendo de seu estado delicado, Christopher segurou suas costas com muito cuidado e inclinou a cabeça para beijá-la. Maria permaneceu rígida por um instante, depois relaxou docemente.

Ele lambeu, mordiscou, degustou como se ela fosse uma sobremesa irresistível. Sua pele se aqueceu, depois umedeceu com transpiração, cada músculo tenso com necessidade e desejo. Tudo isso por causa de um *beijo*, e ele nem mesmo gostava tanto assim de beijos, que considerava uma distração inútil da parte boa do sexo.

Mas *por Deus...* os beijos de Maria eram atos sexuais em si mesmos. Ele se afastou apenas por que precisava de ar. Com certeza não era a única razão de sua tontura.

Os olhos de Maria se abriram, revelando uma profundidade sem limites.

– Humm... – ela murmurou, lambendo os lábios. – Delicioso.

A rouquidão com que disse isso o excitou ainda mais. Ele rosnou sua frustração e tomou seu rosto com as mãos.

– Ouça. Eu preciso viajar hoje. Há um assunto urgente que preciso tratar. Diga agora se você pretende fazer alguma maluquice para que eu possa destacar alguns homens para protegê-la.

Ela sorriu.

– Estou saindo de férias para descansar e me recuperar.

– Ótimo – seus dedos a apertaram e depois soltaram. Havia algo sobre sua postura que o deixou desconfiado. Decidiu manter mais guardas vigiando Maria de qualquer maneira. – Para onde você está indo?

– Ainda não decidi.

– Quando vai partir?

– Hoje.

– Quando voltará?

Ela riu, mostrando um brilho em seus olhos negros. Com seus lábios inchados pelo beijo e um cabelo negro como a noite, ela estava mais do que linda.

– Você irá sentir minha falta?

– Espero que não – ele murmurou, sentindo-se ranzinza por nenhuma razão em especial.

– Eu irei sentir sua falta.

Alerta, ele a analisou.

– Vai mesmo?

– Não. Eu disse só por dizer.

– Maldita – Christopher sabia que ela estava brincando com ele, podia ver na maneira como o olhava, mas parte dele queria que estivesse sendo sincera.

– Christopher? – ela disse, quando o silêncio se estendeu. – Você não parece o mesmo hoje.

– É você quem está diferente – ele acusou. Ela parecia... com um humor mais leve do que o normal. Ele queria saber por quê. Quem causou essa mudança?

Maria suspirou e andou até o sofá.

– Então, é aqui que nos separamos – ela se sentou e indicou o espaço ao seu lado em um convite silencioso.

Ele não se mexeu.

Maria pousou as mãos no colo e arqueou uma sobrancelha.

Tardiamente, Christopher entendeu que ela estava esperando que ele dissesse algo.

– Eu preciso ir – ele disse por fim. *Para matar, e talvez ser morto.*

Ela assentiu.

– Se você tiver qualquer desejo de se despedir com um beijo – ele disse rispidamente –, é melhor fazer isso agora.

– Entendo – ela apertou os lábios. – Por que tenho a sensação que um comentário irreverente agora arruinaria o momento?

Ele girou nos calcanhares e começou a ir embora.

– Christopher! Espere.

Ele parou na porta e virou-se, com a fisionomia mostrando um tédio completo.

Maria estava de pé de novo e parecia ter dado passos largos para segui-lo.

– Há muito tempo eu não dormia tão bem quanto na noite passada.

Era algum tipo de pedido de trégua, então ele voltou para o salão e fechou a porta. Ou ela era a melhor mentirosa do mundo ou estava mesmo começando a gostar dele. Sua satisfação masculina guerreou com seu sentimento de culpa.

Então ela cruzou o salão com um andar sedutor e pousou as mãos em seu peito. Maria inclinou a cabeça para trás e olhou para seu rosto. Christopher a encarou de volta, esperando, precisando que fosse ela quem extinguisse a distância entre eles.

— Eu deveria ter deixado você ir embora — ela reclamou, balançando a cabeça.

Afastando-se para apanhar um banquinho, Maria o colocou na frente de Christopher. Ela subiu em cima e mesmo assim não alcançou o nível de seus olhos, mas a deixou muito mais perto de sua boca.

— Me explique por que estou fazendo todo esse esforço.

Ele sorriu, satisfeito e sentindo-se melhor em relação à luta que precisava encarar.

— Para isto.

Então, ele a beijou ardentemente.

CAPÍTULO 12

– Sentindo-se melhor? – Miss Pool perguntou, olhando para Amélia enquanto andavam pela vila em seu retorno para casa.

Amélia assentiu.

– Estou sim. Obrigada.

Desde a noite em que Maria tentou libertá-la, ela se tornou mais e mais inquieta. Quando ficou óbvio que não conseguia mais se concentrar nas aulas, Miss Pool sugeriu deixarem o trabalho de lado e irem passear ao ar livre. Com guarda-sóis em mãos, elas saíram sem destino em particular e acabaram atraídas até o mercado local. Amélia gostou do passeio vespertino, aproveitando a oportunidade para observar as pessoas cuidando de seus assuntos. Os outros possuíam vidas repletas, diferente dela.

– Gostei do seu cabelo preso desse jeito – a governanta sorriu. – Você está se tornando uma linda mocinha. Vou escrever para seu pai e sugerir a contratação de uma dama de companhia.

Amélia tocou nervosamente em seu cabelo. Trançado e depois enrolado em um coque, estava pesado e fazia seu pescoço doer. Mas se era isso que precisava para ser considerada uma jovem mulher e não uma criança, então considerava que valia a pena o desconforto.

– Boa tarde, Miss Pool. Boa tarde, Miss Benbridge.

Elas diminuíram o ritmo e sorriram para o jovem sapateiro que saiu de sua loja para cumprimentá-las. O bonito rapaz loiro sorriu com timidez através de sua barba e esfregou as mãos nervosamente em seu avental.

– Boa tarde, Sr. Field – Miss Pool o cumprimentou com um leve rubor no rosto, que Amélia não deixou de notar.

Os dois pareciam gostar um do outro, havia mais do que um interesse casual. Curiosa, Amélia os estudou, pensando se também parecia tão obviamente apaixonada quando cruzava com Colin. Seria horrível se exibisse aquele visual esperançoso diante da grosseria e evidente desgosto que ele sentia por ela.

Aborrecida e constrangida por se intrometer em um encontro que parecia íntimo, ela se virou e enxergou um familiar par de ombros largos e pernas grandes andando pela rua. Ao lado de Colin estava uma garota loira que Amélia apostava ter a mesma idade que ele, considerando as curvas femininas que exibia. Estavam rindo, olhando um para o outro com faíscas nos olhos. A mão dele tocava as costas dela, conduzindo-a por uma esquina até desaparecerem de vista na viela atrás das lojas.

Sem resistir, Amélia começou a andar sem saber o que estava fazendo. Colin e a garota curvilínea olhavam-se como Miss Pool e o Sr. Field. Um olhar cheio de promessas.

Amélia dobrou a mesma esquina, diminuindo as passadas quando ouviu murmúrios e risadas abafadas. Passou por barris e caixas, seu foco estava tão concentrado que quase morreu de susto quando um gato pulou na sua frente. Ela se jogou na parede, levou a mão ao coração, cerrou os olhos de medo. O ar estava mais frio ali, onde a viela não recebia luz do sol.

Ela sabia que deveria voltar. Miss Pool não permaneceria distraída por muito tempo e então começaria a se preocupar. Mas o coração de Amélia ignorou a razão. Se aquele órgão teimoso a ouvisse, já teria esquecido Colin há muito tempo.

Respirando fundo para tomar coragem, ela deixou a parede e virou a esquina para alcançar os fundos da loja. Uma vez lá dentro, ela congelou, o ar se prendeu em seus pulmões, seu guarda-sol aberto caiu de suas mãos sem força.

Colin e sua companheira estavam ocupados demais para notar o barulho. A bonita loira estava pressionada contra a parede dos fundos, sua cabeça inclinava-se para trás em um convite para a boca de Colin, que se movia sobre a pele exposta por seu espartilho. Ele a prendia, apoiando o corpo dela com o braço, usando a mão para massagear o seio que a garota oferecia sofregamente para ele.

Uma dor atingiu o coração de Amélia com força, um ferimento tão brutal que ela soltou um gemido. Colin ergueu a cabeça e arregalou os olhos quando a viu. Ele logo se endireitou, afastando-se da parede e da garota que ele atacava.

Horrorizada, Amélia se virou e correu entre as lojas, deixando seu guarda-sol para trás. Seus soluços ecoavam pela viela, mas ela o ouviu chamar mesmo assim. Aquela voz grave, tão diferente do garoto que conhecera, agora mostrava uma fragilidade e súplica como se ele se importasse por ter partido o coração dela.

Coisa que ela sabia não ser verdade.

Amélia acelerou os passos, com o som de suas botas abafado pelo sangue latejando em seus ouvidos.

Mas, mesmo correndo o mais rápido que podia, ela não poderia fugir da memória daquilo que acabara de presenciar.

— Você poderia, por favor, permitir que eu cuide do assunto? — Simon murmurou enquanto os dois olhavam pela pequena janela da carruagem.

— Não, não — ela insistiu, batendo o pé com impaciência no assoalho. — Será menos complicado se eu fizer sozinha.

— É perigoso demais.

— Besteira — ela zombou. — Se você abordar aquele homem, vocês vão acabar se atracando, o que chamará muita atenção. Para termos sucesso, teremos que partir tão silenciosamente quanto chegamos.

Ele suspirou alto e se recostou no banco com um movimento exagerado, interpretando com perfeição o papel do homem irritado. Maria riu, depois se calou quando uma grande figura apareceu vinda de trás dos estábulos de St. John.

— Será que é um deles? — ela perguntou.

Simon olhou de novo pela janela.

– Sim. Mas sugiro esperar por um dos menores.

Maria considerou isso por um momento, admitindo para si mesma que ficou intimidada pelo tamanho do homem. Era um gigante. Seus longos cabelos e barba desarrumados apenas reforçavam sua imagem assustadora. Ele se afastou com passos pesados que Maria tinha certeza que faziam o chão tremer.

Ela respirou fundo e pensou em sua irmã. Maria já tinha interrogado todos os homens que estiveram com ela na noite em que não conseguiu recuperar Amélia. Infelizmente, não descobriu nada de útil com eles, pois estavam muito focados em salvá-la. Por outro lado, os homens de Christopher devem ter absorvido mais coisas sobre a situação. Portanto, Maria precisava interrogar ao menos um. Sua irmã precisava dela. De algum jeito, encontraria a força necessária para encarar um gigante.

Abrindo a porta, Maria desceu da carruagem antes que pudesse pensar na loucura que estava prestes a fazer. Correu atrás do homem, pedindo ajuda como uma boa dama indefesa faria.

O gigante parou e se virou com o rosto fechado, que logo se tornou uma expressão de satisfação masculina e, por sua vez, se transformou em desconfiança quando Maria sacou uma pistola.

– Olá – ela disse com um grande sorriso, apontando a arma para seu coração. – Eu gostaria da sua companhia para uma conversinha.

Ele cerrou os olhos.

– Você está louca?

– Por favor, não me faça atirar em você. Pois vou atirar, entende? – ela ajeitou sua postura se preparando para o coice do tiro. Era só para convencê-lo, é claro, mas ele não sabia disso. – Eu lamentaria muito fazer um furo em você, já que ajudou a salvar minha vida recentemente e eu lhe devo muito por isso.

Ele arregalou os olhos ao reconhecê-la, depois praguejou.

– Eles vão me provocar pelo resto da vida por causa disso.

– Bom, sinto muito.

– Não, não sente – ele passou por ela, confirmando sua suspeita sobre o chão tremer. – Onde?

– Minha carruagem está logo ali.

Ele a encontrou e abriu a porta, revelando Simon.

– Bom Deus! – Simon piscou. – Isso foi fácil demais.

– Eu daria umas palmadas nela – o gigante resmungou –, mas St. John arrancaria meu couro – ele entrou na carruagem e tomou um banco inteiro, fazendo toda a estrutura chiar. Cruzando os braços, ele disse: – Vamos logo com isso.

Maria entregou a pistola para Simon e tomou seu assento.

– Agradecemos muito a sua cooperação, senhor...?

– Tim.

– Sr. Tim.

Ele olhou feio.

– Apenas Tim.

Maria ajeitou suas saias quando a carruagem começou a andar e depois encarou seu convidado.

– Espero que goste de Brighton, Tim.

– A única coisa que eu gostaria é saber que você atormenta St. John da mesma maneira – ele murmurou.

Inclinando-se intimamente, ela sussurrou:

– Sou muito pior com ele.

Tim sorriu com malícia em meio às profundezas de sua barba.

– Então, Brighton está bom demais.

O sol poente banhava o oceano com um brilho avermelhado, que parecia transformar a água em lava. Grandes e pesadas ondas quebravam na costa, moldando seu formato e acalmando Christopher, como sempre acontecia ao ouvir aquele som ritmado. Ele estava de pé no alto de um penhasco, com as mãos cruzadas atrás das costas largas. A brisa salgada soprava contra ele, arrepiando sua pele e libertando mechas de cabelo do coque que as prendia.

Além do horizonte, um de seus navios esperava, cheio de bebidas, tabaco, tecidos ricos e temperos exóticos. Assim que a noite caísse, a embarcação se aproximaria, buscando pelo sinal de luz que sua equipe usava para anunciar a posição adequada para desembarque.

Seus inimigos atacariam nesse momento, interrompendo o transporte do contrabando para a praia. Hoje eles teriam aquilo que queriam de verdade: uma luta.

A antecipação por causa do confronto pulsava nas veias de Christopher, mas ele não estava ansioso ou impaciente. Era apenas uma tarefa necessária, nada mais.

– Estamos a postos – disse Sam, que se posicionou ao seu lado.

Os homens de Christopher estavam espalhados por todos os lados, alguns ao longo do penhasco e da praia, outros nas cavernas e no vilarejo. Ele soltou as mãos e o vento fez as mangas do casaco sacudirem com violência. Agarrou o cabo de sua espada e inalou profundamente o ar marítimo em seus pulmões.

– Certo – ele murmurou. – Então, vamos descer.

Liderou o caminho até a praia lá embaixo, olhando nos olhos de cada um de seus homens ao passar por eles. Era uma coisa tão simples, esses olhares passageiros, mas diziam muito para aqueles que arriscavam a vida a seus serviços.

Eu conheço você. Você é alguém para mim.

Durante os anos ele observou pessoas no comando passarem diante de seus subordinados com olhos focados diretamente à frente, inchados de orgulho como se fossem bons demais para reconhecer os inferiores. A única lealdade que tais homens inspiram é construída por medo e amor ao dinheiro. Uma fundação frágil, que pode ser destruída com facilidade.

Christopher parou atrás de uma grande rocha parcialmente submersa na água e esperou. O céu escureceu, as ondas diminuíram sua fúria. Uma plataforma foi colocada no lugar para começar o organizado trabalho de desembarque das mercadorias do navio para a praia.

Saber o que estava para acontecer fez o estômago de Christopher dar um nó. Ele observou a praia de seu esconderijo, totalmente sem emoção, como precisaria estar se quisesse sobreviver à longa noite. Sombras desceram do vilarejo, denunciando aqueles que queriam enfrentá-lo. Quando pediu pela lamparina escondida ao lado, o som de metal se chocando já podia ser ouvido. O ar mudou, tornando-se carregado com o aroma do medo. Então, Christopher se revelou, segurando a lanterna para iluminar seu rosto.

– Ei, vocês aí! – ele gritou, com a voz tão cheia de comando que os homens lutando hesitaram por um instante. Como esperava, um deles se separou do resto.

– Já era hora de você mostrar a sua cara covarde por aqui! – o cretino gritou.

Erguendo uma sobrancelha, Christopher respondeu devagar:

– Da próxima vez que você quiser minha companhia, posso sugerir um convite escrito à mão?

– Pare de fazer piadas e lute como um homem.

Christopher sorriu com frieza.

– Ah, mas eu prefiro lutar como um selvagem.

Um grupo de homens correu em sua direção e Christopher jogou a lamparina neles, espalhando óleo e chamas, que rapidamente engoliram o grupo e clarearam a praia. Seus gritos de agonia ecoaram pela noite, enviando uma onda de terror para qualquer pessoa ao alcance do som.

Sacando a espada, Christopher levantou o braço esquerdo para se equilibrar e se lançou na luta.

A noite foi longa, a carnificina foi imensa.

– Você vai se encontrar com o Sr. Field? – Amélia perguntou enquanto sentava-se na cama de Miss Pool.

A bonita governanta levantou seus olhos azuis para encará-la pelo espelho da penteadeira.

– Você está bancando a casamenteira?

Amélia queria poder sorrir, mas há dias não conseguia fazer isso.

– Você está tão adorável quanto uma boneca – ela disse.

Miss Pool se virou na cadeira para estudá-la pela centésima vez.

– Tem certeza que não quer vir comigo? Você sempre adora passear na vila.

Lembranças dolorosas relampejaram em sua mente, e Amélia sacudiu a cabeça com força para livrar-se delas. Não choraria na frente de Miss Pool.

– Por favor, saiba que você pode conversar comigo sobre qualquer coisa – a governanta disse. – Eu mantive segredo sobre sua irmã. Posso manter outros também.

Apertando os lábios, Amélia tentou manter seus pensamentos para si mesma, mas não resistiu e acabou fazendo uma pergunta.

– Você já se apaixonou?

Os olhos azuis se arregalaram, depois Miss Pool admitiu:

– Na verdade, sim. Mas acabou mal, infelizmente.

– Você ainda o amava? Quando acabou?

– Sim.

Levantando-se, Amélia andou até a janela, cuja vista dava na direção do riacho, enquanto os estábulos ficavam na direção oposta.

– Como você se recuperou?

– Não sei se me recuperei de verdade até conhecer o Sr. Field.

Amélia se virou outra vez para ela.

– Como isso pode acontecer?

– Não sou especialista, então hesito em falar sobre isso, mas acho que talvez um novo romance possa preencher o vazio deixado por outro – Miss Pool se levantou e se aproximou de Amélia. – Mas você nunca precisará se preocupar com isso. Você é maravilhosa demais para perder seu amor.

– Como eu gostaria que isso fosse verdade – Amélia sussurrou.

Um sorriso de compaixão se espalhou no delicado rosto da governanta. Ela pousou as mãos gentilmente nos ombros de Amélia e perguntou:

– Você está falando do primeiro amor, não é? Esses sempre terminam com corações partidos, Amélia. É um rito de passagem. É o sinal de que você amadureceu e deixou para trás as fantasias juvenis e passou a entender melhor a si mesma. É uma prova dolorosa que você superou as pequenas preocupações da infância e começou a desvendar a consciência de uma mulher.

Lágrimas se derramaram dos olhos de Amélia. Miss Pool a puxou para perto e ofereceu consolo em um terno abraço. A jovem aceitou com gratidão chorando até sobrarem apenas soluços, depois se acalmou e chorou mais um pouco.

Por fim, sem mais lágrimas, ela buscou fundo em si mesma e descobriu um pouco de força que não sabia que possuía.

– Vá – Amélia pediu, soprando o nariz com o lenço oferecido. Miss Pool sempre estava preparada. – Já segurei você aqui por tempo demais.

– Não vou deixá-la dessa maneira – Miss Pool protestou.

– Já me sinto melhor. Na verdade, eu me sinto tão melhor que pretendo dar uma caminhada para espairecer a cabeça.

Era terça-feira, dia em que Colin e seu tio tiravam folga. Eles sempre saíam, o que significava que era seguro andar pela propriedade.

– Então venha comigo.

Amélia estremeceu. Ela não era tão forte assim.

– Não, obrigado. Eu prefiro ficar perto de casa hoje.

Miss Pool precisou de mais confirmações antes de sair relutante. Depois Amélia questionou a cozinheira – que sabia de tudo sobre todo mundo – para ter certeza de que Colin havia saído. Mesmo assim, o medo de encontrá-lo a deixou nauseada.

Respirando fundo, ela saiu pela cozinha, correu pelo gramado e entrou no meio das árvores. Quando se aproximou da pequena cerca com a intenção de pular, um movimento a fez parar de repente.

Ela se abaixou e se escondeu atrás de um tronco, observando um dos lacaios de seu pai fazendo a ronda pelo perímetro da propriedade. Era um homem velho, com boa aparência, mas magro demais, o que fazia as roupas sobrarem em seu corpo esquelético. Seu olhar de caçador era duro e frio e sua mão agarrava o cabo de um grande facão.

Ele parou e olhou ao redor, desconfiado. Amélia segurou a respiração, com medo até mesmo de piscar enquanto ele esticava o pescoço para todos os lados. Uma eternidade passou antes do guarda sumir de vista.

Por um longo tempo, ela esperou, precisando ter certeza de que ele estava longe o bastante para que não a enxergasse pulando a cerca. Então, saiu de seu esconderijo.

Pulou para a propriedade vizinha, entrando no meio das árvores antes de soltar a respiração.

– Céus – ela sussurrou, aliviada por ter conseguido. – Que homem desagradável.

– Eu concordo.

Amélia pulou de susto ao ouvir aquela voz grave. Ela girou e seu queixo caiu diante do cavalheiro que estava de pé próximo a ela.

Ele era inegavelmente rico, como indicado pela qualidade de suas roupas e peruca. Era pálido e magro, quase bonito. Apesar de parecer ter a mesma idade que ela, ele mantinha uma postura que dizia com clareza que sua palavra deveria ser obedecida. Era um homem privilegiado.

Fez uma elegante reverência e se apresentou como o Conde de Ware. Depois explicou que o riacho que ela tanto gostava ficava na propriedade de seu pai.

– Mas você é bem-vinda aqui.

– Obrigada, milorde – ela retribuiu com uma rápida reverência. – Você é muito gentil.

– Não – ele respondeu secamente. – Estou muito entediado, isso sim. Agradeço a companhia, ainda mais quando essa companhia é de uma linda donzela que escapou de sua prisão.

– Que imagem extravagante – ela murmurou.

– Bem, sou uma pessoa extravagante.

Lorde Ware tomou sua mão e a conduziu até o riacho. Lá ela encontrou Benny, que pescava concentrado com sua vara. Ele sentiu seu olhar e levantou a cabeça.

– Vou arrumar uma vara para você também.

– Viu? – Ware disse. – Não há mais motivo para lágrimas e nariz entupido. Afinal de contas, o que poderia ser melhor do que uma tarde pescando com um conde e um maltrapilho?

Ela olhou de lado para o conde e ele sorriu.

Pela primeira vez em dias, Amélia sorriu.

Enquanto o sol subia lentamente pelo horizonte trazendo um novo dia, a cena na praia de Deal foi revelada para aqueles que ainda respiravam. Corpos se espalhavam pela areia encharcada de sangue e flutuavam nas ondas matinais. O navio havia partido e a carga já havia sido carregada em carruagens que já estavam longe.

Christopher ignorou as dores que castigavam cada parte de seu corpo e permaneceu de pé, com as mãos sobre os lábios. Para aqueles que não o conheciam, poderiam pensar que estava perdido em uma oração, mas quem o conhecia sabia que Deus nunca ajudaria uma alma negra como a dele. Aos seus pés estava o homem que o desafiara, com seu coração perfurado pela espada de St. John, que prendia o cadáver na areia.

Um homem mais velho se aproximou mancando, com um grande curativo sangrento na coxa.

– Perdemos uma dúzia – ele reportou.

– Quero uma lista dos nomes.

– Sim. Cuidarei disso.

Alguém tocou suavemente em seu braço e Christopher virou a cabeça para encontrar uma jovem garota ao seu lado.

– Você está sangrando – ela sussurrou, com olhos arregalados.

Ele baixou o olhar, notando pela primeira vez que tinha um grande corte no bíceps que sangrava em profusão e encharcava sua camisa rasgada.

– Realmente – ele disse, estendendo o braço para que ela pudesse estancar o ferimento com o tecido que segurava.

Ele a estudou enquanto fazia o serviço, admirando sua compostura, apesar de sua juventude. Homens adultos vomitavam ao redor, mas ela se manteve firme. Violência não era novidade para ela.

– Você perdeu alguém hoje, minha criança? – ele perguntou suavemente.

O olhar dele manteve-se focado no trabalho dela.

– Meu tio.

– Sinto muito.

Ela assentiu.

Christopher suspirou com força e virou a cabeça para assistir ao nascer do sol. Embora sua posição estivesse mais uma vez segura, ele não partiria imediatamente. Sabia que a luta em si seria rápida. As duas semanas que antecipara serviria para todo o resto. Levaria ao menos uma semana para visitar cada uma das famílias que sofreram uma perda hoje e assegurar que teriam meios para sobreviver. Era uma tarefa miserável, com dias cheios de tristeza, mas tinha que ser feito.

Então, de repente, a lembrança de Maria invadiu sua cabeça. De onde veio, era um mistério. Christopher sabia apenas que a memória endireitou sua coluna e apresentou um objetivo – uma cama macia e seu corpo quente e suave ao seu lado. Poder abraçá-la, relaxar com ela, experimentar aquele estranho aperto em seu peito que achava tão desconcertante. Era muito mais preferível do que este... vazio que sentia agora.

Você já pensou em deixar essa vida?

Não, nunca pensou, mesmo no meio deste cenário tenebroso. Mas, pela primeira vez, contemplou um alívio, possível apenas por causa de Maria.

Era a punição de Deus por seus pecados que, para conseguir manter sua vida, teria que extinguir seu único prazer nela.

CAPÍTULO 13

Maria se ajeitou na poltrona e ficou observando Tim enquanto ele desenhava na escrivaninha. A cabana que Welton arranjou para ela era pequena, mas confortável. Situada perto da costa, era um retiro adorável, com o suave quebrar de ondas ao longe oferecendo um acompanhamento encantador para se relaxar.

Tim cantarolava para si mesmo enquanto desenhava, e Maria ficou mais uma vez admirada com o quanto ele parecia gentil comparado ao seu tamanho. Ele era bondoso e muito leal a St. John, uma lealdade que estendia a ela porque acreditava que era importante para o pirata. Isso foi o que mais a surpreendeu. Sim, St. John mostrara grande interesse nela, mas Maria conhecia muito bem os homens. Grande interesse não significava grande afeto. Ela tinha algo que ele queria, e ela sabia que o relacionamento não passava disso. Entretanto, Tim parecia pensar que havia alguma coisa mais, e algo dentro dela desejava acreditar que fosse verdade.

Ela sentia falta dele, de seu pirata. Como era estranho passar a gostar dele tão depressa, mas aconteceu. À noite ela deitava na cama e sentia falta de seus braços musculosos, de seu peito cheio de pelos amortecendo seu rosto, de sua pele esquentando seu corpo. Às vezes, se fechasse os olhos, ela imaginava que podia sentir seu cheiro, aquele aroma lascivo cítrico e virilmente masculino.

Mas, acima de tudo, ela desejava a ilusão de segurança. Christopher a fazia sentir-se protegida. Simon não se importava em deixar que ela decidisse tudo. Porém, às vezes gostaria que alguém tomasse as rédeas. Apenas por um momento. Não o bastante para deixá-la dependente, mas o suficiente para oferecer um resquício de paz.

– Aqui – Tim disse ao se levantar e se aproximar. Ele entregou o desenho e voltou para a escrivaninha para começar outro.

Maria deixou de lado o mapa e as anotações de Simon sobre onde queria continuar a busca e observou o desenho com espanto.

– Você é muito talentoso – ela disse, admirando as bonitas linhas e sombreamentos que criavam a figura de um adolescente excepcionalmente bonito. Feições exóticas, cabelos e olhos negros davam a ele uma atraente aparência perigosa. Cabelos grossos caíam sobre a testa, emoldurando aqueles olhos sensuais e a linda boca.

– Não é nada – Tim a dispensou, fazendo Maria levantar os olhos e flagrar seu rosto corado.

– E sua memória não é nada menos do que miraculosa. Também notei este jovem, mas eu não poderia descrevê-lo para você. Ele possui feições únicas que dificultam qualquer comparação, mas você as conseguiu capturar com perfeição.

Ele grunhiu seu embaraço e fechou os olhos debaixo das sobrancelhas selvagens. Maria sorriu e depois olhou para a pilha de desenhos ao seu lado. Juntos, formavam um mosaico dos eventos daquela noite – a carruagem, a governanta, o cavalariço, o cocheiro. O próximo desenho era de Amélia, e Maria quase não queria olhar, incerta de como reagiria. Ela enxergara a irmã por apenas um momento, e durante as três últimas semanas percebera que sua imagem mental já estava sumindo.

– Você irá recuperá-la – Tim murmurou.

Piscando, Maria voltou a atenção para seu convidado. Para seu alívio, as duas semanas estavam quase no fim. Seu ferimento precisou de descanso total para sarar, mas a vida ociosa era uma tortura para ela. Maria havia andado de um lado a outro o suficiente para cruzar o mundo. Passar ordens à distância não era seu estilo. Preferia muito mais dirigir a ação em carne e osso. Felizmente, faltavam apenas dois dias para voltar a Londres. Tim seria devolvido para St. John e ela voltaria a se dedicar apenas à sua busca.

– Como é?

– Sua irmã – ele elaborou. – Você irá recuperá-la.

Meu Deus. Como ele sabia?

– St. John está ciente disso? – ela perguntou enquanto sua mente corria com as possibilidades. Amélia era sua única fraqueza. Além de Simon e Welton, ninguém mais sabia disso.

– Ainda não. Você me pegou antes que eu tivesse chance de contar a ele.

Ela suspirou de alívio, embora seu coração ainda estivesse correndo.

– Agora não posso levar você de volta – ela alertou.

É claro que ambos sabiam que ele poderia partir quando quisesse. Nada além de correntes poderia manter esse gigante no lugar contra sua vontade, e mesmo isso não era garantido.

– Eu também sabia disso quando lhe contei – ele apenas respondeu.

– Então, por quê? – Maria disse, franzindo as sobrancelhas.

O gigante passou a mão em sua barba e se recostou na cadeira, que era quase pequena demais para ele.

– Minha tarefa era proteger você naquela noite. Eu falhei. Se eu proteger você agora, talvez eu possa consertar isso.

– Você não pode estar falando sério! – mas ela podia ver em sua postura que ele estava. – Não havia como nós sabermos o que iria acontecer.

Ele riu.

– St. John sabia, ou não teria nos enviado. Ele confiou em mim para agir em seu lugar, e eu não fui digno de sua confiança.

– Tim...

Erguendo sua grande mão, ele a interrompeu.

– Não há razão para argumentar. Você quer me manter com você, e é com você que quero ficar. Não há nada para discutir.

A boca dela se fechou. Não havia nada que pudesse dizer contra esse raciocínio.

– *Mhuirnín.*

Maria olhou por cima do ombro e viu Simon, que entrou no quarto com sua graça de sempre. Ainda estava vestido com suas roupas de viagem, tendo voltado apenas recentemente de sua longa estadia fora da cidade. Sob sua direção minuciosa, Simon levara uma dúzia de homens e vasculhara toda a costa sul, fazendo as investigações necessárias em busca de Amélia.

– Você tem um visitante.

Imediatamente, ela ficou alerta, se levantou, correu até ele e baixou o tom de voz.

– Quem é?

Ele apanhou o cotovelo dela e a puxou para fora da sala, lançando um olhar de aviso para Tim. Então, abaixou-se e respondeu no mesmo tom:

– Lorde Eddington.

Os passos dela falharam e Maria arregalou os olhos. Simon encolheu os ombros e continuou a acompanhá-la até o salão.

Ela não estava vestida para receber visitas, porém esta não era uma visita social. Erguendo o queixo, ela entrou com todo o charme que possuía. Maria considerou que precisaria disso quando Eddington se virou com um olhar fulminante.

– Você e eu temos muito para discutir – ele disse, com um tom raivoso.

Acostumado com machos dominadores, Maria ofereceu um sorriso brilhante e se sentou no sofá.

– Que bom vê-lo, milorde.

– Logo você não pensará assim.

– Ela apontou uma pistola para ele em plena luz do dia.

Christopher sorriu ao imaginar a cena que Philip descrevia, onde Tim era capturado por Maria. Em seu peito, um calor se espalhou junto ao sorriso. Parecia gostar mais daquela mulher a cada dia que passava. Mesmo a distância não foi capaz de diminuir sua apreciação e desejo por ela. Seu bem-estar foi a primeira coisa sobre a qual perguntou quando Philip chegou na estalagem. Havia muitas coisas das quais ele precisava ser informado, coisas demais para esperar até sua volta a Londres.

– Foi mesmo engraçado – Philip disse, notando a reação de Christopher.

– Gostaria de ter presenciado isso – ele relaxou no banco e olhou para a paisagem que corria diante de seus olhos. Cortinas vermelhas estavam amarradas ao lado, exibindo o único toque de cor no interior preto. – Então Tim permaneceu com ela.

– Sim, o que deve ter sido a melhor decisão. O irlandês esteve ausente desde o segundo dia de suas férias.

– Humm... – saber disso agradou Christopher profundamente. Sempre sentia uma sensação ruim quando pensava em Maria junto a Quinn. Era óbvio que ela ainda gostava do irlandês. O único conforto que Christopher possuía era a cama vazia que ela compartilhava apenas com ele.

Esse último pensamento aqueceu suas veias. Às vezes ele dizia para si mesmo que o sexo não poderia ser tão bom quanto se lembrava. Como poderia? Outras vezes – à noite, deitado na cama – quase podia sentir as mãos dela acariciando sua pele e quase podia ouvir sua voz sussurrando provocações em seu ouvido.

– Já estamos chegando? – ele perguntou, ansioso para encontrar Maria. Se fosse gentil, talvez pudesse possuí-la hoje. A luxúria o deixava duro, instigado por sua abstinência prolongada, mas poderia controlar isso. Ele não agravaria seu ferimento.

– Sim, não falta muito – Philip franziu as sobrancelhas, mas não disse nada, apenas esfregou as mãos em sua calça de veludo cinza. Mas Christopher conhecia muito bem o garoto para saber que algo o incomodava.

– O que foi?

Philip tirou os óculos e apanhou um lenço em um dos bolsos. Enquanto limpava manchas inexistentes, ele disse:

– Estou preocupado com Lorde Sedgewick. Já faz mais de um mês que ele libertou você. Com certeza deve estar impaciente com o pouco progresso que enviamos a ele.

Christopher considerou Philip por um momento, notando o quanto ele amadureceu fisicamente, fato que estava escondido debaixo dos óculos.

– Até que eu tenha aquela testemunha em minhas mãos, a única coisa que posso fazer é prolongar meu tempo. Não havia nada que eu pudesse fazer diferente que me deixaria em uma posição melhor hoje.

– Concordo. Mas o que me preocupa é como você vai proceder daqui em diante.

– Por quê?

Philip recolocou os óculos.

– Porque já percebi que você gosta daquela mulher.

– Eu gosto de muitas mulheres.

– Mas nenhuma das outras corre o perigo de perder a vida sob suas mãos. Christopher respirou fundo e voltou a olhar a janela.

– E me perdoe se eu estiver errado – Philip continuou, ajeitando-se nervosamente no banco e limpando a garganta –, mas parece que você gosta mais de Lady Winter do que de qualquer outra mulher.

– O que o faz pensar assim?

– Todas as coisas que você fez e que não parecem do seu feitio: a invasão da casa dela, esta viagem para Brighton. Ela é esperada em sua casa em Londres daqui a dois dias, mesmo assim você decidiu viajar para encontrá-la, como se não aguentasse mais ficar longe dela. Como você poderá entregá-la para Sedgewick nessas circunstâncias?

Essa era uma questão que Christopher estava considerando cada vez mais nos últimos tempos. A mulher não fizera nada a ele. Maria era apenas uma tentação que ele abordara no teatro e vem perseguindo desde então. Não sabia nada sobre sua parceria com Lorde Winter, mas sabia que ela não causara maliciosamente a morte de Dayton. Ela dissera que o amava.

Sua garganta se fechou com a ideia de Maria ter afeto por outra pessoa. Como ela seria quando amava? Ele se tornou profundamente apaixonado pela mulher que usou um banquinho para beijá-lo com ardor. Seria aquela a Maria que se casara com Dayton?

Levando a mão até o peito, Christopher o esfregou inutilmente para tentar aliviar o aperto que sentia ali. Aquela mulher possuía segredos, disso ele tinha certeza. Mas ela não era uma pessoa ruim e não desejava seu mal. Então, como poderia entregá-la para a forca? Ele não era um bom homem. Independentemente de seus sentimentos por ela, a ideia de trocar sua vida pela vida de uma pessoa boa parecia perturbadora.

– Chegamos – Philip murmurou, tirando Christopher de seus devaneios.

Ele se endireitou, focando na cabana que se aproximava. Ainda estavam a alguma distância, longe o bastante para a carruagem não ser ouvida lá dentro, mas perto o suficiente para ele conseguir enxergar a carruagem sofisticada que esperava à frente da cabana.

Sentindo a sensação de possessividade que agora se tornara familiar, ele bateu no teto e chamou o cocheiro:

— Pare aqui.

Desceu e terminou a viagem a pé, escutando as ondas na praia que incitavam uma urgência incomum em seus passos. Já estava anoitecendo, permitindo que escondesse seus movimentos nas sombras. Um assovio o alertou dos homens que havia destacado para proteger Maria. Ele assoviou de volta, mas o som foi interrompido quando reconheceu o brasão na porta da carruagem.

Eddington.

Uma centena de pensamentos correu por sua cabeça ao mesmo tempo. Ele parou por um momento, respirando fundo para se acalmar, depois circulou a cabana, procurando por uma maneira de espiar as atividades lá dentro.

A sorte estava ao seu lado. Quando virou uma esquina, encontrou um facho de luz que escapava de uma janela. Ele se aproximou e descobriu uma vista livre de Maria e Eddington, que pareciam discutir fervorosamente. A briga poderia acalmá-lo um pouco se ao menos Maria estivesse vestida de modo adequado. Mas não estava. Suas vestimentas não eram apropriadas para uma mulher que recebe uma visita social. E Quinn não estava em casa.

Christopher correu para a cabana, pressionando suas costas na parede e se aproximando da fresta na janela.

— Será que preciso lembrá-la — Eddington disse em um tom raivoso — que estou pagando muito bem a você para me entregar um serviço? Não estou pagando para você tirar férias!

— Eu estive doente — ela disse friamente.

— Se você não pode trabalhar de costas, existem outras posições que pode usar.

Christopher apertou os pulsos e o maxilar, sentindo uma raiva que nunca experimentara antes. Já sentiu o desejo de matar, mas a sensação nunca foi acompanhada por uma dor no coração e uma queimação em seus pulmões.

— Não seja vulgar! — ela retrucou.

– Vou ser o que eu quiser! – o conde rosnou. – Estou pagando por esse direito.

– Se o dinheiro é tão importante para você, então me libere e encontre outra pessoa menos cara para satisfazer suas necessidades.

Apesar do som das ondas, Christopher pensou que talvez fosse possível ouvir seus dentes rangendo, mas ele não conseguia parar. Precisou de cada gota de seu autocontrole para não entrar pela janela e esganar Eddington. A única coisa que o impedia de fazer isso era saber que a confiança de Maria não podia ser tomada à força. Ela precisava entregar por livre e espontânea vontade.

Ele se afastou, tentando entender rapidamente sua própria parceria com a notória sedutora. Ela estava envolvida em algo muito desagradável, pelo visto contra sua própria vontade, mas não pediu ajuda. Ele era seu amante, um amante rico que a ajudaria se recebesse um pedido, mas Maria estava acostumada demais a lidar sozinha com tudo.

Endurecendo seu coração dolorido, Christopher se recusava a se sentir descartado, ou esquecido, e rejeitava culpá-la por tentar se preservar. Maria era uma mulher inteligente. Ela poderia aprender, e ele a ensinaria. Bondade. Ternura. Quanto disso ela recebeu em sua vida? Talvez ele não fosse o homem ideal para abordar essas coisas, mas também era capaz de aprender. Encontraria uma maneira de se abrir com ela, para que Maria também se sentisse segura para se abrir com ele.

Então ele partiu tão rápido quanto chegou. Voltou para a carruagem como um homem diferente daquele que saiu – mais sóbrio, porém coberto com um manto introspectivo que Philip sabia que não deveria perturbar.

Maria andava agitada em seu quarto, arrastando a barra do roupão pelo chão.

– Onde você está? – ela resmungou, olhando de novo para a janela aberta, esperando impacientemente que seu amante de cabelos dourados aparecesse. Estava de volta em casa fazia dois dias e sabia por seus espiões que Christopher também já havia voltado, mesmo assim ele não a procurou. Ela enviara uma carta naquela manhã, mas foi inútil. Ele não respondeu, nem apareceu.

Maria havia se apressado após a volta, tomou um banho para limpar a sujeira da viagem, apenas para depois tomar um chá de cadeira. No fundo de seu coração, uma dor nasceu e cresceu.

Christopher podia ter perdido o interesse enquanto esteve fora. Embora Maria tivesse considerado essa possibilidade, a concretização disso a machucou de um jeito para o qual não estava preparada.

Ela parou na janela, olhando para baixo, sem ver nenhum movimento. Seus olhos se fecharam com um longo suspiro. Ele não devia nada a ela, mas Maria ficou com raiva da dor que ele causou. Estava furiosa por não ter lhe dado a cortesia de uma despedida. Mesmo que fosse por escrito, e não pessoalmente, já seria preferível do que esta rejeição silenciosa.

Mas ela não permitiria que ele a tratasse desse jeito! Ela havia se aberto naquela carta e deixado claro o quanto desejava sua companhia. Doía pensar nisso, no quanto se tornara apegada a ele. Ao ponto de correr atrás, de implorar por atenção.

Apenas para ser descartada sem uma palavra sequer.

Queimando de raiva, Maria despiu-se e chamou Sarah para ajudá-la a vestir-se de novo. Escolheu um vestido vermelho de seda e depois aplicou uma pinta em forma de coração um pouco acima do canto da boca. Deslizando sua adaga no bolso oculto do vestido, ela então pediu para trazerem a carruagem. Cada momento que se passava intensificava o fervor em suas veias. Ela estava louca por uma discussão e, por Deus, querendo ou não o pirata iria ouvi-la.

Os batedores cercaram sua carruagem quando saíram da relativa segurança do distrito de Mayfair e entraram em St. Giles, que servia de lar para pedintes, ladrões, prostitutas... e seu amor. Sentada no conforto da carruagem, Maria sentiu sua ira ferver perigosamente. Quando chegou à casa do pirata, ela era um desastre pronto para acontecer, um fato que parecia óbvio. Seu chamado foi aceito de imediato pelo criado e Maria foi conduzida para o saguão sem demora.

— Onde ele está? — perguntou com uma suavidade ameaçadora, ignorando o grande grupo de homens e mulheres que se aproximaram para observá-la.

O mordomo engoliu em seco.

– Irei informá-lo de sua chegada, Lady Winter.

Uma sobrancelha se ergueu com elegância.

– Posso anunciar minha chegada eu mesma, obrigada. Onde ele está?

O criado abriu a boca, fechou, abriu de novo e, por fim, disse com um suspiro:

– Siga-me, milady.

Maria começou a subir a escadaria como uma rainha, de queixo erguido, ombros retos. Poderia ser uma amante ferida, mas se recusava a agir como tal.

Um momento depois ela entrou no quarto aberto pelo mordomo e parou lá dentro, sentindo o coração subir pela boca. Um gesto trêmulo pedindo para fechar a porta foi a única coisa que conseguiu fazer.

Christopher estava seminu recostado na frente da lareira, sem nada nos pés e na garganta, seu tronco livre do casaco e colete. A cabeça estava caída para trás, seu brilhante olhar azul estava escondido em descanso. Uma criatura tão linda, porém tão perigosa. Mesmo agora, furiosa como estava, ele a afetava como nenhum outro homem.

– Christopher – Maria chamou, sua garganta estava tão fechada por causa da visão dele que sua voz não era mais do que um sussurro.

Um sorriso lento curvou os lábios dele, mas os olhos permaneceram fechados.

– Maria. Você veio.

– Ao contrário de você. Apesar do meu pedido e da minha espera.

Christopher finalmente olhou para ela, cerrando os olhos e analisando a situação.

– É tão errado da minha parte querer que você faça o esforço de me procurar?

– Não tenho mais tempo para seus jogos, St. John. Eu vim para ter aquilo que você me deve: um rompimento limpo.

Maria se virou para ir embora, mas ele não deixou. Christopher agiu rapidamente e a pressionou contra a porta com seu corpo.

– Isto não é um jogo – ele disse, roçando os lábios em sua orelha.

Maria tentou de tudo para ignorar a falta que sentiu daquele corpo musculoso. Ele se agigantava sobre ela, sua respiração quente soprava sobre o topo de sua cabeça. Quando encostou os lábios em seu ombro, ela entendeu o que ele estava dizendo. Era impossível senti-lo através das saias e sobressaias, mas não havia dúvida de que estava ereto.

Ela afastou a pontada de prazer por saber disso e disse friamente:

– Então, por que você não me procurou?

Christopher se mexeu, tirando as mãos da porta para tocar em seus seios com ousadia. Suas pernas poderosas a mantiveram pressionada enquanto ele a acariciava.

– Sou sempre eu quem vai atrás de você, Maria. Precisava saber se você me procuraria também.

Ela ofegou ao ouvir suas palavras cheias de desejo. Mas ele cometeu um grande erro ao livrar suas mãos e, em uma fração de segundo, Christopher percebeu seu descuido. Maria afundou a ponta da adaga em sua coxa.

Ele se afastou praguejando, e ela se virou para encará-lo, jogando a mão para trás e tocando a fechadura.

Uma pequena mancha de sangue se espalhou ao redor do furo em sua calça.

– Você saca armas contra Eddington também? – ele perguntou suavemente. – Ou ele é poupado por causa do dinheiro?

Maria parou segurando a lâmina na frente do corpo.

– O que tem Eddington?

– Isso é o que eu quero saber – ele calmamente puxou a camisa sobre a cabeça, revelando a extensão dourada de seu abdômen definido. Seu peito nu possuía cortes cicatrizados e as costelas exibiam hematomas amarelados. A garganta de Maria se fechou diante dos muitos ferimentos, seu coração doeu pensando que contribuiu para estragar essa beleza masculina sem igual. Christopher rasgou o tecido da camisa e amarrou uma tira ao redor da coxa. – Já somos íntimos o bastante para compartilhar segredos?

– Por acaso Eddington é a causa de sua rejeição? – ela perguntou, sentindo o estômago revirar com o fato de que ele sabia de sua parceria com o conde.

Christopher cruzou os braços e balançou a cabeça.

– Não. E digo a verdade a você, Maria, porque é isso que espero de você. Quero apoiá-la. Ajudá-la. Mas você precisa me permitir fazer isso.

O tom de sua voz estava tão baixo, seu olhar tão sincero, que ela se sentiu arrebatada por ele e as sensações que causava. Seus dedos fracos soltaram a adaga, que atingiu o chão com um baque.

— E que direitos você irá me conceder? — ela perguntou, com seu peito subindo e descendo rapidamente.

— Que direitos você deseja? — Christopher se aproximou outra vez, abaixando a cabeça para deslizar a língua sobre os lábios de Maria. — Você poderia ter procurado Quinn ou Eddington hoje. Mas você veio até mim, apesar de sua raiva. Eu tenho algo que você quer, Maria. Diga o que é, para que eu possa dar a você.

Pronunciou as palavras com uma dor em seu tom de voz, que ele logo disfarçou ao tomar a boca dela em um beijo profundo e possessivo. Suas mãos subiram até os ombros, puxando-a ainda mais perto.

Embora Maria soubesse que tinha o poder para machucá-lo, também entendia que ele tinha poder para machucá-la de volta. E estava fazendo isso muito bem, enfraquecendo-a com sua ternura e aparente falta de maldade.

— Talvez tudo que eu queira de você seja sexo — ela disse com frieza, movendo os lábios contra sua boca. — Você possui um corpo feito para o pecado e uma mente treinada para usá-lo.

Ele a apertou, denunciando suas intenções. Era muito desagradável saber que ela o machucara deliberadamente para se proteger, mas não conseguia pensar em outra maneira para agir. Esse lado de Christopher era muito perigoso. Ela conseguia lidar com o pirata grosseiro. Mas não sabia se poderia sobreviver aos charmes do amante gentil e apaixonado que aparecia cada vez mais. A sedução rude de seu primeiro encontro sexual suavizou até se transformar nestes encontros de beijos doces, conversas íntimas e confissões de desejo pela companhia um do outro. Já que seus motivos eram suspeitos, isso parecia uma invasão, e ela não permitiria que fosse conquistada quando a segurança de Amélia estava em jogo.

— Você quer o meu pau — ele sussurrou —, então darei o que você quer. Você só precisa pedir por aquilo que necessita. Estou preparado e mais do que disposto para entregar. Na cama, ou em qualquer lugar.

Os olhos dela se fecharam, protegendo seus pensamentos. Maria gostaria de ter a força para deixar de lado sua luxúria e focar apenas na tarefa em si, mas a tremedeira em seus membros dizia que era melhor fugir enquanto ainda tinha forças. A informação que Welton e Eddington queriam teria que ser conquistada com outros meios. Ela descobriria uma forma, como sempre fazia.

— Tire minhas roupas — Maria sussurrou, com um tom de voz firme.

— Como quiser — sua língua tracejou o contorno da orelha dela, fazendo-a estremecer. — Vire-se de costas.

Maria respirou fundo e obedeceu.

CAPÍTULO 14

Christopher apertou os punhos quando Maria ofereceu a trilha de pequenos botões que descia por suas costas. Lutou contra suas mãos, ordenando que parassem de tremer. Ele desejava a ternura dela, algum sinal de que gostava dele por outros motivos além de suas proezas sexuais.

Por que ela veio? Por que enviou aquela carta com palavras tão doces? Odiava a parte de si que dizia: *Isso é suficiente. Aceite o que ela oferece.* Porque não era suficiente. Já não podia mais existir apenas sexo entre eles. Christopher não poderia compartilhar sua cama sabendo que foi excluído de compartilhar o resto de sua vida.

– Você mudou de ideia? – ela murmurou, olhando por cima do ombro quando ele hesitou demais.

Ele notou a pinta em forma de coração perto de sua boca e desejou beijá-la. Seu aroma enchia seu olfato, mais inebriante do que licor.

– Não.

Christopher começou a difícil tarefa de revelar seu corpo exuberante, afastando os metros de tecido entre os dois. Ele era experiente na arte de despir uma mulher, mas nunca sentiu as mãos tremerem durante o ato.

Progrediu devagar e as costas do vestido vermelho se abriram formando um rico contraste com sua pele morena. Christopher abaixou a cabeça e percorreu a língua sobre o ombro dela. Sentiu Maria estremecer e sabia que daria o mesmo tratamento para o resto de seu corpo. Iria morder os mamilos, depois abrir suas pernas e lamber. Ela iria implorar por clemência, contorcendo-se e lutando debaixo dele. Quando terminasse, nenhum outro homem conseguiria satisfazê-la e então ela saberia como ele se sentiu nos últimos dias: faminto diante de um banquete, mas impedido de comer.

Christopher puxou um dos lados do vestido e congelou ao ver a cicatriz deixada pela adaga. Seus olhos se fecharam diante das emoções que surgiram em seu peito. Então sentiu a linha elevada da cicatriz sob a ponta dos dedos quando sua mão desceu sem pensar. Maria ofegou ao sentir o toque.

– Ainda dói? – ele perguntou, abrindo os olhos.

Por um longo momento ela não disse nada, depois assentiu.

– Serei gentil – ele prometeu.

– Não – ela argumentou sem fôlego –, você ficará deitado.

As memórias que as palavras dela evocaram eram tão poderosas que o fez estremecer. Quantas vezes reviveu a única noite que passaram juntos, com Maria por cima de seu corpo, o mamilo preso entre seus dentes, a boceta dela sugando seu pau até gozar em uma explosão pulsante que o deixou esgotado. Agora que estava perto de repetir a dose, sua ereção já respondia com igual entusiasmo. Estava desesperado para se juntar a ela novamente. No corpo, na paixão. Queria transar com mais força, velocidade e profundidade do que antes, e queria a mesma intensidade dela em retorno. Para ele.

Apenas para ele.

– Apresse-se – ela ordenou.

Christopher parou, entendendo que ela se sentia vulnerável, sabendo que a mudança nas regras do jogo a deixou desconfiada e um pouco assustada. Ele também estava incerto, tomando passos hesitantes ao explorar um novo território, nunca tendo se revelado de tal maneira para ninguém antes.

Então decidiu surpreender um pouco, agarrando as costas do vestido e abrindo com um forte puxão, deixando o tecido cair a seus pés. Ela deu um passo para o lado e se virou para encará-lo, com seu tronco embrulhado pelo espatilho e as pernas perdidas no meio das saias.

– Tire suas calças – ela mandou –, e deite-se na cama.

Ele a estudou enquanto suas mãos se moviam preguiçosamente para atender seu pedido. Ela queria controle. Ele entregaria, mostrando que estava disposto a se colocar nas mãos dela, se ela fizesse o mesmo por ele.

– Também quero você nua.

– Mais tarde.

Assentindo, ele livrou seu pau e baixou as calças. O olhar de Maria baixou até sua ereção, fazendo Christopher tomar o membro em suas mãos e apertá-lo até uma gota escapar pela ponta.

– Está vendo o que você provoca em mim? – ele perguntou, segurando o pau para ela como se estivesse oferecendo-o.

Um toque de tristeza tomou seu delicado rosto. Um gemido grave escapou da garganta dele enquanto continuava a se masturbar para ela. Um prazer se acumulou em suas costas e deixou seu pau ainda mais inchado.

– Passei muito tempo sem você, Maria. Você sentiu a minha falta tanto quanto eu senti a sua?

– Eu escrevi para você.

– Você irá me punir por querer algum sinal do seu afeto? Por querer que você me visitasse em minha cama, e não o contrário?

– Pare – ela disse com rouquidão e o olhar grudado nas mãos laboriosas. – Quero você duro e grosso dentro de mim, e não acabado.

Christopher tirou as mãos, deixando seu pau avermelhado, soltando umidade e curvando-se para cima. Isto era inteiramente novo para ele, esta tomada de poder. Duvidava que conseguisse fazer isso com qualquer outra pessoa. Uma mulher menos imponente não teria a força necessária para tirar o controle dele. Mesmo Emaline, com toda sua vasta experiência, não fora capaz de controlá-lo na cama. Era por isso que às vezes ela mesma o servia em vez de destacar uma – ou mais – de suas garotas. Ela ocasionalmente precisava do luxo de ser apenas fodida em vez de ser aquela que faz todo o trabalho.

Então ele esperou, respirando com dificuldade, a pele coberta de suor. A ansiedade apenas aumentou, carregando o ar, estimulando-o ainda mais. Sexo pode ser entediante se a ação demora demais. Mas não era o caso. O espaço entre ele e Maria estava preenchido com uma energia palpável, assim como sempre foi.

– Você mudou de ideia? – ele perguntou, repetindo suas palavras.

Maria ergueu uma sobrancelha.

– Talvez eu não esteja pronta.

Christopher espelhou o gesto; ele sabia que ela estava mentindo por causa do rubor em seu rosto e peito, e o rápido subir e descer dos seios. Ele sabia que ela estava molhada, sabia que ficou excitada ao vê-lo se tocando.

– Eu posso deixá-la pronta.

Por um momento ela não se mexeu. O espartilho, a camisa e as saias eram brancos, sugerindo uma imagem angelical, logo arruinada por aqueles olhos dissimulados e cílios grossos. Ele podia enxergar seus mamilos deliciosos através do tecido leve de algodão, e sua boca encheu de água com a urgência de chupá-los. A pequena pinta em forma de coração o provocava para beijar aquela boca, para deslizar seu pau para dentro até gozar. Mais umidade surgiu na ponta de seu pau e escorreu por sua extensão pulsante e ardente.

– Você me permitiria tomá-la com minha boca? – ele perguntou. – Eu gostaria de fazer amor com você dessa maneira.

O olhar dela tornou-se sombrio ao ouvir aquelas palavras e sua boca se entreabriu ofegando rapidamente. Ela assentiu e passou por ele, arrastando as saias com seus passos agitados. Não havia hesitação em Maria. Quando se decidia, nunca olhava para trás.

Ele a seguiu, com seu cérebro mergulhado em um nevoeiro de luxúria e profunda cobiça. Ela sentou-se na cadeira com as costas retas. A pose era artificial, até ela apoiar um joelho no braço da cadeira e levantar a massa de tecido branco, desnudando primeiro a linda curva de suas panturrilhas, depois suas coxas macias e, finalmente, o paraíso aveludado entre suas pernas.

Christopher rosnou em sua garganta, ajoelhando-se sem cerimônia, agarrando as coxas dela e abrindo tanto as pernas que nada permaneceu escondido. Ela estava escorregadia e quente, mas disso ele já sabia. Voluptuosa Maria, a Viúva Invernal. Exceto quando estava com ele. Nesses momentos, ela se derretia.

– Adoro ver você desse jeito – ele confessou. – Aberta para mim, solícita e querendo.

Mergulhando a cabeça, Christopher lambeu a abertura de sua boceta, adorando o silvo de prazer que escapou entre seus dentes. Após esta noite, ela nunca o esqueceria. Ela deitaria na cama lembrando-se da sensação de sua boca e desejando o prazer que apenas ele poderia entregar.

Christopher a envolveu com seus lábios, a língua roçando sobre o clitóris com carícias leves e provocantes. Ela passava os dedos nos cabelos dele e arqueava as costas sentindo aquele prazer íntimo. Ele segurava os quadris dela, o círculo de sua boca criando uma suave sucção que intensificava cada vez mais a respiração entrecortada de Maria.

– Christopher, meu Deus...

Ela ergueu a cintura e puxou seus cabelos com força, causando uma dor prazerosa em Christopher. Ele aprofundou as carícias, empurrando a língua para dentro dela, sentindo o quanto estava molhada e apertada, sentindo o quanto ele a afetava. E ficou aliviado por isso, pois seu próprio corpo estava prestes a se perder com a necessidade e o desejo torturante.

Ele subiu novamente, chupando o clitóris com um ritmo uniforme, forçando Maria a receber aquilo que oferecia, forçando-a a enxergar aquilo que possuíam – uma profunda afinidade que crescia dia após dia.

O orgasmo dela quase desencadeou o dele. Maria se apertou ao redor de sua língua enquanto ele investia repetidamente. Ele não parou, recusando as tentativas dela de empurrá-lo. Sua boca provocava, tomava, fazia Maria gritar em seu clímax. Várias vezes. Até que nenhum dos dois pudesse aguentar mais.

Ele se levantou, agarrando a cadeira com uma das mãos e mirando seu pau na fenda dela com a outra.

A penetração fez a cadeira pender nas pernas traseiras, o choque brutal arrancou um xingamento dele e um grito sem fôlego dela. Christopher parou por um momento, com olhos fechados enquanto o sexo dela se contorcia em seus últimos espasmos de prazer. Ele abriu os olhos apenas quando ela relaxou trêmula na cadeira.

– Isto é o paraíso – ele disse quase sem voz. – Eu quero viver dentro de você, sentir você me sugando cada vez mais fundo até nos transformar em apenas um.

Maria olhou para o deus dourado que a prendia tão ferozmente e tentou entender como os eventos da noite saíram tanto de controle. Ela estava dolorida e inchada, sensível demais e preenchida com um pau duro como pedra. As mãos dele agarraram o encosto da cadeira em cada lado da cabeça, seus quadris musculosos encostaram no limite das coxas, seu abdômen pingava de suor na pilha de saias que se acumulava na cintura dela.

Ele grudou os olhos nela com apetite e afeto, abalando todas as suas convicções. Como ela poderia desistir disso? Maria gemeu quando o pau de Christopher pulsou dentro dela. Nessa posição ela não tinha apoio, e o impressionante tamanho dele parecia quase grande demais para ser confortável. Ele se retirou e ela tremeu com o movimento: seu corpo não queria a separação. Então, usando as pernas musculosas para impulsionar o corpo e os braços para puxar a cadeira, ele entrou dentro dela de novo, atingindo o fundo, unindo-os eroticamente em um único ponto.

Maria gemeu perdida no prazer. Seu único apoio era segurar-se na cintura dele para receber suas investidas, que cresceram em força e velocidade até o quarto ecoar os inequívocos sons de uma transa desenfreada. Os gritos dela aumentaram de volume, competindo com a batida rítmica da cadeira contra o chão e os xingamentos que escapavam da garganta de Christopher em todas as vezes que ele metia nela.

Seu pau era grosso, longo e quente, e foi assim que Christopher a conquistou, entregando exatamente o que ela queria. E exatamente o que não poderia ter.

Foi uma transa visceral e passional. Luxúria misturada com emoções muito mais profundas. O olhar dela estava vidrado no abdômen musculoso e a extensão de seu pau enquanto entrava e saía com brilhante precisão. A dúvida se as memórias daquela primeira noite eram reais ou não foi respondida. Christopher St. John era um amante inigualável, mesmo no auge da paixão. Ele penetrava rápido e forte, atingindo o ponto dentro dela que fazia seus dedos dos pés se curvarem.

– Sim! – ele rugiu quando ela gemeu quase em delírio, sua voz rouca cheia de pura satisfação masculina, seu olhar quente enquanto a assistia se desmanchar debaixo dele.

Meu Deus, Christopher a estava devastando, fazendo-a gostar dele de verdade, em um momento de sua vida em que não poderia se dar a esse luxo.

– Não! – ela gritou, assustada pelos sentimentos que ele evocava, as mãos empurrando inutilmente os ombros que a prendiam. – Pare! – ela bateu com os punhos nele até conseguir chamar sua atenção.

Ele entrou fundo e parou, mal conseguindo respirar, as coxas tremendo e quase perdendo o apoio.

– O quê? – ele disse quase sem voz. – O que foi?

– Saia de cima de mim.

– Você está *louca*? – após dizer isso, algo mudou suas feições e ele abaixou o olhar. Antes que ela entendesse sua intenção, Christopher pressionou um beijo demorado na cicatriz de seu ombro. – Estou machucando você?

Maria engoliu em seco, seu coração batia tão desesperadamente que parecia estar prestes a explodir.

– Sim – na verdade, ele estava acabando com ela.

– Oh, Deus – sua testa coberta de suor se encostou na testa dela enquanto a respiração quente atingia seu rosto.

Dentro dela, Christopher pulsava. O corpo de Maria, sem se importar com nada que não fosse o orgasmo, sugava seu pau, atraindo-o para mais fundo.

Ele respirou fundo, depois apoiou o joelho na cadeira e a abraçou. Christopher então se levantou carregando Maria, ainda conectados por seu pau rígido. Como conseguiu cruzar o quarto e chegar até a cama, Maria nunca entenderia.

Christopher sentou-se na beira da cama e caiu de costas, mantendo-a por cima de seu corpo.

– Você vai me cavalgar agora – ele disse com rouquidão. – Tire seu prazer de mim de um jeito que não sinta dor.

Maria quase chorou.

Seus dedos agarraram compulsivamente a coberta da cama. Quem diria que o infame pirata poderia ser tão doce, tão atencioso? O olhar feroz em seu lindo rosto a lembrava de quem ele era – um notório criminoso que sobrevivia em um submundo brutal com sua inteligência e falta de consciência. Mas aqui estava ele, subjugando suas necessidades por ela... oferecendo a si mesmo para ela, para fazer o que quisesse...

– Maria – ele sussurrou, com as mãos nas coxas dela, os olhos encarando seu rosto. – Quero que você me possua.

Aturdida por sua generosidade, Maria se moveu como em um sonho. Ela se ergueu, sentindo a pressão do pau deslizando para fora e ouvindo o gemido que ele soltou entre os dentes quando ela se abaixou de novo.

Christopher permaneceu parado, como prometera, passando totalmente o controle para Maria. O único movimento que teve foi um espasmo no músculo do maxilar.

Ela o observou enquanto o cavalgava, admirada com sua visão. Como era lindo! Mesmo machucado e com hematomas, ele era a fantasia mais louca e safada de uma mulher. Seu rosto – tão angelical, com uma coloração dourada e perfeição inigualável – parecia diabolicamente provocador naquele estado. Seu corpo – longo e musculoso – embora mais magro, não era menos atraente. Seus olhos – de um azul profundo – eram irresistíveis quando cheios de promessas sexuais e afeto sincero.

Ela passou a ponta dos dedos sobre suas sobrancelhas, depois desceu até as linhas de cinismo que se estendiam pelos cantos de seus olhos e boca.

– Sim – ele sussurrou, segurando sua cintura para ajudar a manter o equilíbrio. – Quero que me ame do jeito que quiser.

Maria se abaixou e pressionou um beijo demorado em seus lábios. Esta seria a última vez que o teria dessa maneira. A última vez que o tocaria dessa maneira. A última vez que o veria nu dessa maneira. Mesmo sentindo seu coração doendo diante da perda daquilo que desejava possuir, ela também sentiu um calor surgir em seu peito por ter a oportunidade de se despedir propriamente. Quando sair desta casa, Maria teria a sua conclusão. Foi para isso que veio, e se sentiu aliviada por poder ir embora tendo cumprido a tarefa.

– Maria! – ele ofegou enquanto a língua dela brincava com seu mamilo. – Preciso gozar, meu amor. Goze comigo.

Ela o mordiscou e ele praguejou.

– Por favor!

Maria o beijou, cobrindo os finos lábios dele com sua boca macia e molhada. Christopher gemeu e praguejou mais um pouco, contorcendo o corpo debaixo dela.

– Quero aproveitar mais isto – ela sussurrou, sem querer parar, sem querer perder a sensação de ter seu pau investindo dentro dela, entrando fundo e forte.

– Agora – ele implorou, com o rosto avermelhado e coberto de suor. – Goze comigo.

Após um momento de hesitação, ela assentiu.

Maria fechou os olhos e acelerou a subida e descida em seu pau.

O poderoso corpo de Christopher se arqueou, seu pescoço enrijeceu com o esforço, as mãos seguravam Maria enquanto ela o fodia freneticamente, fazendo seus cabelos loiros se esparramarem pela testa.

– Maria – ele gemeu. – Maria.

Abaixando-se, ela tomou sua boca outra vez, beijando-o ardentemente, sentindo o fervor com o qual ele a beijou de volta. A pele de Maria estava muito quente, febril, coberta por uma fina camada de suor. Ela ansiava pelo clímax, queria ouvir seus gemidos, queria senti-lo explodir dentro dela.

Apoiando as mãos no peito de Christopher, Maria voltou a se erguer e entrou em um ritmo medido, sentindo todo o seu tamanho esticando-a, forçando sua pele lisa e molhada a se abrir e aceitá-lo. O desejo dela cresceu, o orgasmo se anunciava com toda a destreza que ele possuía. Estava tão molhada de prazer e desejo que suaves sons de sucção preenchiam o ar ao redor.

Christopher se movia com ela em perfeita sincronia, seus quadris se erguiam em cada descida de Maria, abaixavam em cada subida.

– Sim... Maria... meu Deus... *sim*!

Ele empurrou com toda a força, sua pélvis chocando-se com o clitóris inchado, e ela soltou um grito ao gozar, incapaz de segurar por mais tempo, tremendo o corpo todo ao redor do pau que pulsava enlouquecido.

Ele rosnou triunfante, e o som reverberou por Maria, intensificando seu orgasmo, fazendo seu sexo ter espasmos desesperados quando Christopher a acompanhou, jorrando sêmen fundo dentro dela em explosões quentes e potentes.

Ela desabou por cima dele em um emaranhado de membros saciados, gemendo enquanto ele manteve seus quadris levemente erguidos e continuou penetrando até se esgotar.

Por fim, ofegando, ele soltou a cintura dela para abraçá-la contra seu peito.

Maria levou a mão à boca para abafar o soluço que teimava em querer sair. Ela temia que seus sentimentos tivessem ultrapassado os limites. Queria permanecer assim para sempre, aquecida e protegida nos braços de Christopher. Mas o quanto disso era real? O quanto disso era simplesmente um esforço para atingir um objetivo? Seria Christopher mesmo o porto seguro que dizia ser? Ou seria seu caminho de destruição?

Havia questões demais e nenhuma resposta definitiva. Com a vida de Amélia na balança, Maria não poderia correr o risco.

Então esperou até ele adormecer, delicadamente se livrou de seu abraço e saiu da cama.

– Adeus – ela sussurrou, percorrendo o olhar pela extensão magnífica de seu corpo nu antes de dar as costas e se retirar. A porta do quarto se fechou com um leve toque da fechadura.

Vestindo com pernas trêmulas seu vestido, ela apanhou a adaga e vestiu também o casaco de Christopher, recusando-se a respirar pelo nariz com medo de sentir seu cheiro. Choraria se sentisse, e ainda havia uma longa viagem de volta para casa.

Não se lembrava de nada sobre a descida pela escada até a porta da frente. Alguém a viu? Algum dos lacaios testemunhou suas roupas amarrotadas? Não sabia e não se importava. Sabia apenas que manteve seu orgulho.

Até chegar à segurança e privacidade de sua carruagem. Somente então permitiu que as lágrimas caíssem.

O silêncio da noite foi perturbado pelo som de cavalos se aproximando e rodas de carruagem sobre os paralelepípedos. Um nevoeiro cobria todo o chão, causando calafrios nas pernas e pés do homem que encolhia os ombros e segurava as lapelas do casaco para aquecer o pescoço.

Quando a carruagem sem identificação parou, ele deu um passo à frente e olhou para dentro. O interior estava mais escuro do que o exterior, escondendo os ocupantes.

– Duas filhas – ele sussurrou. – Os parceiros de St. John encontraram uma delas. Uma jovem garota em Lincolnshire.

– Qual endereço?

– Quero meu pagamento primeiro.

O cano de uma pistola apareceu.

– Certo, certo – ele vasculhou os bolsos, retirou uma folha dobrada e a mostrou. – Se você ler, eu direi se ele está certo.

Um momento depois, ele assentiu.

– É isso. Bobby é um cretino pervertido.

Uma bolsa de moedas foi jogada e apanhada.

– Deus lhe pague! – ele murmurou com um toque no chapéu, depois voltou para as sombras e desapareceu.

O cocheiro colocou a carruagem em movimento.

Na escuridão do interior, Eddington parecia pensativo.

– Traga-me essa garota antes que St. John se aproxime dela.

– Sim, milorde. Cuidarei disso.

CAPÍTULO 15

Amélia espiou pela esquina da casa, mordendo os lábios com preocupação. Procurou por Colin no pátio dos estábulos, depois soltou um suspiro de alívio quando encontrou a área livre. Vozes masculinas eram carregadas pelo vento junto às risadas e cantoria vazadas da parte interna, onde ficavam os cavalos. Com isso, ela sabia que Colin estava trabalhando duro com seu tio, o que significava que ela poderia sair com segurança e se dirigir para a floresta.

Ela estava se tornando cada vez melhor na arte da fuga, pensou enquanto se movia habilmente entre as árvores, escondendo-se do ocasional guarda em sua jornada até a cerca. Duas semanas se passaram desde a fatídica tarde quando flagrou Colin com aquela garota. Amélia o evitara desde então, recusando-se a falar com ele quando a cozinheira tentava intervir a seu pedido.

Talvez fosse tolice esperar que nunca mais o visse de novo, já que suas vidas eram tão entrelaçadas. Que seja, então ela era uma tola. Não se passava nem uma hora sem que pensasse nele, mas aguentava a dor contanto que ficasse longe. Não havia razão para se encontrarem, para conversarem, para reconhecerem a existência um do outro. Ela apenas viajava de carruagem quando se mudavam para uma nova casa e, mesmo então, ela poderia tratar exclusivamente com Pietro, o cocheiro.

Quando viu a chance, Amélia pulou sobre a cerca e correu para o riacho, onde encontrou Ware sem o casaco e peruca, com a camisa enrolada nas mangas. O jovem conde estava bronzeado pelas últimas semanas, quando deixou de lado sua vida entre livros em favor da diversão ao ar livre. Com seus cachos morenos presos em um coque e os olhos azuis sorridentes, ele estava muito bonito, com feições aquilinas exibindo séculos de puro sangue azul.

Ele não fazia seu coração acelerar, nem provocava uma ansiedade em lugares pouco explorados como Colin fazia, mas Ware era charmoso, educado e atraente. Amélia pensava que era uma combinação suficiente de qualidades para torná-lo candidato a seu primeiro beijo. Miss Pool havia dito para esperar até que o garoto certo aparecesse, mas Colin já existia, e ele preferiu rejeitá-la.

– Boa tarde, Miss Benbridge – o conde a cumprimentou com uma perfeita reverência.

– Milorde – ela respondeu, erguendo os lados de seu vestido rosa.

– Tenho um presente para você hoje.

– É mesmo? – os olhos dela se arregalaram com expectativa. Ela adorava presentes e surpresas porque era raro ganhar algum. Seu pai simplesmente não podia ser perturbado com coisas como aniversários ou ocasiões do tipo.

O sorriso de Ware era compreensivo.

– Sim, princesa – ele ofereceu o braço. – Venha comigo.

Amélia pousou os dedos sobre seu braço, aproveitando a oportunidade de praticar suas habilidades sociais com alguém. O conde era bondoso e paciente, apontando erros e a corrigindo. Isso a deixou mais confiante e treinada. Não se sentia mais apenas uma garota fingindo ser uma lady. Agora, sentia-se como uma lady que escolheu aproveitar sua juventude.

Juntos, deixaram seu ponto de encontro e percorreram o leito do rio até chegarem a uma clareira maior. Amélia ficou encantada ao encontrar uma toalha estendida ao chão, cujo canto estava preso com uma cesta cheia de tortinhas com cheiros deliciosos e vários cortes de carnes e queijos.

– Como você conseguiu isso? – ela sussurrou, cheia de prazer por sua consideração.

– Querida Amélia – ele disse lentamente enquanto seus olhos brilhavam. – Agora você sabe quem sou, e quem eu serei. Posso conseguir qualquer coisa.

Ela conhecia os rudimentos da nobreza e presenciava o poder de seu pai, um visconde. Quantas vezes maior seria o poder de Ware, cujo futuro guardava um título de marquês?

Os olhos dela se arregalaram diante desse pensamento.

– Venha, sente-se aqui, prove uma torta de pêssego e conte-me sobre seu dia.

– Minha vida é terrivelmente enfadonha – ela disse, sentando-se com um suspiro.

– Então, conte-me uma história. Com certeza você sonha com alguma coisa durante o dia.

Ela sonhava com beijos apaixonados de um amante cigano de cabelos negros, mas nunca admitiria uma coisa dessas em voz alta. Ela se ajoelhou e vasculhou a cesta para esconder seu rosto corado.

– Acho que não tenho imaginação – ela murmurou.

– Muito bem, então – Ware deitou de costas com as mãos apoiando a cabeça e olhou para o céu. Ele nunca pareceu tão à vontade quanto agora. Apesar das roupas formais, incluindo meias brancas impecáveis e sapados polidos, ele parecia muito mais relaxado do que quando o conheceu semanas atrás. Amélia pensou que gostava muito do novo conde e sentiu um toque de prazer por ter desencadeado aquilo que considerava uma mudança positiva nele.

– Então acho que eu é que contarei uma história para você – ele disse.

– Eu adoraria isso – ela sentou-se mais confortavelmente e deu uma mordida na torta.

– Era uma vez...

Amélia observava os lábios de Ware se moverem e imaginava como seria beijá-lo. Uma tristeza familiar percorreu seu corpo, causada por ter deixado para trás suas antigas noções românticas e abraçado novas e desconhecidas emoções, mas a tristeza diminuiu quando pensou em Colin e no que fizera. Ele com certeza não sentia tristeza nenhuma por ter deixado Amélia para trás.

– Você me daria um beijo? – ela disse de repente, tirando migalhas do canto dos lábios.

O conde parou o que estava dizendo e virou a cabeça para ela. Seus olhos estavam arregalados e surpresos, mas ele parecia mais intrigado do que assustado.

– Perdão? Eu ouvi bem o que você disse?

– Você já beijou uma garota antes? – ela perguntou, curiosa. Ele era dois anos mais velho do que ela e apenas um ano mais novo que Colin. Era bem possível que tivesse essa experiência.

Colin possuía uma inquietude obscura sobre ele que era sedutora mesmo para a ingenuidade dela. Por sua vez, Ware era muito mais relaxado: sua atração vinha da maneira como comandava tudo ao redor e do conforto de saber que o mundo era feito para agradá-lo. Mesmo assim, apesar de gostar de Colin, ela conseguia enxergar como o charme preguiçoso de Ware podia ser atraente.

As sobrancelhas dele se ergueram.

– Um cavalheiro não conversa sobre essas coisas.

– Que maravilhoso! De algum jeito, eu sabia que você seria discreto – ela sorriu.

– Repita a pergunta – ele murmurou, observando-a com cuidado.

– Você me daria um beijo?

– Isso é uma pergunta hipotética ou um chamado para uma ação?

Repentinamente incerta e tímida, Amélia desviou os olhos.

– Amélia – ele sussurrou, capturando seu olhar outra vez. Havia uma profunda ternura em suas bonitas feições patrícias, e ela sentiu gratidão por isso. Ele rolou até seu lado e então sentou-se.

– Não é hipotética – ela sussurrou.

– Por que você deseja ser beijada?

Ela deu de ombros.

– Porque sim.

– Entendo – ele franziu os lábios por um momento. – Poderia ser com o Benny? Ou um dos batedores?

– Não!

Sua boca se curvou em um lento sorriso que fez Amélia sentir algo no estômago. Não era um nó em si, como as covinhas de Colin causavam, mas certamente era um anúncio de sua nova consideração sobre seu amigo.

– Não vou beijá-la hoje – ele disse. – Quero que você pense mais um pouco sobre isso. Se continuar sentindo o mesmo quando nos encontrarmos de novo, então eu a beijarei.

Amélia franziu o nariz.

– Se você não gosta de mim, então é melhor dizer de uma vez.

– Ah, minha princesa de cabeça quente – ele a acalmou, apanhando sua mão e acariciando-a com o polegar. – Você tira conclusões precipitadas tão bem quanto se mete em problemas. Eu irei salvá-la, linda Amélia. Estou ansioso para salvá-la.

– Oh – ela sussurrou, piscando diante do tom sugestivo de suas palavras.

– Oh – ele concordou.

Quando voltou para casa, com a barriga deliciosamente cheia de iguarias, ela estava confiante em sua decisão de beijar o charmoso conde. Ele havia concordado em encontrá-la no dia seguinte, e ela se preparou para repetir a ousada pergunta e receber a consequência. Se tudo corresse bem, ela pretendia pedir outro favor – a entrega de uma carta.

Para Maria.

– Que travessura você está planejando agora? – Miss Cook perguntou quando Amélia entrou escondida pela porta dos fundos em seu esforço de continuar evitando Colin.

– Eu nunca planejo travessuras – Amélia retrucou, colocando as mãos na cintura, tentando intimidar. Por que todos pensavam que ela só criava problemas?

Miss Cook riu ironicamente e cerrou seu olhar experiente.

– Você não tem mais idade para sair por aí fazendo bobagens.

Amélia deu um sorriu largo. Foi a primeira vez que alguém disse que ela era velha demais para fazer alguma coisa, ao invés de jovem demais.

– Obrigada! – ela disse antes de beijar o rosto da criada e correr pelas escadas.

Considerando tudo que aconteceu, o dia foi quase perfeito.

Christopher tamborilava os dedos em sua escrivaninha. Ele olhava pela janela do escritório com mente e corpo igualmente agitados.

Maria o deixara. Embora tivesse desaparecido quando acordou e, portanto, não sabia nada sobre suas intenções, ele sabia que o gesto significava que o caso amoroso tinha chegado ao fim.

Ele quase saíra correndo atrás dela, mas no fim resolveu não fazer nada, sabendo que precisava de um plano para prosseguir adiante. Não podia pressioná-la e correr o risco de arruinar de vez a relação.

Agora, horas depois de acordar, ficou aliviado quando ouviu alguém bater na porta, grato por ter um breve descanso. Chamando a pessoa para entrar, ele observou quando a porta se abriu e Philip entrou.

– Boa tarde – o jovem disse.

Christopher sorriu irônico.

– Tem certeza disso?

– Eu diria que sim. Talvez você concorde, se ouvir o que tenho a dizer.

– É mesmo?

Philip sentou-se na frente dele.

– Lady Winter não teve relações com Lorde Eddington em Brighton, nem em qualquer lugar.

Curioso, Christopher perguntou:

– Por que você me diz isso?

– Porque pensei que gostaria de saber – Philip franziu as sobrancelhas. – Se soubesse disso antes que ela o procurasse, a noite poderia ter progredido de forma diferente.

– E por acaso eu gostaria que a noite tivesse sido diferente?

Philip começou a se remexer desconfortável enquanto ficava cada vez mais confuso.

– Pensei que sim. Você está carrancudo desde que ela saiu, e embora eu estivesse dormindo quando isso aconteceu, ouvi dizer que Lady Winter não parecia bem quando partiu.

– O que me serve saber que ela não teve relações com Eddington em Brighton? – Christopher se recostou na cadeira.

– Não sei – Philip murmurou. – Se você não vê utilidade nessa informação, então não tenho mais nada a dizer.

– Muito bem – Christopher disse ríspido. – Permita-me dizer com outras palavras. O que *você* faria com essa informação se estivesse em meu lugar?

– Mas não estou em seu lugar.

– Hipoteticamente.

Respirando fundo, Philip disse:

– Não sei se a parceria de Eddington e Lady Winter é o motivo de sua recente melancolia, mas...

– Eu *não* estou melancólico – Christopher retrucou.

– Humm... sim. Palavra errada. "Abatido" fica melhor? – Philip arriscou uma olhadela para o rosto de Christopher e estremeceu. – De qualquer maneira, se Lady Winter e Lorde Eddington eram a causa, e se eu ficasse sabendo que passaram pouco tempo juntos, eu concluiria que talvez eles não estivessem compartilhando atividades lascivas.

– É uma conclusão razoável.

– Sim, bem... – Philip limpou a garganta. – Portanto, já que esses eventos não fariam muito sentido para mim, eu iria até Lady Winter e pediria para esclarecer a situação.

– Ela nunca, nem uma vez, contou algum segredo para mim – Christopher disse. – Esse é nosso principal ponto de discussão.

– Bom... ela escreveu para você. Ela veio até aqui. Eu diria que isso é um bom sinal.

Christopher riu com desdém.

– Se ao menos isso fosse verdade. Ela veio para dizer adeus.

– Mas você não precisa aceitar, não é mesmo? – Philip perguntou.

– Não. Porém, seria melhor que aceitasse. Para nós dois.

Philip encolheu os ombros. *Você é quem sabe.* Essa era a mensagem de seu protegido. Mas havia um toque velado de alerta. Seu braço direito não achava que as opções haviam se esgotado, e Christopher suspeitava que ele estava certo sobre isso.

– Obrigado, Philip. Eu agradeço sua preocupação e sinceridade.

Ele se retirou com óbvio alívio.

Christopher se levantou e se espreguiçou. Seus músculos doíam por causa do desejo de Maria. Meu Deus, aquela mulher o cavalgou até o levar ao melhor orgasmo de sua vida, mas o clímax teve um toque de amargura. Ele sentira seu distanciamento mesmo quando ela se abriu como nunca fizera antes.

– Maria – ele sussurrou, andando até a janela, onde podia enxergar a rua lá embaixo. Ela viera até esta vizinhança podre para encontrá-lo. Christopher encostou a testa na janela e o calor de sua pele embaçou o vidro enquanto as perguntas sem respostas atormentavam seus pensamentos.

Não havia mesmo necessidade pelas respostas. Seu relacionamento, do jeito que estava, não chegara a lugar nenhum. Era melhor que terminasse assim, tão miseravelmente. O distanciamento facilitaria fazer aquilo que era preciso: entregá-la de presente para Sedgewick.

Por que tentar penetrar suas barreiras emocionais?

Bateram outra vez na porta e Christopher ouviu seu criado dizer:

– Lorde Sedgewick acabou de chegar.

A ironia quase o fez rir.

Levou um instante para se recompor, retirar a cabeça do vidro e voltar para sua escrivaninha. Ele assentiu para o criado e esperou pelo visconde.

– Milorde – ele cumprimentou secamente, recusando-se a se levantar.

Os lábios de Sedgewick embranqueceram diante do insulto e depois ele se sentou na mesma cadeira que Philip havia usado, cruzando as pernas como se estivesse em um encontro social.

– Você tem ou não alguma informação para mim? – o visconde disse ríspido. – Você e Lady Winter sumiram por duas semanas. Com certeza descobriu alguma coisa nesse tempo.

– Você presume que estivemos juntos.

Sedgewick cerrou os olhos.

– E não estavam?

– Não – Christopher sorriu quando o rosto do visconde ficou vermelho. – Por que tanta pressa? – ele perguntou, apanhando uma pitada de tabaco com um cuidado deliberado. – Já se passaram vários anos desde as mortes. O que são mais algumas semanas?

– Meu prazo não é da sua conta.

Estudando-o com seu olhar experiente, Christopher murmurou:

– Você quer algo, talvez uma posição mais alta na agência? E a janela de tempo que você possui está se esgotando, não é?

– O que está se esgotando é minha paciência. Essa não é uma de minhas virtudes.

– E por acaso você possui alguma virtude?

– Muito mais do que você – Sedgewick se levantou. – Uma semana, e nada mais. Depois disso você volta para a prisão, e eu encontrarei outra pessoa para continuar a missão que você parece incapaz de completar.

Christopher sabia que poderia terminar tudo isso agora. Poderia prometer uma testemunha que implicasse Maria. Mas não conseguia pronunciar as palavras.

– Tenha um bom dia, milorde – ele acabou dizendo, com sua indiferença enfurecendo o visconde, que por sua vez se retirou da sala com um esvoaçar de rendas e joias.

Uma semana. Christopher jogou os ombros tensos para trás e sabia que era chegada a hora de tomar uma decisão. Em breve, os homens que enviara para investigar a garota chamada Amélia voltariam com informações. Beth poderia trazer algo de interessante sobre Welton. E o jovem que infiltrara na casa de Maria poderia ser chamado de volta para informar o que descobriu.

Christopher ainda possuía fontes de informação para escavar. Não era de seu feitio atrasar o recebimento de notícias. Mas ele não estava agindo normalmente desde a primeira noite que fez sexo com Maria.

Que feitiço era esse que ela possuía sobre ele?

Ele ainda se perguntava a mesma coisa quando entregou as rédeas de sua montaria para o cavalariço em frente à casa de Maria. Subiu as escadas de sua porta com os passos pesados de um homem seguindo para o matadouro, e não ficou surpreso quando o mordomo disse que ela não estava em casa.

Dizendo a si mesmo para ir embora, para sair dali, Christopher por fim disse:

– Eu *vou* entrar. Mas como farei isso é inteiramente da sua escolha.

O mordomo resmungou, mas deu um passo para o lado e Christopher subiu as escadas, sentindo uma mistura de ansiedade e medo. Esperava que Quinn aparecesse e lutasse com ele. Embora estivesse em um péssimo estado físico, ele não se importava. Uma luta não deixaria espaço para pensar em Maria, exatamente o que ele queria – se livrar de sua obsessão por ela.

Alcançou o segundo andar e encontrou um rosto familiar, embora não fosse Quinn.

– Como você está? – ele perguntou a Tim, notando que os cabelos de seu lacaio estavam presos em um coque e sua barba havia sumido.

– Estou bem.

Aprovando seu estado, Christopher disse:

– Certifique-se que não seremos perturbados.

– Pode deixar.

Aproximando-se da porta de Maria, ele ergueu a mão para bater, mas depois pensou melhor. Preferiu girar a maçaneta e entrou em seu quarto sem aviso, parando no batente quando a viu de pé diante da janela. Como todas as grandes sedutoras, ela estava vestida casualmente, suas curvas exuberantes visíveis através do fino algodão da camisola que vestia. A visão de sua pequena forma emoldurada por cortinas longas e esvoaçantes fez sua garganta se fechar. De algum jeito, conseguiu dizer seu nome.

Os ombros dela ficaram tensos, e ele a observou quando Maria respirou fundo.

– Tranque as duas portas – ela disse, sem olhar para ele, como se já o estivesse esperando. – Simon irá voltar eventualmente, e quero isto resolvido antes de qualquer interrupção.

O ar no quarto parecia opressivo, cheio de tantas palavras que nunca foram ditas. Mesmo assim, quando Christopher trancou as portas, sentiu como se um grande peso sumisse de seus ombros, só porque estava no mesmo espaço que Maria.

Ele se aproximou, mas parou a alguns metros.

Ela finalmente se virou para encará-lo, revelando círculos pretos debaixo dos olhos avermelhados. Um pesado manto de cansaço cobria seus pequenos ombros.

– Eu esperava que você ficasse longe.

– Eu quero ficar longe.

– Então por que está aqui?

– Porque eu quero você ainda mais.

Maria levou a mão ao peito. – Não podemos ter aquilo que queremos. Pessoas que vivem como você e eu não podem sucumbir às coisas do coração.

– E por acaso seu coração possui dono?

– Você sabe a resposta – ela disse. Não havia nada em suas feições ou nas profundezas de seu olhar que dessem alguma pista de seus pensamentos.

Christopher sentiu uma gota de suor deslizar por sua têmpora.

– Naquela noite eu fui até seu quarto e nós dormimos juntos...

Ela se virou de novo para a janela.

– É uma linda memória para se guardar. Adeus, Sr. St. John – não havia emoção em sua voz.

Ele ficou de pé parado. Sua mente dizia para ir embora, mas não conseguia fazer seus pés se moverem. Sabia que ela estava certa, sabia que seria melhor para os dois que se separassem e continuassem suas vidas como faziam antes de se conhecerem. Mas, em vez disso, ele começou a andar em sua direção, chegando por trás, envolvendo os braços ao redor de Maria.

No momento em que ele a tocou, ela começou a tremer. Christopher se lembrou daquela primeira noite no teatro, quando a abraçou de modo semelhante. Na ocasião, ela estava firme e esperta. A mulher vulnerável em seus braços agora fora trazida à existência por seu efeito sobre ela.

– Christopher... – a tristeza em sua voz acabava com ele.

– Quero que me liberte – ele disse com a voz rouca, mergulhando o rosto em seus cabelos perfumados. – Deixe-me ir.

Mas ela se virou, com olhos cheios de lágrimas, e o beijou profundamente.

Escravizando-o ainda mais.

CAPÍTULO 16

Amélia percorreu a floresta cheia de expectativa. Sim, era um pouco bobo estar excitada por um beijo que ela planejou em vez de aceitar em um momento de paixão, mas gostava da ideia mesmo assim. Também estava ansiosa por causa da carta em seu bolso. Ficou acordada até tarde da noite, tentando encontrar as palavras certas para sua irmã. No fim, escolhera o modo mais direto e curto, dizendo a Maria que contatasse Lorde Ware para combinar um encontro.

A cerca estava logo à frente. Após certificar-se de que o guarda estava longe, ela correu até lá. Não viu o homem escondido do outro lado de uma grande árvore. Quando um braço forte a agarrou e cobriu sua boca com a mão, ela ficou aterrorizada e seu grito foi sufocado pela palma quente.

– Quieta – Colin sussurrou, prendendo seu corpo contra o tronco da árvore.

Com o coração acelerado no peito, Amélia usou os punhos para tentar se libertar, furiosa por ele a ter assustado tanto.

– Pare com isso – ele mandou, puxando-a e sacudindo-a, com seus olhos negros penetrando diretamente sobre os dela. – Desculpe por ter te assustado, mas você não me deu escolha. Você foge de mim, não fala mais comigo...

Ela parou de se debater quando ele a abraçou com força.

– Vou remover minha mão. Fique quieta ou você vai atrair os guardas.

Ele a soltou, afastando-se apressado como se ela cheirasse mal ou algo desagradável assim. Já Amélia imediatamente sentiu falta do cheiro de cavalos e trabalho duro que Colin exalava.

A luz do sol atingia seus cabelos pretos e rosto lindo. Ela odiou seu estômago por dar um nó diante da visão e seu coração por voltar a doer no peito. Vestido com um casaco bege e calça marrom, ele era a síntese da masculinidade. De um jeito perigoso.

– Quero dizer que sinto muito – sua voz estava rouca e séria.

Ela continuou encarando-o.

Ele exalou com força e correu as duas mãos nos cabelos.

– Ela não significa nada para mim.

Amélia percebeu que ele não estava se desculpando por tê-la assustado.

– Que ótimo – ela disse, sem conseguir esconder sua amargura. – Estou muito aliviada por ouvir que aquilo que partiu meu coração não significou nada para você.

Ele estremeceu e ergueu as mãos marcadas pelo trabalho duro.

– Amélia. Você não entende. Você é muito jovem e muito rica.

– Sim, bem, você encontrou alguém mais velha e menos rica que entende você – ela passou por ele. – Eu também encontrei alguém mais velho que me entende. Somos muito felizes e...

– O quê?

O tom grave e ameaçador de sua voz a assustou e Amélia gritou quando ele a agarrou rispidamente.

– Quem? – seu rosto estava tão transtornado que ela se assustou de novo. – Aquele garoto no rio? Benny?

– O que importa para você? – ela retrucou. – Você tem aquela garota.

– É por isso que você está vestida desse jeito? – seu olhar carregado a analisou de cima a baixo. – É por isso que agora você prende o cabelo para cima? Para *ele*?

Considerando a ocasião adequada, ela vestira um de seus vestidos mais bonitos, uma confecção azul-escuro cheia de pequenas flores vermelhas.

– Sim! Ele não me vê como uma criança.

– Porque ele é uma! Você o beijou? Ele tocou em você?

– Ele é apenas um ano mais jovem do que você – o queixo dela se ergueu. – E ele é um conde. Um cavalheiro. Ele nunca seria flagrado atrás de uma loja fazendo amor com uma garota.

– Eu não estava fazendo amor – Colin disse furioso, prendendo-a pelos braços.

– Foi isso que pareceu para mim.

– Porque você não sabe de nada – os dedos dele pareciam inquietos, como se não suportasse tocá-la, mas também não conseguia ficar longe.

– E por acaso você sabe?

Ele cerrou os dentes diante do desdém dela.

Oh, como isso doía! Saber que havia alguém lá fora que ele amava. O seu Colin.

– Porque estamos discutindo isso? – ela tentou se livrar, mas não conseguiu. Ele era forte demais. Ela precisava de distância dele. Não conseguia respirar quando ele a tocava, mal conseguia pensar. Apenas dor e profunda tristeza penetravam seus sentidos sobrecarregados. – Eu superei você, Colin. Fiquei longe do seu caminho. Por que você precisa continuar me importunando?

Ele mergulhou a mão nos cabelos atrás de sua cabeça, puxando-a para perto. Seu peito respirava veloz contra o peito dela, causando sensações estranhas em seus seios, deixando-os inchados e tensos. Ela parou de se debater, preocupada em como seu corpo reagiria se continuasse.

– Eu vi o seu rosto – ele disse sem rodeios. – Eu a machuquei. Isso nunca foi minha intenção.

Lágrimas encheram os olhos dela e Amélia piscou rapidamente, determinada a impedir que caíssem.

– Amélia – Colin pressionou o rosto contra o dela e sua voz carregou um tom de pesar. – Não chore. Não suporto ver você chorar.

– Então me solte. E mantenha distância – ela engoliu com dificuldade. – Ou, melhor ainda, você poderia encontrar trabalho em outro lugar. Você é um bom trabalhador...

Seu outro braço envolveu a cintura dela.

– Você me mandaria embora?

– Sim – ela sussurrou, fechando os punhos na blusa dele. – Sim, eu mandaria – qualquer coisa para evitar vê-lo com outra garota.

Ele roçou o nariz com força em seu rosto.

– Um conde... só pode ser Lorde Ware. Maldito.

– Ele é bom para mim. Ele conversa comigo, sorri quando me vê. Hoje, ele vai me dar meu primeiro beijo. E eu vou...

– Não! – Colin afastou o rosto, seus olhos estavam dilatados e exibiam todo o seu tormento. – Ele pode ter todas as coisas que eu nunca terei, incluindo você. Mas, por Deus, ele não tomará isso de mim.

– O quê...?

Colin tomou a boca dela tão de repente que Amélia não conseguiu reagir. Ela não entendia o que estava acontecendo, por que ele estava agindo dessa maneira, por que ele a procuraria agora, justo neste dia, e a beijaria como se estivesse faminto por seu sabor.

Ele inclinou a cabeça, encaixando melhor suas bocas, pousando os polegares em seu rosto como se estivesse conduzindo o beijo. Amélia tremeu violentamente, invadida por um calor arrebatador, com medo que estivesse sonhando ou que estivesse louca. Sua boca se abriu e um gemido escapou quando a língua dele, suave como veludo, deslizou para dentro.

Assustada, ela parou de respirar, depois seu querido Colin, que acariciava seu rosto com dedos suaves, murmurou para ela.

– Relaxe. Confie em mim.

Amélia ficou na ponta dos pés, entregando-se para ele, mergulhando as mãos em seus cabelos. Inexperiente, ela podia apenas seguir seus comandos, permitindo que ele tomasse sua boca gentilmente enquanto ela tocava sua língua com hesitação.

Ele gemeu, um som cheio de fome e necessidade. A conexão se tornou mais profunda, a resposta dela se tornou mais fervorosa. Formigamentos percorriam sua pele em uma onda de calafrios. Na boca do estômago um sentimento de urgência crescia, como uma esperança imprudente e ofuscante.

Uma das mãos de Colin desceu, acariciando suas costas antes de agarrar sua bunda e pressioná-la contra seu corpo. Quando ela sentiu a extensão rígida de seu pau, uma profunda ansiedade brotou dentro dela.

– Amélia... minha doce Amélia – seus lábios percorrem o rosto úmido dela, beijando suas lágrimas. – Nós não deveríamos fazer isso.

Mas ele continuou beijando e beijando e roçando os quadris no corpo dela.

– Eu te amo – ela ofegou. – Eu amei por tanto tempo...

Ele a interrompeu com outro beijo, seu desejo parecia aumentar, suas mãos percorriam suas costas e braços. Quando não conseguia mais respirar, ela afastou os lábios.

– Diga que você também me ama – ela implorou. – Você precisa. Oh Deus, Colin... – ela esfregou seu rosto molhado de lágrimas contra o rosto dele. – Você tem sido tão cruel, tão malvado.

– Eu não posso ter você. Você não deveria me querer. Não podemos...

Colin se afastou soltando um palavrão.

– Você é muito nova para eu tocá-la desse jeito. *Não*. Não diga mais nada, Amélia. Eu sou um criado. Sempre serei um criado e você sempre será a filha de um visconde.

Ela abraçou o próprio corpo, que tremia como se estivesse com frio ao invés de pegando fogo. Sua pele parecia apertada demais, os lábios estavam inchados e pulsando.

– Mas você me ama, não é? – ela perguntou, quase sem voz, apesar do esforço para parecer forte.

– Não me pergunte isso.

– Você não pode ao menos me dar isso? Se eu não posso ter você, se nunca será meu, você não pode ao menos dizer que seu coração pertence a mim?

Ele gemeu.

– Pensei que seria melhor se você me odiasse – ele olhou para o céu e fechou os olhos com força. – Eu esperava que, se você me odiasse, eu poderia parar de sonhar.

– Sonhar com o quê? – ela jogou fora a cautela e se aproximou, passando os dedos debaixo de sua blusa e sentindo seu abdômen definido.

Ele agarrou seu pulso e olhou feio para ela.

– Não me toque.

– São sonhos iguais aos meus? – ela perguntou suavemente. – Onde você me beija como acabou de fazer e diz que me ama mais do que qualquer coisa no mundo?

– Não – ele rosnou. – Não são sonhos românticos de garotinha boba. São sonhos de homem, Amélia.

— Igual você estava fazendo com aquela garota? — seu lábio inferior tremeu e ela o mordeu para disfarçar sua reação. Sua mente foi inundada com memórias dolorosas, aumentando a agitação causada pelos novos desejos de seu corpo e as exigências de seu coração. — Você sonha com ela também?

Colin a abraçou outra vez.

— Nunca.

Ele a beijou, com menos pressão e urgência do que antes, mas não menos apaixonado. Suave como as asas de uma borboleta, seus lábios acariciavam a boca dela, a língua penetrava amorosamente e se retirava. Foi um beijo reverente, e o coração solitário de Amélia o recebeu como um oásis em um deserto.

Tomando seu rosto nas mãos, Colin sussurrou:

— *Isto* é fazer amor, Amélia.

— Diga que você não a beijou deste jeito — ela chorou levemente, cravando as unhas em suas costas através da blusa.

— Eu não beijo ninguém. Nunca beijei — encostou a testa na dela. — Apenas você. Sempre foi você.

— *Maria*.

O som de seu nome pronunciado pela voz rouca de Christopher fez ela gemer com uma mistura de necessidade e medo. Ele ouviu o gemido e a puxou para perto, beijando-a com urgência.

Ela não sabia como lidar com os sentimentos que ele provocava, a estranha mistura de desejo infinito, que ia além da esperança física e vacilante, como se algo de bom pudesse surgir com esse caso entre os dois.

— Eu queria você comigo quando acordei nesta manhã — ele disse, envolvendo-a com seus braços fortes.

Maria ficou encarando suas feições austeras, notando a palidez debaixo da pele bronzeada e da aparência tão cansada quanto a sua própria.

— Eu quis ficar, mas *isto* — ela fez um gesto entre eles — não pode ficar entre nós.

– Mas, talvez, foi bom você ter ido embora. Do contrário, eu poderia nunca saber a sensação de perder você por completo.

Erguendo sua mão, ela pressionou o dedo em seus lábios, interrompendo a confissão íntima. Maria estremeceu quando ele agarrou seu pulso e beijou sua mão com ardor. O que aconteceu com o pirata que ela conheceu no teatro? Fisicamente, o homem diante dela parecia o mesmo, talvez até um pouco pior por causa do cansaço, mas os olhos que a encaravam eram diferentes. Embora familiares. Por um longo momento, ela o encarou de volta, tentando entender por que sentia um frio tão grande na barriga. E então tudo se encaixou em um lampejo de compreensão.

– O que foi? – ele perguntou, franzindo as sobrancelhas com preocupação.

Ela desviou o rosto, olhando ao redor do quarto, tentando encontrar algo, algum objeto que servisse como uma âncora para a realidade.

Christopher segurou os ombros dela, impedindo-a de escapar.

– Diga o que foi. Meu Deus, temos segredos demais entre nós. Temos muitas coisas que não foram ditas. Isso está nos matando.

– Não existe "nós" – ela sussurrou, respirando fundo e sendo inundada por aquele aroma cítrico e masculino. O aroma de Christopher.

– Você sabe que eu gostaria que isso fosse verdade – ele sussurrou, baixando a cabeça, separando os lábios em um instante antes de beijá-la. Sua mão deslizou pelo colarinho da camisola e agarrou um seio. Ela ofegou com o calor de seu toque, e Christopher aproveitou a chance e deslizou a língua para dentro de sua boca.

Dedos habilidosos encontraram seu mamilo enrijecido e os apertaram, beliscaram e puxaram até seus joelhos fraquejarem.

Ele então a levantou, erguendo seus pés do chão e carregando-a para a cama.

– Como poderemos terminar isto – ela perguntou, com seu rosto quente pressionado no ombro de Christopher – se fizermos amor de novo?

– Essa pergunta requer razão para ser respondida – ele murmurou, deitando-a cuidadosamente. Pairando sobre ela, com as mãos em cada lado de sua cintura, ele exibiu aquele sorriso sedutor ao qual ela não conseguia resistir. – Mas o que existe entre nós não é algo racional. Nunca foi.

Maria ficou comovida com a gentileza de Christopher. Seu coração começou a acelerar, e de repente ela não aguentou mais olhar a emoção em seus olhos, então fechou os seus próprios.

Sentiu o colchão afundar quando ele se sentou ao seu lado. A ponta de um dedo percorreu sua garganta, descendo até chegar entre os seios.

– Converse comigo – ele implorou.

– Eu prefiro...

Sua mão envolveu o peso de um seio, depois um calor úmido cercou o mamilo através da camisola. Suas costas se curvaram para cima em um prazer repentino e Maria abriu os olhos.

Christopher sentou-se outra vez e retirou seu pesado casaco de seda

– Fale comigo. Antes que eu prossiga para meios mais persuasivos.

– Sou uma mulher adulta, mas você me faz sentir como uma adolescente – ela confessou, passando por uma tormenta de emoções como uma garota da idade de Amélia: com medo, mas curiosa; ansiosa, mas cheia de expectativa. Sua barriga esfriava com antecipação, embora soubesse muito bem o que estava para acontecer.

Desta vez seria diferente, disso ela sabia. Seria muito além de sua experiência.

Ele ergueu uma sobrancelha e seus dedos se moveram até os botões do colete.

– Meu primeiro encontro sexual foi contra uma parede de um beco sujo. Ela era uma década mais velha do que eu, e também era uma prostituta muito experiente. Eu fingia para os outros que era muito conhecedor do assunto, mas ela percebeu e tomou para si a tarefa de me ensinar. Ela apanhou minha mão e me levou para fora, depois ergueu a saia. Eu estava determinado a continuar fingindo que sabia o que estava fazendo, então eu a penetrei forte e direito, e não parei até que cada um dos homens que eu queria impressionar a tivesse ouvido gozar.

Embora sua voz estivesse controlada, ela ouviu algo que a emocionou profundamente. Quem era este homem? Como se tornou o amante que se despia agora em seu quarto? Um homem que veio atrás dela, assim como ela foi atrás dele, tentando salvar uma relação que não poderia chegar a lugar algum?

Christopher se levantou e tirou o colete, depois tirou a camisa, a calça as meias, os sapatos. Gloriosamente nu, ele voltou para cama e rolou

Maria para uma posição igual a anterior. Olhando para ela como se fosse uma obra-prima, ele soltou um suspiro de profundo prazer.

Com a mão sobre o coração, Maria olhou para a janela através das cortinas e sentiu-se protegida do mundo exterior.

– Então, conte para mim – ele murmurou, roçando os lábios em seus cabelos –, o que você quer dizer quando fala que se sente como uma adolescente?

Se não podemos discutir o presente, então nos sobra apenas o passado.

– Dayton era muitos anos mais velho do que eu – ela disse, com sua respiração soprando pelos cabelos dourados em seu peito.

– Isso eu já sabia.

– Ele era muito apaixonado pela primeira Lady Dayton. Mas, mesmo se não fosse, acho que ele não consideraria minha idade adequada.

– É mesmo?

Maria sentiu a expectativa e curiosidade dentro da tensão de Christopher.

– Mas eu era jovem e curiosa e tinha...

– Sangue quente – ele completou, com um beijo terno no topo de sua cabeça, que ela retribuiu com outro beijo em seu mamilo. – Não tente me distrair – ele alertou. – Você irá terminar de contar a história primeiro.

– Dayton notou minha crescente ocupação em olhar para os garotos e me puxou de lado para uma conversa. Perguntou se havia algum dos criados em particular que me agradava mais.

– E você respondeu? – Christopher inclinou o rosto para revelar suas sobrancelhas erguidas.

– Não imediatamente. Fiquei muito envergonhada – e ainda estava, como indicava o calor que se espalhava em seu rosto.

– Você fica linda quando está corada – ele murmurou.

– Não me provoque, ou não conseguirei terminar.

– Não estou provocando.

– Christopher!

Ele sorriu e seus olhos brilharam, fazendo-o parecer mais jovem. Não de um jeito adolescente, é claro. Um homem com a experiência de Christopher St. John nunca conseguiria recapturar qualquer indicação de inocência, mas a transformação de suas feições deixou Maria admirada e a afetou profundamente. Foi ela quem desencadeou essa mudança nele.

Ela tocou seu rosto com dedos reverentes e o sorriso dele diminuiu enquanto seu olhar se aqueceu.

– Apresse-se com sua história – ele implorou.

– Certo dia, Dayton mandou me chamar, dizendo para nos encontrarmos em sua casa de solteiro. Não era um pedido fora do comum, pois era lá que eles estudavam mapas e criptologia, longe dos olhos e ouvidos curiosos dos criados. Mas quando cheguei, não era Dayton quem me esperava, mas o jovem de quem eu gostava.

– Maldito sortudo – Christopher disse.

Maria voltou a encostar o rosto em seu peito.

– Ele era bondoso e paciente. Apesar de ser jovem e excitado, ele se preocupou com meu prazer e conforto. Foi uma maneira incrível de cumprir com a missão de tirar a virgindade de alguém.

Christopher rolou e a prendeu debaixo de seu corpo, olhando para ela com fogo nos olhos.

– Eu me sinto um idiota. Ainda não consegui entender por que nosso encontro de hoje provoca sensações de adolescência em você.

Ela pressionou os lábios juntos, com medo de revelar mais do que gostaria.

– Então, devo apelar para a coerção? – levando a mão entre eles, Christopher agarrou o corpete e libertou os seios: a sensação dos pelos roçando em sua nudez foi uma delícia íntima para Maria.

– Deus – ele disse, apoiando o peso do corpo em um braço enquanto a mão oposta beliscava um de seus mamilos. – Você é tão linda.

– Seu maldito de fala mansa – ela provocou, pressionando um beijo em seu queixo antes de abrir as pernas, permitindo que os quadris dele se afundassem intimamente entre os dois.

– Você gosta da minha fala mansa. E estou preparado para usar todo o meu arsenal para ganhar sua confissão. Agora, conte como e por que você se sente como uma adolescente para que possamos continuar.

– Com uma ameaça como essa, por que eu diria qualquer coisa?

Christopher mordiscou o lábio inferior de Maria.

– Muito bem, então irei tentar adivinhar, baseado no que você me disse até agora. Você se sente apreensiva, mas também sente desejo. Surpresa, mas ansiosa. Incerta, mas decidida. Você não me quer, mas ao mesmo tempo quer – ele sorriu. – Estou perto?

Maria levantou a cabeça e roçou o nariz contra o dele.

– Acho que a primeira vez é igual para todo mundo.

– Não senti nada disso em minha primeira vez – ele ironizou. – Tudo que senti foi um desejo físico que precisava ser saciado. Emoções não tinham nada a ver com aquilo.

Ela ergueu as sobrancelhas.

– Então, como você sabe como eu me sinto?

– Porque – ele sussurrou, baixando os lábios até sua boca – é isso que sinto por você.

CAPÍTULO 17

Maria gemeu suavemente quando Christopher tomou sua boca em um beijo apaixonado, sem nenhuma pressa ou urgência, provando-a como se fosse uma deliciosa iguaria. Sua língua deslizou entre os lábios e depois se retirou, lambendo-a com intensidade. Sua mão agarrava um seio, o acariciava, com seus dedos hábeis puxando a ponta enrijecida, deixando-a mais dura e sensível.

Ela estremeceu debaixo dele, tão excitada que não conseguia se manter parada, seu corpo se contorcia e se revirava de desejo.

– Maria.

Deus, como ela amava o jeito como ele dizia seu nome, tão febrilmente e cheio de admiração.

As mãos dela tocaram sua coluna e acariciaram a poderosa extensão de suas costas. Os músculos dele estavam tensos e seu corpo não cedeu quando ela tentou puxá-lo para mais perto.

Era isso que ela esperava quando retornou de Brighton, essa profunda intimidade e desejo incendiário. Diferente de Simon, Christopher não recuou quando ela pediu para ele se afastar. O pirata forçou Maria a encará-lo, a recebê-lo... *com prazer*.

De repente, ele se afastou, respirando com dificuldade, seu corpo todo tremendo. Então, voltou a pressionar o rosto contra o dela e gemeu.

– Você tem alguma noção do que faz comigo?

O tom desesperado em sua voz trouxe lágrimas aos olhos dela.

– É algo semelhante ao que você provoca em mim?

A boca sedutora de Christopher chupou eroticamente seu pescoço.

– Maldição, espero que sim. Acho que não suportaria se sentisse isso sozinho.

Maria levou as mãos aos seus ombros e o empurrou. Ele rosnou e continuou a degustar sua garganta, passando a língua várias vezes sobre sua veia.

– Permita-me fazer um serviço semelhante com seu pau – ela sussurrou.

Levantando sua cabeça dourada, ele a encarou com olhos sombrios e insondáveis.

– Sim – Christopher virou de costas, trazendo-a junto, no mesmo movimento. Com as mãos em sua nuca, ele a beijou. Um beijo rápido e forte que transmitiu sua gratidão.

Esse simples gesto a fez sorrir. Ela desceu por seu grande corpo com movimentos provocantes, passando a boca por seu peito, os dedos atacando os mamilos assim como ele fizera com ela. Christopher começou a respirar mais rápido, apenas esperando.

– Não demore – ele implorou. – Preciso de você.

Ela obedeceu e continuou descendo até ficar entre suas coxas. Os músculos ali sofriam espasmos, tanta era sua tensão. Ela estudou seu pau, grosso, duro e apontando para cima. Maria soprou gentilmente, fazendo-o pulsar e derramar uma gota pela grande cabeça.

– Delicioso – ela sussurrou, agarrando a ereção e apontando para sua boca. Ao se aproximar, mais líquido se derramou percorrendo uma grossa veia. Sua língua se estendeu, pressionando a base e lambendo devagar até em cima, engolindo seu mel.

– Ah! – seus punhos se fecharam agarrando as cobertas, seu pescoço se apertou com a tensão. Mais de sua semente vazou, escorrendo pela longa extensão, acumulando-se entre seus dedos. Ele a encarava com olhos famintos. – Maria – sua voz rouca estava cheia de urgência.

Ela deitou-se de lado com o rosto alinhando com seu pau.

– Entre em mim – ela ordenou.

Lado a lado eles se encaixaram, com o corpo dela bem mais abaixo na cama do que o dele. Ela direcionou o pau até sua boca e o chupou, segurando seus quadris enquanto ele praguejava e se debatia com violência. Sua língua subiu e desceu sobre o ponto sensível abaixo da cabeça de seu pênis. Ele soltou um gemido grave e angustiado e, por um momento, ela quis chorar. Eles estavam muito próximos emocionalmente, de um jeito que podiam machucar um ao outro. Isso fez Maria querer entregar todo o prazer que podia, entregar um pouco de felicidade em meio ao atoleiro a que eles se aproximavam.

Ela fechou os olhos e chupou com força, deslizando a língua ao redor do topo sedoso, coletando o mel que agora se derramava em abundância.

– Deus – ele sussurrou, com suas grandes mãos segurando a cabeça dela enquanto os quadris impulsionavam para frente. Ela passou os dedos em suas bolas com grande cuidado. Christopher a apertou dolorosamente, deixando seus mamilos ainda mais rijos e sua boceta molhada com desejo.

Maria continuou chupando com vontade, apertando a boca o máximo que podia, e ele estremeceu em resposta.

– Sim... Maria...

Ela se abriu para ele assim como ele se abrira para ela ao procurá-la em sua casa. Com exceção do trabalho faminto de sua boca, ela permaneceu completamente imóvel, permitindo que ele ditasse o ritmo. Christopher continuou gemendo, gritando, tremendo, suas palavras e tom de voz se tornaram mais guturais enquanto fodia sua boca gulosa com crescente fervor.

Logo seus lábios estavam cobertos com porra e saliva, a boca toda preenchida enquanto seu pau continuava inchando. Ele praguejava e se contorcia, a tensão de seu corpo denunciava a maneira desesperada com que se aproximava do orgasmo. Ele penetrava até o fim, atingindo o fundo da garganta, até congelar com um grito de prazer misturado com alívio irracional.

A erupção quente e salgada inundou sua boca em um assalto pulsante, e ela continuou seu trabalho, alisando seu pau, apertando gentilmente as bolas e chupando forte, tão forte. Ele tentou se afastar, tentou fugir, mas ela o manteve preso obrigando-o a se render enquanto ele murmurava incoerente.

– Não... *Maria*... meu Deus... sim... não, mais... não, mais... – até que finalmente soltou um apelo sussurrado: – *Não pare...*

Ela o esgotou, suas mãos e boca ainda o prendendo mesmo quando perdeu aquela rigidez desesperada e amoleceu em sua língua.

– Por favor – ele implorou, deixando as mãos caírem para o lado, relaxando o corpo com tangível exaustão. – Estou acabado.

Maria o soltou e lambeu os lábios, seu próprio corpo sofrendo com um desejo ainda não satisfeito, mas mesmo assim cheia de prazer.

Ele a observou com olhos vidrados e o rosto ainda corado e coberto de suor.

– Venha aqui – ele sussurrou, com os braços abertos para recebê-la.

Ela engatinhou e se aninhou em seu corpo, pousando o rosto em seu peito que batia com violência. Fechou os olhos ao sentir seu cheiro. A respiração dele relaxou até se tornar rítmica e lenta, como um sono profundo. Ela estava quase o seguindo no sono quando sentiu a barra da camisola se erguendo, expondo a pele de suas pernas para o ar da noite.

Maria inclinou a cabeça e o encontrou observando-a, mais uma vez como o homem controlado e determinado que ela conhecia.

– Christopher? – ela chamou suavemente, estremecendo quando o calor de sua palma cobriu o frio em sua coxa.

Ele a colocou de costas, erguendo-se e apoiando a cabeça com uma mão enquanto a outra deslizava entre as pernas dela.

– Abra – ele ordenou.

– Você não precisa...

– Abra – a pressão de sua mão se tornou mais insistente.

Excitada pela determinação de suas ações, Maria abriu as pernas e ofegou quando os dedos dele roçaram em seus cachos.

– Como você é perfeita – ele murmurou, separando os lábios de seu sexo. – Ficou tão molhada e quente só por chupar meu pau.

Seus longos dedos esfregaram levemente o clitóris, fazendo sua boceta se apertar de desejo.

– E seus mamilos – ele abaixou a cabeça e o calor de sua boca envolveu a ponta enrijecida, chupando com uma profunda sucção rítmica. Então soltou e soprou, fazendo Maria gemer. – Tão deliciosos e sensíveis que fazem esta pequena doçura aqui em baixo – dois dedos mergulharam dentro dela – me sugar totalmente para o fundo.

Ela começou a ofegar enquanto ele entrava e saía, com os olhos grudados em seu rosto, observando todas as nuances de seu prazer.

– Porém, apesar do quanto eu adoro o exterior da minha linda espanhola – seus lábios pairaram sobre os dela, recebendo sua respiração entrecortada enquanto a fodia com aqueles dedos maravilhosos – o que me cega é minha profunda afinidade com ela.

– Christopher – com o coração na boca, ela quase não conseguia respirar. Sentiu como se estivesse despencando de um precipício e fosse incapaz de impedir a queda.

– Sim – os lábios dele tocaram os dela. – Chocante, não acha?

Maria agarrou as cobertas e impulsionou os quadris em sincronia com os movimentos de Christopher dentro dela. Ela estava tão molhada, tão excitada, podia ouvir seu corpo sugá-lo e depois soltá-lo com grande relutância.

– Tão apertada e gananciosa – ele murmurou. – Se eu não tivesse acabado de gozar até a última gota, eu me juntaria a você.

– Mais tarde – ela gemeu, fechando os olhos com força.

– Mais tarde – ele concordou com aquela voz rouca. – Agora olhe para mim quando você gozar. Quero ver o seu prazer quando eu fizer você chegar lá.

Forçando os olhos a abrirem, Maria se surpreendeu com a ternura em seu rosto. Seus cabelos estavam desarrumados, suavizando ainda mais sua aparência. Ela segurou os seios inchados e sensíveis, apertando-os para aliviar seu tormento.

Ele entrou fundo, esfregou dentro dela, e se retirou. Depois enfiou de novo, e saiu. Dentro e fora.

– Por favor – ela sussurrou, contorcendo-se. Despencando.

– Parece que tudo que fazemos um com o outro é implorar – ele a beijou, um beijo suave e doce, tão diferente dos movimentos de seus dedos. Christopher ergueu a cabeça, pressionou o polegar em seu clitóris com um movimento circular e assistiu quando ela atingiu o orgasmo gritando seu nome. Assistiu seus espasmos violentos enquanto seu sexo se contraía. Assistiu toda sua queda.

E então, ele a apanhou. Abraçou. Protegeu-a do resto do mundo em seus braços.

E dormiu.

Amélia pulou a cerca e correu para o riacho. Ware olhava para a correnteza com as mãos presas nas costas, esperando por ela.

– Desculpe – ela disse sem fôlego, parando ao seu lado.

Ele se virou devagar e a olhou de cima a baixo.

– Você me deixou esperando ontem.

Amélia ficou corada quando a lembrança do beijo desesperado de Colin fez seu coração disparar.

– Fiquei presa. Foi horrível.

– Você não parece se sentir horrível. Seus olhos estão acesos e felizes.

Sem saber o que responder, ela encolheu os ombros.

Ware esperou um momento e depois ofereceu o braço.

– Você vai me contar o que foi que fez você ficar resplandecente assim?

– Provavelmente não.

Ele riu, depois soltou uma piscadela, um gesto amigável que a deixou muito aliviada. Estava preocupada sobre um possível constrangimento entre eles. Ficou grata por não haver nada disso.

Eles caminharam devagar pela beira do riacho até chegarem à clareira onde fizeram o piquenique. Mais uma vez, uma toalha esperava no meio da adorável paisagem. A água corria sobre as pedras lisas ecoando uma melodia encantadora. O ar estava preenchido com o aroma de grama fresca e flores silvestres, e Amélia sentiu sua pele se aquecer sob a luz solar.

– Você está bravo comigo? – ela perguntou quando se sentou com um sorriso tímido e as mãos ajeitando nervosamente as saias do vestido.

– Um pouco desapontado – ele respondeu, tirando seu casaco bege. – Mas não bravo. Acho que seria impossível ficar bravo com você.

– Nem todos pensam assim.

– Azar o deles. É muito melhor estar de bem com você – ele se esparramou na toalha deitando-se de lado e apoiando a cabeça na mão.

– Se eu pedir um favor para você – ela perguntou com doçura – você aceitaria?

– É claro – ele murmurou, estudando-a.

Ware estava sempre analisando seu comportamento. Às vezes ela achava que ele a examinava mesmo quando não a estava olhando diretamente. Parecia ser uma fonte de grande interesse para ele, embora ainda não soubesse bem por quê.

Enfiando a mão no bolso, ela retirou a carta que escrevera para Maria.

– Eu gostaria que você entregasse isto por mim. Infelizmente, não tenho o endereço. Mas todos sabem quem ela é, e não deve ser difícil encontrá-la. Além disso, você se importaria se ela respondesse através de você?

Ware apanhou a carta e olhou o destinatário.

– A notória Lady Winter – voltando a encará-la com uma sobrancelha erguida, ele disse: – Imagino que você me permitiria perguntar algumas questões.

Amélia assentiu.

– É claro. Qualquer um ficaria curioso.

– Primeiro, por que pedir para mim em vez de entregar você mesma?

– Não tenho permissão para me corresponder com ninguém – ela explicou. – Até mesmo a conversa com Lorde Welton deve ser feita com o intermédio de minha governanta.

– Acho isso muito perturbador – ele disse, usando o tom de voz mais sério que ela já o ouvira usar. Na verdade, quase pensara que Ware nunca se deixava perturbar por qualquer coisa. – Também não gosto da aparência dos homens que patrulham os limites da sua propriedade. Conte-me, Amélia. Você é uma prisioneira?

Respirando fundo, ela decidiu contar a seu amigo tudo que sabia. Ele ouviu com atenção, como sempre fazia, como se cada palavra que saía de sua boca fosse de máxima importância. Ela o adorava por causa disso.

Quando terminou sua curta história, Ware estava sentado de pernas cruzadas diante dela, com seus olhos azuis mostrando intensidade e a boca apertada com preocupação.

– Você nunca considerou fugir?

Amélia piscou e então olhou para suas mãos entrelaçadas.

– Uma ou outra vez – ela admitiu. – Mas eu realmente não sou maltratada. Os criados são bondosos comigo, minha governanta é gentil e calma. Tenho lindos vestidos e uma boa educação. O que eu faria se fugisse? Para onde iria? Seria tolice sair por aí sozinha sem destino e sem meios para sobreviver.

Ela encolheu os ombros outra vez.

– Se meu pai está certo sobre minha irmã, então ele está apenas me protegendo.

– Mas você não acredita nisso – o conde disse gentilmente, pousando a mão sobre as dela –, ou você não me pediria para entregar isto.

– Você não ficaria curioso no meu lugar? – ela perguntou, querendo de verdade seu conselho.

– É claro, mas sou um homem curioso por natureza.

– Bom, sou uma mulher curiosa.

Seus olhos azuis sorriram.

– Muito bem, minha linda princesa. Eu humildemente cumprirei essa tarefa por você.

– Oh, muito obrigada! – ela jogou os braços ao redor de seu pescoço e o beijou no rosto. Então, constrangida por seu exagero, ela se encolheu e ficou corada.

Mas Ware exibia um leve sorriso em suas feições aristocráticas.

– Não é o beijo que eu estava esperando – ele murmurou. – Mas foi bom mesmo assim.

CAPÍTULO 18

Simon se recostou na cabeceira acolchoada e apanhou a taça de vinho em cima do criado-mudo. Sua pele estava aquecida por causa das atividades físicas, então ignorou as cobertas e permitiu que a ocasional brisa vinda da janela entreaberta esfriasse seu corpo.

Tomou um grande gole, depois olhou para a bonita loira deitada ao seu lado com um sorriso preguiçoso.

— Gostaria de beber algo, Amy? — ele ofereceu.

— Humm — a garota se sentou, revelando seios pequenos, mas lindamente redondos, e aceitou uma taça.

— Então, conte-me mais — ele murmurou, estudando-a com seus olhos maliciosos — sobre essa passagem secreta na casa de Lorde Sedgewick.

Amy engoliu a bebida com um gole pouco experiente que o fez estremecer por dentro.

— Ele usa para esconder as bebidas.

— As bebidas contrabandeadas.

— Isso.

— E a entrada fica perto da rampa de carvão?

Ela assentiu, fazendo seus cachos dançarem ao redor de seu rosto bonito.

— Isso simplifica a entrega. Você não vai roubá-lo, não é?

— É claro que não — ele a acalmou. — Apenas acho a ideia muito inteligente e talvez eu faça algo parecido em minha casa.

Simon mergulhou o dedo na taça, depois pintou a boca da criada com o vinho. Seu rosto se avermelhou e seu olhar desceu para onde estava o pau semiereto de Simon.

— Voltaremos a isso daqui a pouco — ele murmurou, escondendo o sorriso pela facilidade com que ela se distraía.

Ela fez um beicinho.

— Quando ele recebe as visitas?

— Terças e quintas, das três às seis.

Simon sorriu. Assim que terminasse ali, ele visitaria o lugar para saber se era possível ouvir claramente através das paredes ou não. Se fosse, ele enviaria um homem para ficar naquela posição todas as terças e quintas para tentar descobrir mais sobre o visconde. Havia alguma razão para Sedgewick ter abordado Maria no baile de máscaras, e Simon descobriria qual era.

Mas antes precisava terminar seu trabalho na cama.

Deixou a taça de lado e olhou para Amy com um sorriso sedutor. Ela sentiu um calafrio e voltou a deitar-se depressa.

Ah, que trabalho duro, ele pensou, sorrindo por dentro.

Então, pôs-se a trabalhar.

Amélia ficou tão animada com a carta enviada para Maria que estava quase pulando de alegria no caminho de volta para casa. Pela primeira vez, sentiu como se estivesse de fato fazendo algo por sua vida. Ela tinha um objetivo e havia colocado as engrenagens em movimento. Perdida nessa sensação, foi mais uma vez agarrada de repente pelo braço, mas seu grito de surpresa foi abafado por uma boca ardente e seu protesto instantaneamente se transformou em um gemido de prazer.

— Colin — ela sussurrou, com olhos fechados e lábios curvados em um sorriso.

— Diga que você não o beijou — ele disse, usando os dois braços fortes para agarrá-la.

– Diga que não estou sonhando – ela murmurou, cheia de puro prazer por estar perto de seu amor outra vez.

– Seria melhor se estivesse – ele disse, soltando-a com um suspiro.

Abrindo os olhos, Amélia notou seu rosto preocupado.

– Por que você é tão determinado a se sentir horrível sobre algo tão maravilhoso?

Os lábios dele se curvaram tristes.

– Doce Amélia – ele murmurou, tomando seu rosto nas mãos. A franja dele caiu sobre a testa, emoldurando aqueles olhos negros que ela tanto adorava. – Porque às vezes é melhor não saber o que você está perdendo. Pois então pode dizer a si mesmo que não seria tão maravilhoso quanto imaginava. Mas uma vez que você sabe como é, então não consegue parar de desejar isso.

– Você me deseja? – ela perguntou, sentindo o coração acelerar com a ideia.

– Menina egoísta.

– Eu me sentia péssima por sua causa.

Os olhos dele se fecharam e Colin a beijou suavemente.

– Diga que você não o beijou.

– Colin, você não confia em mim? – erguendo-se na ponta dos pés, ela roçou o nariz contra o rosto dele. – Eu apenas pedi um favor a ele.

– Que favor? – ele perguntou desconfiado.

– Pedi para entregar uma carta à minha irmã.

Colin congelou.

– O quê? – ele gesticulou ao redor. – Tudo isto é para mantê-la longe de você.

– Preciso saber quem ela é – Amélia se afastou e cruzou os braços, teimosa.

– Não, não precisa. Meu Deus – Colin rosnou e colocou as mãos na cintura. – Você está sempre se metendo em problemas.

Com sua beleza exótica e tendência a ficar mal-humorado, ele parecia divino para Amélia. Ela suspirou, profundamente apaixonada. Isso apenas deixou Colin ainda mais carrancudo.

– Não olhe para mim desse jeito – ele murmurou.

– Que jeito?

Ele apontou para ela.

– *Desse* jeito!

– Eu te amo – ela explicou com toda a adoração feminina que guardava em seu coração. – É o único jeito que consigo olhar para você.

O maxilar dele se contraiu.

– Senti tanta falta desse seu jeito protetor – ela disse gentilmente.

– Isso é irritação – ele corrigiu.

– Bem, você não ficaria irritado se não fosse protetor.

Balançando a cabeça, Colin se afastou e sentou-se em um tronco. Ao redor, os pássaros cantavam e as folhas mortas voavam com a força das brisas. Durante os anos, eles brincaram em muitas florestas e muitas praias, e correram por incontáveis quilômetros de gramados selvagens. E onde estivessem, ela se sentia segura, pois Colin estava junto.

– Por que você não pediu para eu entregar, em vez de Lorde Ware?

– Tenho esperança que ela responda, e não posso receber aqui. Eu precisava da ajuda dele tanto na entrega quanto na volta – Amélia parou de repente quando notou que ele deixou a cabeça cair nas mãos. – O que foi?

Ela se ajoelhou diante dele, sem se importar com seu vestido branco.

– Fale comigo – implorou quando ele manteve silêncio.

Colin olhou para ela.

– Sempre haverá coisas que eu não poderei dar a você e que homens como Ware poderão.

– Que coisas? – ela perguntou. – Vestidos bonitos e fitas para o cabelo?

– Cavalos, mansões, criados como eu – ele respondeu em um tom de voz duro.

– Nada disso me faz feliz – pousando suas pequenas mãos nos ombros largos de Colin, ela o beijou com ardor. – Exceto o "criado como você", e você sabe que eu nunca o considerei inferior a mim.

– Porque você vive uma vida protegida, Amélia. Se conhecesse o resto do mundo, veria como as coisas realmente são.

– Não me importo com o que os outros pensam, contanto que você me ame.

– Eu não posso amar você – ele sussurrou, apanhando seus pulsos e afastando seus braços. – Não me peça isso.

– Colin – de repente, Amélia se sentiu como a pessoa mais velha entre os dois, aquela que deveria dar conforto e proteção. – Assim você parte meu coração. Mas, mesmo em pedaços, ele possui amor o bastante para nós dois.

Praguejando em voz baixa, Colin a agarrou e disse com seus beijos aquilo que não conseguia dizer com palavras.

Maria relaxou na banheira com os olhos fechados, apoiando o pescoço na beirada. À noite ela iria encontrar Christopher e contar sobre Amélia e Welton. Também contaria sobre Eddington, e juntos encontrariam uma solução para seus problemas. Embora tivesse levado alguns dias para chegar a essa conclusão, sabia em seu peito que era a decisão certa.

Ela suspirou e deslizou ainda mais para dentro da água quente. Então ouviu vozes masculinas no corredor, depois a porta do quarto se abriu, seguida pela porta do banheiro.

– Você esteve fora o dia todo, Simon, meu amor – ela murmurou.

Maria o ouviu puxar uma cadeira e se sentar. Ele respirou fundo como se estivesse se preparando para uma tarefa difícil, e isso a alertou. Abrindo os olhos, ela viu suas feições preocupadas, tão diferentes do charme casual que era sua marca registrada.

– O que foi?

Simon se inclinou para frente, apoiando os braços nas coxas, com um olhar determinado.

– Lembra quando falei sobre o esconderijo de bebidas de Lorde Sedgewick? Hoje ele teve um visitante cujas informações jogam luz sobre suas atividades.

Ela se sentou, completamente focada.

– Simon, você é um gênio!

Mas seu elogio não provocou o sorriso fácil que ela tanto amava.

– Maria... – ele começou, depois se levantou e se aproximou dela, apanhando sua mão na banheira.

Um frio atingiu sua barriga.

– O que foi?

– Sedgewick é um agente da Coroa.

– Meu Deus, você me assustou com todo esse drama – ela franziu o rosto, seus pensamentos correndo por todas as possiblidades. – Eles nunca deixarão de tentar desvendar as mortes de Winter e Dayton. E claro, sou a principal suspeita.

– Sim, a agência quer você – ele exalou com força. – Eles querem tanto você a ponto de soltarem um criminoso para apanhar outro.

– Libertaram um criminoso... – ela balançou a cabeça lentamente quando entendeu as implicações. – *Não...*

Sem se importar com suas vestes caras, Simon ajoelhou-se ao lado dela para poder olhar em seus olhos.

– Sedgewick está mantendo a testemunha contra St. John em uma estalagem em St. George's Fields. O visconde ofereceu uma troca: a liberdade de St. John por informações que levariam você à forca no lugar dele. É por isso que Sedgewick não ficou surpreso ao ver St. John no baile de máscaras e é por isso que achava que você estava lá junto dele.

Maria encarou Simon, buscando em suas feições qualquer sinal de que estivesse brincando. Seria uma brincadeira horrível, mas seria melhor do que a alternativa de ter seu amante prestes a lhe trair do pior modo possível: com a morte.

– Não, Simon. Não.

Não era possível fazer amor como Christopher fizera e estar mentindo ao mesmo tempo.

Simon se levantou com um movimento gracioso, puxando-a junto. Ele a carregou e a abaixou até o chão, embalando-a em um abraço amoroso. O corpo molhado de Maria arruinou suas roupas, e as lágrimas dela eram copiosas. Ele tentou acalmá-la e até cantou, oferecendo todo seu amor.

– Eu acho que ele gosta de mim – ela disse, com o rosto encostado em sua garganta.

– Ele seria um tolo se não gostasse, *mhuirnín*.

– Acho quase impossível acreditar no contrário – ela suspirou. – Eu pretendia pedir ajuda a ele hoje.

Se tudo entre eles foi apenas uma elaborada encenação para ganhar sua confiança, então era quase um sucesso total. Ela estava preparada a confidenciar seu segredo mais precioso, sua única vulnerabilidade, pois acreditava nele. Até pensou que Christopher merecia saber, pois a perdoou por Eddington, mesmo ela não lhe oferecendo nenhuma explicação.

Eddington.

Maria se ajeitou e agarrou as lapelas de Simon com uma urgência desesperada.

— Você sabe como St. John tem me espionado, como ele sabia da visita de Eddington e enviou Tim para descobrir a identidade de Amélia. Se ele fez essas coisas com intenção de me prejudicar... Meu Deus, fui uma tola por confiar tanta coisa a ele.

Era como ser esfaqueada de novo, desta vez no coração. Será que St. John tentaria usar Amélia contra ela também?

— Já enviei homens para resgatar a testemunha — Simon disse. — Você terá seu próprio meio de extorsão.

— Oh, Simon — Maria o abraçou com mais força. — O que eu faria sem você?

— Você ficaria bem, *mhuirnín*. Mas não tenho pressa em provar que estou certo sobre isso — ele apoiou o queixo sobre a cabeça dela. — O que você fará?

— Não tenho certeza. Acho que vou dar uma chance para ele se redimir — ela disse, com a garganta seca e apertada. — Vou perguntar diretamente por que ele foi libertado da prisão. Se ele se recusar a me dizer ou fugir da pergunta, saberei que se importa apenas com seus próprios interesses.

— E depois?

Ela esfregou as lágrimas do rosto.

— Depois faremos o necessário. Amélia vem em primeiro lugar, sempre foi assim.

Christopher entrou pela porta principal de sua casa com um sorriso no rosto e passos leves. Em toda sua vida, não se lembrava da última vez que se sentira assim tão... feliz. Nem sabia que era *capaz* de sentir felicidade. Pensava que essa emoção não estava a seu alcance.

Entregou o chapéu para o mordomo, depois tirou as luvas e planejou a melhor maneira de receber Maria quando ela o visitasse à noite. Enviaria homens para escoltá-la e protegê-la, mas o que faria com ela assim que chegasse? Iria meter por horas, com certeza, mas também gostaria de continuar cortejando-a. Gostava da ideia de explorar mais esse mundo desconhecido dos relacionamentos íntimos.

– Humm... – ele quase queimou o cérebro tentando planejar algo que nenhum dos dois esqueceria. Poderia pedir para a cozinheira preparar uma variedade de pratos afrodisíacos. E comprar flores. Com perfumes exuberantes e exóticos para criar o clima perfeito.

É claro, tudo isso para desembarcar na parte sexual da noite. Ele obviamente não sabia nada sobre romance. Espreguiçando os ombros, Christopher considerou tirar um cochilo. Precisava pensar mais sobre o assunto, mas isso requeria mais energia do que tinha no momento.

– St. John.

Virando a cabeça, Christopher encontrou Philip na porta de seu escritório.

– O que foi?

– Os homens que você enviou para investigar Amélia voltaram nesta tarde.

Ele ergueu as sobrancelhas, depois assentiu e entrou na sala, sentando-se atrás de sua escrivaninha. Alinhados na sua frente estavam os quatro homens em questão. Todos pareciam cansados e sujos da viagem, porém cheios de uma palpável excitação. Seja lá o que descobriram, consideravam ser algo que ele gostaria de ouvir.

– Prossigam – ele disse, com o cansaço de um minuto atrás esquecido por completo.

Os quatro homens olharam uns para os outros, então Walter deu um passo à frente. Os cabelos grisalhos denunciavam sua idade: ele esteve com Christopher desde o começo de sua carreira infame. Na verdade, Walter fora um dos homens que assistiram quando ele perdeu a virgindade naquele beco.

– Enviei Tim na frente para contar as notícias, mas parece que ele sofreu um atraso.

Christopher sorriu.

– Exatamente.

– Bom, espero que o atraso não seja algo que cause arrependimento. Seu nome é Amélia Benbridge, filha do Visconde de Welton.

Filha de Welton?

– Bom Deus – Christopher sussurrou, recostando-se na cadeira. – Ela é meia-irmã de Lady Winter.

– Sim. O mais estranho é que ninguém nas cidades ao redor da propriedade de Welton sabe dela. Quando perguntamos sobre a garota, todos olhavam para nós como se estivéssemos loucos.

– Como vocês a encontraram?

– O vigário tinha os registros de nascimento.

– Bom trabalho – Christopher elogiou, embora estivesse consternado e batendo o pé no tapete. Maria fora esfaqueada quanto tentou falar com a irmã. Claramente eles estavam mantendo-a distante à força. – Preciso encontrá-la.

– Ah, bem, nós a encontramos.

Os olhos arregalados de Christopher disparam em direção ao rosto satisfeito de Walter.

– Em uma das estalagens, Peter conheceu uma bonita senhorita. Ele estava falando com ela, tentando levá-la para cama, e ela disse que foi contratada como criada para a filha de um visconde cuja descrição se parecia muito com Welton. Então nós a seguimos até Lincolnshire e descobrimos que a garota aos seus cuidados se chama Amélia Benbridge.

– Quem diria.

– Foi um golpe de sorte – Walter disse. – Mas serve, não é?

– Sim, serve muito bem. Peter está ausente – Christopher notou. – Imagino que ficou para trás para vigiar a garota? Excelente – olhou para Philip, que esperava encostado à porta. – Vá buscar Sam.

Seus dedos batucaram na escrivaninha.

– Welton contratou essa senhorita?

– Foi o que ela disse.

Suspirando, Christopher considerou a situação. Welton possuía Amélia. Maria queria Amélia. Welton pagava pela casa e pelos criados de Maria e a apresentava a homens como Eddington. Christopher ainda não sabia o que ela fazia para também receber dinheiro de Eddington, mas agora não tinha dúvidas de que não era sexo. Um quebra-cabeças estava se completando, mas a imagem continuava muito fragmentada para se entender o que era.

Sam entrou no escritório.

— Amanhã você deve ir com Walter e os outros para Lincolnshire. Há uma garota lá. Preciso saber se é a mesma garota que Lady Winter está perseguindo. Se for, envie a informação para mim, mas permaneça vigiando-a. Se ela sair, você deve segui-la. Quero saber onde ela está em todos os momentos.

— É claro — o maxilar tenso de Sam mostrou a Christopher que o homem faria seu melhor para se redimir, assim como Tim estava fazendo.

— Vão se limpar — Christopher disse aos outros. — Relaxem pelo resto da noite. Levem alguma criada solícita para a cama. Vocês serão recompensados pelo trabalho duro.

— Obrigado — eles disseram ao mesmo tempo.

Christopher os dispensou, depois tomou um instante para recompor os pensamentos antes de se levantar e subir as escadas até seu quarto.

Maria sabia que ele possuía os recursos para ajudá-la. Agora que baixaram suas defesas um com o outro, será que ela compartilharia isso com ele? Torcia para que fizesse isso.

Com esse objetivo em mente, começou a fazer planos para uma sedução de um tipo mais profundo. Ele queria seu coração, com cada canto escuro e rachadura que possuísse.

Será que ela confiaria nele o bastante para entregá-lo?

— O Conde de Eddington deseja saber se você está em casa.

Maria olhou para o mordomo pelo reflexo do espelho. Seu rosto estava impassível, assim como o dela, mas por dentro ela tinha um turbilhão de dor e confusão. Maria assentiu.

Curvando-se, o criado se retirou.

Sarah continuou a trabalhar nos cabelos de Maria, prendendo pérolas e flores em um arranjo elaborado mas, quando alguém bateu na porta e Eddington entrou, a dama de companhia fez uma rápida reverência e se retirou.

– Minha Lady Winter – o conde disse, entrando despreocupadamente no quarto. – Você é, como sempre, uma visão incomparável.

Ele nunca se preocupou em calcular os passos na presença dela, e isso era um comportamento que ela não gostava. O conde estava elegante com um conjunto vermelho-escuro, e os cabelos pretos presos em um rabo de cavalo. Beijando sua mão, Eddington se sentou em um banquinho ao lado de Maria.

– Descobriu alguma coisa? – ele perguntou, com os olhos semicerrados, estudando-a com atenção.

– Eu gostaria de ter algo para oferecer – ela murmurou, sem estar disposta a compartilhar a informação sobre Sedgewick antes de ter certeza se Christopher gostava ou não dela.

O conde suspirou, como se estivesse muito irritado, depois abriu sua caixa de rapé. Apanhou a mão dela, colocou a pitada sobre uma veia, e cheirou.

– Você está perturbada com alguma coisa – ele notou, observando a pulsação da veia, que a denunciava.

– Minha dama de companhia não consegue fazer o estilo que eu quero.

– Humm... – ele passou o polegar para cima e para baixo em seu pulso. – Quais são seus planos para hoje à noite? Você ainda está de férias?

Maria puxou a mão de volta.

– Não. Tenho um compromisso com certo criminoso conhecido.

– Ótimo – Eddington sorriu de prazer. Embora Maria fosse imune a seus charmes, ela não poderia deixar de notar o quanto aquele homem era atraente. E também era um espião. Uma combinação deliciosa para quem gosta de um herói libertino.

– Você planeja perguntar diretamente a St. John como ele foi libertado da prisão? – ele perguntou de modo casual. – Ou planeja conseguir de outra maneira a informação de que preciso para prendê-lo?

– Se eu contar meus segredos, que valor eu teria?

– É verdade – ele se levantou e abriu a caixa de joias de Maria. Apanhando um adorno em forma de diamante, ele o segurou ao lado do rosto dela. – A agência poderia usar uma mulher com os seus talentos. Você poderia considerar.

– E você deveria ir embora para que eu possa terminar de me arrumar para a missão que me passou.

O conde se posicionou atrás dela, colocando as mãos em seus ombros.

– Não dispense minha oferta tão rápido. Estou sendo sincero.

Maria olhou em seus olhos através do espelho.

– Eu nunca dispenso nada de imediato, milorde. Principalmente propostas atraentes feitas por homens que poderiam ganhar muito com a minha ruína.

Eddington sorriu.

– Você não confia em ninguém, não é mesmo?

– Infelizmente – ela voltou a olhar para si mesma –, isso é algo que aprendi por experiência própria.

Tim prendeu o corpo delicioso de Sarah contra a parede da sala contígua, agarrando sua bunda e esfregando seu membro rígido contra ela. Aquele abraço roubado era seu único interesse até ouvir a conversa de Lady Winter com Lorde Eddington no quarto ao lado.

Fechou os olhos e encostou a testa na parede um pouco acima de Sarah, que era bem mais baixa do que ele. Sentiu um aperto no peito por descobrir a traição. Ele havia passado a respeitar e a gostar de Lady Winter e esperava que sua parceria com St. John continuasse. Os dois possuíam um brilho no olhar quando falavam um sobre o outro, e seu patrão nunca parecia tão feliz como quando estava na presença de Lady Winter.

– O conde já foi embora – Tim murmurou, afastando-se. – Lady Winter precisará de você agora.

– Você vai aparecer no meu quarto mais tarde? – ela perguntou quase sem fôlego.

– Vou tentar. É melhor você ir agora – ele a girou e beliscou sua bunda quando ela se dirigiu para a porta.

Esperou o som da fechadura, depois saiu da sala.

Tempo era essencial.

Se corresse, poderia contar a St. John sobre a verdadeira natureza de Lady Winter e voltar antes que alguém percebesse.

CAPÍTULO 19

Colin assoviava enquanto escovava o pelo macio de um dos cavalos da carruagem. Seu coração estava ao mesmo tempo leve e pesado, uma estranha mistura com a qual ele não sabia lidar.

Sabia que era muito mais do que tolice procurar Amélia. Ela era jovem demais e estava muito acima dele na hierarquia social. Eles nunca poderiam ficar juntos. De jeito nenhum. Seus poucos beijos eram um perigo para os dois, e se sentiu como um cafajeste por roubá-los.

Ela ganharia a liberdade algum dia e seria exposta para o mundo e para homens como Lorde Ware. Amélia se lembraria de sua paixão juvenil e se perguntaria onde estava com a cabeça por imaginar que estava apaixonada por um criado que cuidava dos cavalos. Ele era apenas a única refeição à mesa, então ela imaginava que estava faminta por ele. Mas, assim que ficasse diante de um banquete, sua pobre contribuição seria como um mingau frio perto de uma refeição cheia de sabores.

– Colin.

Ele se virou ao ouvir a voz do tio, e então o observou enquanto sua figura roliça entrava no estábulo.

– Sim, tio?

Tirando o chapéu, Pietro passou a mão nos cabelos grisalhos em um gesto cheio de frustração. Com exceção do peso, eles se pareciam muito:

sua herança cigana era inquestionável, embora Colin tivesse nascido de uma mãe que não era cigana.

– Eu sei que você está se encontrando com a garota na floresta.

Colin ficou tenso.

– Os guardas me disseram que ela esteve se encontrando com o lorde da propriedade vizinha, e agora você interferiu.

– Não interferi – Colin voltou para sua tarefa. – Ela o encontrou ontem.

– Eu já disse para você ficar longe dela! – Pietro se aproximou, com uma raiva evidente nos ombros. – Dirija suas necessidades para as criadas e as perdidas da vila.

– Eu fiz isso – respirando fundo, Colin tentou controlar sua irritação. – Você sabe que eu faço isso.

E doía quando fazia; cada mulher que ele tomava era um alívio temporário de seus desejos ardentes, mas apenas isso. Seu coração pertencia a Amélia desde que era um garoto. Seu amor por ela havia crescido e se transformado, amadurecido, assim como seu corpo. Ela era inocente e sem maldade, seu amor por ele era puro e doce.

Colin encostou a cabeça no pescoço do cavalo. Amélia era tudo para ele, sempre foi, desde o dia que o Visconde de Welton contratou seu tio. Pietro concordara em receber bem menos do que os outros cocheiros. Era por isso que permaneceu no emprego durante todos esses anos sem ser substituído frequentemente, como as governantas eram.

Ele nunca se esqueceria do dia em que Amélia correu até ele com seu sorriso brilhante e afetuoso e agarrou seu braço com as mãos sujas.

– Venha brincar comigo – ela dissera.

Por ter sido criado em um grande bando com muitas crianças, ele temera a solidão. Mas Amélia era uma dúzia de parceiros de brincadeiras em uma única pessoa. Agraciada com um espírito aventureiro, ela estava sempre disposta a aprender os jogos que ele conhecia e então se dedicava para vencê-lo em todos.

Durante os anos, ele passou a gostar dela sob o ponto de vista de um homem: era um sentimento incrementado pela história de amizade e companheirismo que compartilhavam. Sua paixão tinha raízes profundas no passado. Talvez Amélia pensasse assim também, mas como poderia ter certeza? Ele possuía experiência com outras mulheres. Amélia possuía apenas ele. Seus sentimentos poderiam mudar quando ela entendesse melhor suas opções. Mas não os sentimentos dele. Colin sempre a amaria.

Suspirou longamente. Mesmo que Amélia pensasse como ele, ela nunca poderia ser sua.

– Ah, garoto – seu tio disse, colocando a grande mão sobre seu ombro. – Se você a ama, deixe-a para trás. Ela possui o mundo a seus pés. Não tire isso dela.

– Estou tentando – Colin resmungou. Estou tentando.

Christopher estava sentado em uma poltrona em sua sala de estar e observava a taça em sua mão. Não sabia ao certo o que estava sentindo. Era como quando ouviu Eddington e Maria em Brighton, mas agora o aperto em seu peito parecia insuportável. Respirar de repente tornou-se uma tarefa consciente.

– É melhor você voltar agora – ele disse a Tim, com a voz tão baixa que até se assustou por um segundo. Mal conseguia reconhecer a si mesmo. Ele não estava pensando, atuando ou falando como o homem que fora antes de conhecer Maria. – Não queremos que eles percebam que você sumiu.

Pensou com ironia sobre a posição de Tim na criadagem da Viúva Invernal. Ela estava tão confiante de seu sucesso inevitável que até permitiu uma serpente em sua casa.

– Sim – Tim se virou para ir embora.

– Se Eddington retornar, quero saber dos detalhes da conversa.

– É claro. Não vou desapontá-lo outra vez.

Christopher assentiu, ainda com o olhar grudado na taça.

– Obrigado.

Mal percebeu a porta se fechando, pois estava profundamente perdido em pensamentos. Ele se orgulhava da habilidade de julgar o caráter e desvendar as pessoas. Não estaria vivo hoje se não fosse assim. Por que, então, achava quase impossível convencer a si mesmo que Maria não sentia nada por ele? Os fatos estavam lá, claros e inequívocos, mas em seu coração ele ainda acreditava nela.

Rindo, ele ergueu a taça e tomou tudo em um único gole. Aí estava seu problema. Seu coração o estava conduzindo, não seu cérebro. Infelizmente, ele a amava. Aquela mulher traidora. Sua Jezebel, uma sedutora cuja vida dependia de quantos homens ela conseguia enviar para o túmulo.

Alguém bateu na porta, tirando-o de seus pensamentos.

– Entre – ele disse.

Levantou-se apressado por puro hábito e seu coração disparou diante da visão da amante.

Quanto tempo havia passado? Uma olhadela para o relógio na lareira dizia que se passaram mais de duas horas.

Virando a cabeça, seus olhares se cruzaram. Christopher percebeu o brilho de puro prazer que dizia que ela sentia o mesmo, mas que logo foi mascarado por um sorriso sedutor. Ela estava usando uma capa com capuz que emoldurava sua delicada beleza sedutora, aqueles grandes olhos negros e lábios vermelhos exuberantes.

Christopher respirou fundo, depois se aproximou e deu a volta em torno de Maria. Ele pousou as mãos em seus ombros e sentiu seu delicioso cheiro de mulher.

– Fiquei com saudades – ele murmurou, sentindo a garganta apertada.

– Você sempre vai me receber vestindo apenas calças?

Sempre, como se houvesse a possibilidade de um futuro entre eles.

– Você gostaria que continuasse assim? – ele abriu a capa, gentilmente tirou o capuz, depois deixou cair todo o pesado tecido.

– Prefiro você nu – ela disse.

– Sinto o mesmo por você – ele começou a despi-la, gostando do quão mais fácil era fazer isso sóbrio. Seus dedos se moveram com agilidade e rapidez, abrindo botões e laços.

– Como foi seu dia após minha partida? – ele perguntou.

– Solitário. Também senti saudades de você.

As mãos de Christopher pararam. Ele fechou os olhos e respirou fundo, tentando acalmar a parte de si que se incendiou com aquelas palavras. Em sua mente, ele relembrou a tarde que passaram juntos: a maneira como ela o amou, a maneira como ela se abriu. Aquela aparência quase assustada quando gozou para ele. A maneira como se derreteu quando ele a tocou.

Quando estavam na cama, a nudez de ambos ia muito além da falta de roupas.

– Mandei preparar iguarias para você – ele murmurou, beijando a cicatriz em seu ombro –, e tenho flores para oferecer. Eu não esperava começar a noite na cama, mas não vou conseguir esperar.

Suas mãos deslizaram para dentro do vestido e alcançaram os seios através da camisa. Encontrou seus mamilos enrijecidos e os apertou com a ponta dos dedos exatamente do jeito que ela gostava.

Maria deixou a cabeça cair para trás, em seus ombros, e soltou um longo gemido.

– Eu amo os seus seios – ele sussurrou, roçando os lábios na orelha dela. – Hoje eu pretendo chupá-los até você gozar com meu pau fundo dentro de você. Lembra-se da sensação? Do quanto você me apertou? – ele impulsionou os quadris. – Meu pau está duro só de lembrar.

– Christopher – havia uma tristeza na maneira como ela disse seu nome, uma melancolia que parecia deixar o ar carregado.

Querendo chegar logo ao cerne da questão, ele a soltou para abrir de vez o vestido, fazendo botões voarem para todo o lado.

– Você está acabando com meu estoque de vestidos – ela disse, com a respiração entrecortada denunciando seu desejo secreto de ser dominada. Ele sabia disso, é claro, e suspeitava que a fácil aceitação de Quinn para que terminassem seu relacionamento sexual tenha sido a perdição do rival. Talvez se o irlandês tivesse insistido mais, ela não estaria aqui na casa de Christopher.

Sua impaciência aumentou com essa ideia e ele continuou arrancando laços e fitas com ainda mais ferocidade. A camisa foi rasgada com um som alto, e então Maria se virou e caiu em seus braços, pressionando os seios nus contra seu peito. Ele a agarrou, tomando a boca que ela oferecia, erguendo-a do chão.

As pequenas mãos dela tomaram seu rosto; os lábios macios entraram em ação frenética. Havia um sabor de desespero naquele beijo, a mesma sensação que ele podia sentir em seu próprio sangue.

Ele praticamente correu para a cama, jogou-a no colchão e arrancou as calças.

– Abra as pernas.

Uma desconfiança passou pelo rosto dela, e Christopher sabia o porquê. Ele não estava dando nenhuma chance para ela se esconder.

Chutando as calças para longe, ele se juntou a ela na cama, agarrando seus joelhos e abrindo suas pernas. Maria se debateu, mas ele não cedeu, agarrando seus quadris para que pudesse tomá-la com a boca.

– Não – ela gritou, agarrando seus cabelos. – Não desse jeito...

Envolvendo os cachos escuros com as mãos, Christopher a abriu, expondo sua pele macia e rosada. Com a ponta da língua, ele roçou o clitóris, lambeu, provocou, envolveu-o com os lábios e o chupou gentilmente. Maria gemeu e arqueou as costas, implorando para que ele parasse, para que usasse seu pau, para que desse tempo para se recompor e ficar menos vulnerável. É claro, não disse isso em voz alta, mas ele não precisava ouvir para saber.

Ele também percebeu o momento em que ela abriu os olhos e viu o espelho sobre a cama, pois ela ofegou e congelou.

– Gostou da vista? – ele sussurrou antes de voltar para o trabalho.

Maria olhou para o libidinoso reflexo dos cabelos dourados de Christopher entre suas coxas e ficou devastada com o que viu. Com olhos marejados e a pele corada de cima a baixo, ela não se parecia em nada com a mulher determinada e sóbria que vira no espelho de sua casa. A mulher que via agora estava perdida nos prazeres entregues por um homem que despertava nela uma fome quase animal. Um homem que a perseguia com o objetivo expresso de levá-la para a forca em seu lugar.

Isso ela podia perdoar, sabendo que ela mesma o procurou com propósitos perversos. Entendia que muitas pessoas dependiam dele, e provavelmente essas pessoas eram sua motivação para se salvar. Ele não se daria ao trabalho se fosse apenas para ganho próprio.

Ela sabia disso pois o entendia, o homem que ela pensara que era, o homem que amou tanto seu irmão quanto Maria amava Amélia. Mas ainda havia a dúvida de que seus motivos poderiam não ter mudado, e o homem entre suas pernas poderia ser apenas um homem que a queria morta.

– Maria.

Ela fechou os olhos com força e sentiu quando se mexeu. Christopher beijou seu clitóris, depois subiu para deitar-se ao seu lado.

– Você não é nem um pouco tímida – ele murmurou –, mas a visão de nós dois fazendo amor esfriou seu desejo – agarrando sua cintura, ele a puxou para cima de seu corpo deixando a ereção quente pressionar contra sua barriga. – Achou íntimo demais?

Maria abriu os olhos e analisou seu rosto, notando o afeto em seus olhos azuis e a intensidade de sua excitação.

– Fazendo amor? – ela perguntou em um sussurro. – Ou isto é sexo entre duas pessoas que se encaixam muito bem?

– Não sei. O que você me diz?

Eles encararam um ao outro, e ela sentiu as questões entre eles como se fosse outro corpo na cama.

– Eu gostaria de saber.

– Então, vamos descobrir juntos – levantando a coxa de Maria, ele se posicionou e a ponta de seu pau deslizou entre as dobras da boceta dela. – Se abra para mim – ele murmurou. – Deixe-me entrar em você.

Seria possível descobrir o caráter de um homem pelo sexo?

– Diga o que aconteceu com a testemunha que iria incriminar você – ela sussurrou.

– Quem quer saber? – ele rebateu.

Maria ofegou, quase sem ar nos pulmões.

– Christopher.

Será que ele sabia? Seria possível? Se ele soubesse o que ela pretendia, com certeza não estaria tocando-a dessa maneira.

– Deixe-me entrar em você, Maria – ele pressionou a ponta do pau na pequena entrada de sua boceta. – Faça amor comigo, e darei as respostas que você quer.

Quando ela jogou a perna sobre os quadris dele e agarrou seu traseiro para posicioná-lo melhor, sua mão tremia e a respiração acelerava. Maria circulou o membro rígido com os dedos e alterou o ângulo da penetração. Ele deslizou em uma fração de segundo, esticando-a, fazendo seu pescoço se curvar de prazer.

– Mais – ele murmurou. – Quero entrar por inteiro. O mais profundo possível.

Ela impulsionou o corpo, preenchendo a si mesma com o calor e a rigidez, gemendo com aquele tamanho e aquele prazer.

Christopher tocou no queixo de Maria e direcionou sua cabeça para que olhasse para cima.

– Olhe para nós dois.

Com medo de olhar, mas incapaz de resistir ao desejo de observá-los juntos, Maria focou seus olhos no reflexo acima. O corpo musculoso de Christopher se agigantava sobre ela, o topo de sua cabeça ficava abaixo do queixo dele, seus pés chegavam apenas até o meio das panturrilhas daquele homem. A pele dele estava bronzeada pelo sol e parecia muito escura comparada com a dela, que quase nunca recebia a luz do sol diretamente. Seus cabelos dourados pareciam ainda mais pálidos comparados com os cabelos negros de Maria. Eles eram o oposto no exterior mas, por dentro, eram iguais.

Eram perfeitos juntos.

– Está vendo? – ele sussurrou, trocando olhares com ela pelo espelho. Juntos, assistiram seu pau desaparecer dentro dela. As pálpebras de Maria tornaram-se pesadas com aquele prazer inebriante, mas ela se recusava a fechá-las. Christopher se retirou, seu pau agora estava molhado e brilhante com o néctar dela, então seu traseiro se apertou e ele a penetrou outra vez.

O olhar dela se ergueu enquanto ele se mexia, grudando a atenção nos gloriosos traços perfeitos de suas feições. Enquanto ele a penetrava, um prazer autêntico percorreu seu rosto, e quando ela olhou para si mesma, enxergou a mesma intensidade.

– Agora, me diga – ele sussurrou, naquela voz rouca deliciosa que ela tanto adorava. – Nós estamos fazendo amor?

Maria gemeu enquanto seus quadris trabalhavam em um ritmo perfeito.

– Diga-me, Maria – seus olhares se encontraram de novo no espelho. – Estou fazendo amor com você. Você está fazendo amor comigo? – ele se retirou e penetrou de novo. Mais forte. Mais fundo. – Ou isto é apenas sexo?

Seria possível ele a enganar tão bem assim? Seria ele tão especialista em rodeios que conseguia fingir este nível de intimidade?

Por mais que ela tentasse conciliar a informação que possuía com o homem em seus braços, não conseguia.

Maria envolveu os braços em seu pescoço e pressionou o rosto contra o dele. Foi então que sentiu a umidade das lágrimas. De quem eram, ela não sabia.

– É mais do que sexo – ela sussurrou, observando algo ao mesmo tempo doce e possessivo cruzar o rosto dele.

Christopher começou a bombear com toda a força, seus quadris impulsionavam o pau dentro dela com toda a maestria de sua vasta experiência. E Maria o recebeu com igual fervor, com olhos grudados na visão profundamente erótica de seus corpos unidos e a grande ereção que a penetrava tão veloz que não passava de um borrão no espelho.

A boca dela se abriu em um grito silencioso, seu corpo contraiu diante de um orgasmo devastador que se anunciava. Christopher rosnou e continuou penetrando durante os espasmos, murmurando palavras sexuais e elogios reverentes que prolongaram o clímax de Maria até ela pensar que iria morrer. Apenas quando ela relaxou em seus braços, Christopher começou a penetrá-la para seu próprio prazer, entrando com força, depois explodindo com força, inundando Maria com seu sêmen.

Respirando com dificuldade, ele tomou sua boca, compartilhando o ar em seus pulmões.

Tornando-os apenas um.

CAPÍTULO 20

Amélia acordou com uma mão em sua boca. Apavorada, ela se debateu e arranhou o pulso de seu agressor.

– Pare com isso!

Ela congelou com a ordem e imediatamente abriu os olhos. Seu coração disparou quando seu cérebro sonolento percebeu que Colin pairava sobre ela no meio da escuridão.

– Escute o que vou dizer – ele sussurrou, olhando para as janelas. – Tem homens lá fora. Pelo menos uma dúzia. Não sei quem são, mas não são homens de seu pai.

Ela jogou a cabeça para o lado para livrar a boca.

– O quê?

– Os cavalos me acordaram quando os homens passaram pelo estábulo – Colin arrancou a coberta de cima dela. – Depois eu saí pelos fundos e vim pegar você.

Constrangida por ser vista de camisola, Amélia puxou a coberta de volta.

Ele arrancou outra vez.

– Vamos! – ele disse com urgência na voz.

– Do que você está falando? – ela perguntou com um sussurro furioso.

– Você confia em mim? – os olhos negros de Colin brilhavam no escuro.

– É claro.

– Então faça o que estou falando e pergunte depois.

Ela não tinha noção do que estava acontecendo, mas sabia que ele não estava brincando. Respirando fundo, Amélia assentiu e saiu da cama. O quarto estava iluminado apenas com o luar que entrava pela janela. Seus longos cabelos se derramaram por suas costas e Colin tocou as mechas, passando-as entre os dedos.

– Vista algo – ele disse. – Rápido.

Amélia se apressou atrás do painel no canto do quarto e se despiu, depois colocou a camisa e o vestido que usara no dia anterior.

– Rápido!

– Não consigo fechar atrás. Preciso da minha dama de companhia.

A mão de Colin surgiu de trás do painel e agarrou seu cotovelo, puxando-a em direção à porta.

– Meus pés estão descalços!

– Não há tempo – ele murmurou. Abrindo a porta do quarto, olhou para o corredor.

Estava tão escuro que Amélia mal podia enxergar alguma coisa. Mas ouviu vozes masculinas.

– O que está aconte...

Movendo-se rapidamente, Colin girou e cobriu sua boca de novo, balançando a cabeça com força.

Assustada, Amélia demorou um momento antes de entender. Depois assentiu e concordou em não dizer mais nada.

Ele entrou no corredor com passos leves e segurando a mão dela. Apesar de estar descalça, as tábuas do chão rangeram quando ela pisou. Os dois congelaram. No andar de baixo, as vozes que ela ouvira também silenciaram. Era como se a casa toda estivesse prendendo a respiração. Esperando.

Colin levou o dedo até os lábios, depois ele a ergueu e a colocou nos ombros. O que se seguiu foi um borrão. De cabeça para baixo, ela estava desorientada e incapaz de entender como ele conseguiu carregá-la do segundo andar até o térreo. Depois um grito ecoou no andar de cima quando não a encontraram, e passos pesados trovoaram acima deles. Colin praguejou e correu, fazendo o corpo dela pular tanto em seus ombros que Amélia temeu machucá-lo. Ela abraçou a cintura dele e Colin pôde acelerar. Saíram pela porta da frente e desceram as escadas.

Mais gritos. Mais correria. Espadas se chocaram e os gritos de Miss Pool atravessaram a noite.

– Lá está ela! – alguém gritou.

O chão passava como um lampejo debaixo dela.

– Aqui!

A voz de Benny foi como música para seus ouvidos. Colin mudou de direção. Erguendo a cabeça, Amélia vislumbrou os perseguidores e os outros homens que os interceptaram; alguns ela reconheceu, outros não. Eles ganharam um tempo precioso com esses novos homens na luta e logo ela não podia enxergar mais ninguém.

Um momento depois ela foi posta de pé. Com olhos arregalados, Amélia olhou ao redor para se recompor e encontrou Benny montando um cavalo e Colin montado em outro.

– Amélia! – ele ofereceu a mão enquanto a outra segurava a rédea com destreza. Ela estendeu o braço e Colin a puxou, deitando-a de barriga para baixo em seu colo. Suas coxas poderosas golpearam a espora no cavalo e então eles dispararam galopando pela noite.

Ela se segurou por sua vida, sentindo a dor de cada impacto. Mas não durou muito tempo. Assim que chegaram à estrada, um tiro ecoou na escuridão. Colin sacudiu e gritou. Amélia também gritou ao sentir seu mundo rodar.

Deslizando, caindo.

Até atingir o chão.

Então, não havia mais nada.

Christopher acordou com o conforto e a maciez do corpo de Maria. O cheiro de sexo permeava o ar e os lençóis da cama. Ela estava deitada ao seu lado, com a perna sobre a sua, o braço sobre seu peito, os seios pressionados ao seu lado. Ele estendeu o braço e ajeitou o lençol sobre sua ereção matinal.

As únicas palavras que trocaram durante a longa noite foram palavras de amor e sexo. Nada de dor, traição, mentiras. Evitar as coisas desagradáveis ia totalmente contra sua natureza e, como Maria era tão parecida com ele, Christopher sabia que ela pensava igual. Mas eles tinham um acordo não verbal tratado com seus corpos que os dois não se atreviam a dizer em voz alta.

Virando a cabeça, ele beijou sua testa. Ela murmurou sonolenta e o abraçou mais um pouco. Um gatinho não poderia ser mais adorável.

Ele correu a mão livre através dos cabelos dela e formulou seu plano. Havia apenas uma maneira de descobrir sua lealdade. Teria que testá-la, criar uma maneira óbvia onde pudesse traí-lo, e então ver se ela aproveitaria a oportunidade.

A boca dela tocou seu peito com um beijo suave.

Eles trocaram um olhar.

– O que você está pensando? – ela perguntou.

– Em você.

Infelizmente, parecia que a luz da manhã era uma intromissão grande demais. Havia um ar pesado de desconfiança entre eles.

– Christopher...

Ele esperou que ela falasse, mas pareceu que Maria mudou de ideia.

– O que foi? – ele perguntou.

– Eu gostaria que não houvesse segredos entre nós – sua mão acariciou o peito dele. – Você disse que me diria qualquer coisa que eu quisesse saber.

– E eu direi – ele olhou para o reflexo dos dois juntos no espelho acima e sabia que gostaria de acordar dessa maneira todos os dias de sua vida. – Eu gostaria da sua companhia hoje à noite. Bruto como sou, arruinei dois vestidos seus, e não poderia me perdoar se não compensasse isso.

– É mesmo? – ela se ergueu ao seu lado, com os cabelos adoravelmente desarrumados. Ele sorriu, lembrando-se de seus pensamentos no teatro sobre ela ser preocupada demais com a aparência para poder desfrutar uma boa transa sem limites. Como estava errado.

Agora esperava não estar errado sobre a profundidade de seu afeto por ele. À noite, ele descobriria a verdade.

– Tenho um lugar na cidade onde guardo mercadorias – ele disse. – Eu gostaria de levá-la até lá. Tenho algumas sedas e linhos parisienses que gostaria de mostrar a você. Quando escolher suas peças favoritas, poderei restituir os vestidos que eu maltratei.

Com seu adorável rosto impassível, ela perguntou:

– Quando você responderá minhas perguntas?

Ele soltou um suspiro exagerado.

– Você deveria ficar alegre com minha generosidade. Mas, em vez disso, teima em querer analisar meu cérebro.

– Talvez eu considere seu cérebro mais interessante do que vestidos – ela disse sedutora. – E isso foi um elogio.

– Muito bem. Se conseguirmos passar a noite sem percalços, então sentarei e contarei todos os meus segredos a você.

E contaria mesmo. Se ela não o traísse, ele abriria seu coração completamente e, talvez, se tivesse sorte, a visão que agora se refletia no espelho do teto seria aquela que o acordaria pelo resto da vida.

Maria sabia que não era coincidência a chegada de Lorde Eddington uma hora após seu retorno. Ele a estava vigiando, seguindo-a. Enlouquecendo-a.

– Irei recebê-lo – ela disse quando o mordomo anunciou sua presença. Um momento depois, Eddington entrou na sala de estar privada com um sorriso presunçoso no rosto que ela considerou um mau sinal. Maria fingiu indiferença e retribuiu o sorriso. – Boa tarde, milorde.

– Minha querida – ele murmurou, beijando sua mão.

Ela o estudou com cuidado, mas não encontrou nada de diferente em sua aparência impecável de sempre.

– Conte-me algo útil – ele disse.

– Eu gostaria mesmo de ter algo para contar – ela encolheu os ombros. – Infelizmente, St. John foi menos acessível do que eu esperava.

– Humm – ele ajustou seu casaco, depois sentou-se na poltrona. – Você não me contou que tem uma irmã.

Maria congelou: seu coração parou por um instante, depois disparou como louco.

– Perdão?

– Eu disse: você não me contou que tem uma irmã.

Incapaz de permanecer sentada, Maria se levantou.

– O que você sabe?

– Muito pouco, infelizmente. Não sei nem ao menos seu nome – o olhar dele endureceu. – Mas sei onde ela está, e tenho homens lá para sequestrá-la, se necessário.

O instinto selvagem pulsou dentro dela.

– Você está caminhando em um terreno perigoso, milorde.

O conde se levantou e diminuiu a pequena distância entre os dois.

– Quero alguma *informação* – ele rosnou. – *Qualquer coisa* que eu possa usar, e então sua irmã permanecerá segura.

– Isso não é suficiente para aliviar minhas preocupações – ela fingiu força erguendo o queixo. Na verdade, sua respiração estava tão acelerada que pensou que pudesse desmaiar. – Quero vê-la com meus próprios olhos.

– Ela permanecerá intocada se você cumprir sua parte do acordo.

– Eu a quero *aqui*! – seus punhos se fecharam diante de sua própria impotência. *Amélia...* – Traga ela aqui. Depois darei tudo que seu coração desejar, eu juro.

– Você já prometeu entregar... – Eddington fez uma pausa. Então, cerrou o olhar. – Existe algo mais atrás de sua exigência do que mera desconfiança.

O estômago de Maria deu um nó, mas por fora ela apenas arqueou uma sobrancelha em uma exibição gélida de desdém.

O conde tocou seu queixo e virou seu rosto de lado a lado, examinando-a.

– Suspeito que você não sabia – ele murmurou pensativo. – Quantos segredos você possui?

Ela se livrou daquele toque.

– Você sabe ou não a localização?

– Meu Deus... – Eddington assoviou e afundou-se na poltrona. – Não tenho noção do que se passa em sua vida, mas vamos dispensar as mentiras por um momento – ele fez um gesto para o sofá no lado oposto. – Sente-se. Welton sabe onde está sua filha?

Ela assentiu.

– Ele a mantém presa.

– Mas você não sabe a localização? – seus olhos se arregalaram quando ele começou a entender a situação. – Esse é o trunfo que ele mantém contra você?

Maria não respondeu.

– Posso ajudá-la em troca do serviço que me prometeu – Eddington se inclinou, apoiando os braços nas coxas. – Sei onde sua irmã está. Você deve saber algo sobre St. John que irá me ajudar a capturá-lo. Podemos beneficiar a nós dois.

– Você quer usá-la contra mim, assim com o Welton faz – ela fechou os punhos. – Se alguma coisa acontecer a ela, você pagará caro. Isso eu prometo.

– Maria – foi a primeira vez que o conde usou seu primeiro nome, e essa intimidade a abalou, o que provavelmente era sua intenção. – Sua posição é frágil. Você sabe disso. Posso conseguir meus objetivos sem a sua ajuda. Aceite meus termos. São mais do que justos.

– Nada sobre isso é justo, milorde. Nada.

– Sua confiança estará mais segura comigo do que com St. John.

– Você não o conhece.

– E você também não – ele argumentou. – Não sou o único que sabe onde ela está. St. John também sabe.

O sorriso dela era de desdém.

– Vá jogar suas artimanhas em alguém mais ingênuo do que eu.

– Como você acha que eu a encontrei? Enviei agentes para investigar Welton por causa de sua conexão com você. Os homens de St. John estavam mais adiantados do que nós, investigando por conta própria. *Eles* descobriram sua irmã. Meus agentes apenas os seguiram.

Ela franziu as sobrancelhas, analisando melhor os últimos dias.

– Maldita seja – as mãos do conde se fecharam em punhos sobre seus joelhos. – Eu achava que você estaria à altura de St. John, mas ele enganou você também.

– Não sou assim tão facilmente enganada para você jogar essa acusação na minha cara. Minha dúvida sobre sua afirmação não significa que St. John possui minha simpatia ou lealdade, significa apenas que, entre vocês dois, eu vejo muitas semelhanças. Neste caso, existe o menor dos males?

— Seja razoável — ele disse. — Eu trabalho para o bem da Inglaterra. St. John trabalha de um jeito egoísta para seu próprio bem. Com certeza isso me dá alguma vantagem, não é mesmo?

A boca dela se curvou em um sorriso zombeteiro.

— Maria. Com certeza você possui alguma informação que pode me passar para implicar St. John em atividades ilegais ou então alguma pista sobre a testemunha. Existe alguém que você saiba que está visitando St. John, alguém que ele possa ter mencionado? Pense com cuidado. O destino de sua irmã está em jogo.

Cansada e deprimida com tudo isso, ela sabia que precisava terminar com esse triângulo. Não conseguia mais continuar. Era cansativo demais, e precisava de toda energia que restava para trazer Amélia de volta para casa.

— Ele pediu para eu o acompanhar esta noite — ela sussurrou. — Ele possui mercadorias contrabandeadas em um depósito na cidade.

— Ele irá levá-la até esse depósito?

Ela assentiu.

— Tenho pena de você se o prender por causa de contrabando. O povo irá se revoltar.

— Deixe isso comigo — ele disse, com uma óbvia excitação. — Apenas mostre o caminho.

Christopher praguejou baixinho.

— Você tem certeza que foi isso que ele disse? Que ordenou a captura de Amélia?

— Sim — Tim assentiu. — Eles estavam falando em voz baixa, mas eu ouvi claramente. Estão esperando instruções agora. Eddington não chegou a dizer isso para Lady Winter. Ele disse que estava vigiando a irmã, não sequestrando.

— Podemos apenas torcer para que Walter, Sam e os outros tenham conseguido enfrentá-los — Philip disse.

– Não podemos usar esperança para analisar uma questão – Christopher avaliou. – É melhor considerarmos que Eddington conseguiu sequestrá-la.

– Então, o que você vai fazer? – o olhar de Philip era solidário por trás dos óculos.

Esfregando a nuca, Christopher se recostou melhor na frente da escrivaninha.

– Vou me oferecer para Eddington em troca.

– Meu Deus, não! – Tim exclamou. – Ela pretende trair você.

– Que escolha ela tem? – Christopher retrucou.

– Eddington é um agente – Philip disse. – Duvido que ele vá machucar a garota.

– Eu também tenho minhas dúvidas. Mas, por lei, ele deveria devolver a garota para Welton e eu acho que fará isso, se Maria não entregar aquilo que ele quer – Christopher olhou para Tim. – Volte para Lady Winter, mas fique junto dela quando nos encontrarmos à noite.

– Você se sacrificaria em benefício dela, mesmo sabendo que ela não faria o mesmo por você? – Tim perguntou com óbvia irritação.

Christopher ofereceu um leve sorriso. Como poderia explicar? Como poderia colocar em palavras a importância que dava à felicidade de Maria em detrimento da sua própria? Sim, ele poderia confrontá-la com seu conhecimento sobre Eddington, mas onde isso os deixaria? Ele não poderia prosseguir com sua vida sabendo que a jogou para os lobos e deixou à mercê de Welton, Eddington e homens como Sedgewick, que desejavam machucá-la.

– Philip e meu procurador estão cientes do que devem fazer para cuidar de todos vocês caso algo de ruim aconteça comigo.

– Eu não me importo com isso! – Tim argumentou. – É o *seu* bem-estar que me preocupa.

– Obrigado, meu amigo – Christopher sorriu. – Agradeço muito.

– Não – Tim balançou a cabeça. – Você está maluco. Perdeu a razão por causa de uma mulher. Nunca pensei que veria este dia.

– Você disse que Lady Winter recusou passar informações até Eddington usar a irmã como isca. Eu não a culpo por causa disso. Ela não possui mesmo outra escolha se tiver qualquer esperança de reaver sua irmã.

– Ela poderia escolher você – Tim murmurou.

Escondendo sua dor, Christopher fez um gesto para eles se retirarem.

– Vão agora. Tenho alguns assuntos para tratar.

Os homens saíram relutantes, e Christopher afundou em sua cadeira atrás da escrivaninha, soltando um longo suspiro. Quem diria que sua relação com Maria terminaria desse jeito?

Mesmo assim, ele não conseguia se arrepender de nada. Foi feliz por um tempo.

Por isso, pagaria o que fosse preciso.

CAPÍTULO 21

A viagem até a residência de St. John foi como Maria imaginou que seria a viagem até Tyburn, onde aconteciam os enforcamentos.

Em algum ponto atrás deles, Eddington e os outros agentes os seguiam.

Saber disso a consumia por dentro com uma violência que causava dor física. Ela queria Amélia de volta mais do que qualquer coisa no mundo, mas seu coração dizia que o preço seria alto demais.

Não havia como negar o quanto ela gostava de St. John. Apesar de todas as coisas que descobrira sobre ele durante seu relacionamento, ela só conseguia focar em sua bondade – a maneira como lidou com Templeton, sua preocupação com o ferimento no ombro, o jeito como fazia amor com ela.

Quando saiu da carruagem e encarou a casa de Christopher com seus jardins vazios e os inúmeros guardas, os detalhes de seu caso amoroso preencheram sua mente. Desde os momentos mais quentes, até as horas mais ternas. Os silêncios confortáveis e as discussões acaloradas. Eles compartilhavam uma impressionante afinidade e um passado semelhante.

Erguendo as saias, Maria subiu os breves degraus sem pressa e entrou pela porta aberta. Muitos daqueles que viviam sob a proteção de St. John estavam enfileirados no saguão, observando com olhos sérios o florete em sua cintura. Maria olhou cada um nos olhos, desafiando-os a interferir.

Ninguém se atreveu.

Ela subiu a escadaria principal até o quarto de Christopher e bateu na porta. Quando ouviu sua voz responder do outro lado, ela entrou.

Christopher estava diante do espelho, vestindo um lindo colete bordado entregue por seu criado. O desenho floral colorido combinava com as calças amarelas e o casaco pendurado ao lado. Aquele conjunto a fez lembrar da noite no teatro, e Maria ergueu o queixo.

— Preciso contar uma coisa.

Seus olhares se cruzaram no reflexo, e então ele percebeu o florete em suas mãos. Com um murmúrio, dispensou o criado e a encarou.

— Veja só, Lady Winter, se eu soubesse que minha amante enviaria você no lugar dela, eu teria me vestido de outra maneira.

— Suas roupas são perfeitas – ela sorriu. – Menos tecido entre a ponta da minha lâmina e a sua pele.

— Você pretende me furar?

— Talvez.

Ele a olhou de cima a baixo com ceticismo.

— É melhor você não pensar que minhas saias são uma desvantagem. Já treinei com vestidos o mesmo tempo que treinei com calças.

As mãos dele se levantaram em um sinal de rendição.

— Por favor, me diga, linda donzela, o que posso fazer para me salvar da morte certa?

Maria encostou a ponta da lâmina no tapete e apoiou a mão casualmente no cabo.

— Você me ama?

Christopher ergueu uma sobrancelha.

— Céus. Que injustiça pedir por uma declaração de amor sob tamanha pressão.

Os pés dela batiam impacientes.

O sorriso dele fez o coração dela parar.

— Eu adoro você, meu amor. Venero você. Eu beijaria seus pés e suplicaria por seus favores. Ofereço tudo que tenho: minhas vastas riquezas, meus diversos navios, meu pau, que implora por sua atenção...

— Já chega – ela balançou a cabeça. – Isso foi odioso.

— É mesmo? Gostaria de ver você fazer melhor.

— Muito bem. Eu te amo.

– Só isso? – ele cruzou os braços, mas seu olhar era suave e afetuoso. – É só isso que você tem para dizer?

– Não saia de casa hoje.

Ele ficou tenso.

– Maria?

Ela respirou fundo, depois soltou o ar de repente.

– Você me perguntou muitas vezes qual é minha parceria com Eddington. Ele é um agente da Coroa, Christopher. Ele está lá fora agora mesmo esperando para nos seguir e prendê-lo em flagrante.

Ele a encarou pensativo.

– Entendo.

– Eu sei sobre Sedgewick.

Quando ele abriu a boca, Maria levantou a mão.

– Não é preciso se explicar. Estou mencionando isso apenas porque Simon encontrou a testemunha. Sedgewick exigiu a cooperação dele em troca da segurança de sua família: uma esposa, dois filhos e uma filha. Tim e os outros o libertaram. O visconde não possui nada contra você agora.

O rosto de Christopher ficou muito sério.

– Você me deixa sem palavras.

– Ótimo. Prefiro não ser interrompida. Fui informada que você sabe sobre Amélia – a voz saiu mais trêmula do que ela gostaria. – E que você a encontrou e está vigiando. Isso é verdade?

– É o que espero, sim – ele continuou encarando Maria com olhos insondáveis. – Pedi por uma identificação mais precisa antes de levar a notícia para você. Não queria lhe dar falsas esperanças.

– Onde ela está?

– Se a garota que descobrimos é mesmo sua irmã, ela está em Lincolnshire.

– Obrigada – Maria embainhou o florete e parou antes de se virar. – Tenha cuidado – ela sussurrou, com a mão sobre o coração. – Desejo o bem para você, Christopher. Boa sorte – ela andou em direção à porta.

– Maria.

Aquela voz grave e rouca fez um calafrio descer por suas costas. Lágrimas caíram, e ela as limpou enquanto acelerava os passos. Sua mão tocou a maçaneta, mas antes que pudesse girá-la, ela foi presa. Os braços de Christopher a prendiam e seu corpo se apertava contra ela.

— Você desistiu do sonho de se reunir com sua irmã para poupar minha vida — ele pressionou com ardor o rosto contra sua têmpora. — Você me conta sobre seu amor por mim. Mas não pode pedir minha ajuda?

— Nossas vidas se separam aqui — ela sussurrou, com a garganta apertada demais para falar mais alto —, como deveriam. Você está livre e em segurança; e o meu caminho continua. Eu irei recuperar Amélia, não duvide disso. Mas não posso permitir que seja às suas custas. Encontrarei algo de igual valor para Eddington.

— Você acaba comigo se permitir que eu viva uma vida sem você — ele disse.

Maria começou a tremer, e ele a envolveu nos braços.

— Eu *sei*, Maria. Sei que ele ofereceu Amélia em troca de você me entregar. Sei o quanto ela significa para você. Você arriscou a vida para salvá-la — ele abaixou a cabeça e mergulhou seu rosto quente no pescoço dela. — O que eu não sabia era se você iria confessar tudo para mim e tentar salvar minha vida, apesar de saber de Sedgewick e do resto. *Meu Deus...* — ele perdeu a voz. — Você deve me amar profundamente para fazer esse sacrifício. Eu não mereço.

— Você sabe? — ela tocou suas mãos.

— Tim veio até mim hoje. Ele relatou a visita de Eddington e o acordo. Também o ouviu falando com um homem que esperava em sua carruagem. Disse que ele ordenou o sequestro de sua irmã há alguns dias e agora esperava notícias. Eu rezo para que meus homens tenham conseguido impedir o sequestro, mas não podemos ter certeza.

Ela se debateu até ele a soltar, depois Maria girou para encará-lo diretamente.

— Então, precisamos presumir que ele a tem.

Ele a olhou com tanta afeição.

— Então, apesar de sua tentativa de me poupar, devo prosseguir e encontrá-lo. Eu não tenho mercadorias aqui na cidade. Aquilo foi uma mentira para ver se você iria me trair. Mas tenho minha confissão e trocarei isso por Amélia.

Maria esfregou as lágrimas com força, odiando não conseguir enxergar o rosto dele enquanto dizia isso.

– Você sabia do meu acordo com Eddington... e mesmo assim estava preparado para ir?

– É claro – ele afirmou.

– Por quê?

– Pela mesma razão que você tentou se sacrificar mesmo sabendo de Sedgewick. Eu te amo, Maria. Mais do que minha própria vida – seu sorriso tinha um toque de tristeza. – Hoje eu achava que amava você o máximo que podia. Mas agora, descobri que te amo muito mais.

Maria tentou segurar a maçaneta atrás de si para apoiar seus joelhos que fraquejavam, mas não foi suficiente. Ela caiu ao chão em uma nuvem de saias e sobressaias.

– Só isso? – ela sussurrou. – É só isso que você tem a dizer?

– Sua provocadora – ele se abaixou diante dela e segurou seu rosto. Christopher beijou seus lábios com uma reverência desconcertante. Ela tomou seus pulsos e o beijou de volta desesperadamente.

– Eu te amo – a pura emoção na voz dele fez Maria se ajoelhar e se entregar a seus braços. Ele a abraçou de volta com tanta força que a deixou sem fôlego.

– Eles nos colocaram um contra o outro – ela disse. – Não podemos deixar que nos separem.

– Não – ele afastou o rosto para olhar em seus olhos. – Você tem alguma sugestão? Até recuperarmos Amélia, nós ficaremos enfraquecidos.

– Precisamos limitar o número de jogadores neste jogo. Temos aborrecimentos demais, e eles estão nos distraindo de nossos objetivos.

Christopher assentiu, perdido em pensamentos.

– Juntos devemos ser espertos o suficiente para encontrar um jeito... Welton, Sedgewick e Eddington. Eddington pode ter Amélia, então devemos tolerar suas ações por enquanto... mas Welton e Sedgewick...

Maria pensou em uma possibilidade e logo tentou encontrar as falhas. Quando percebeu que as chances continuavam ao seu lado, ela sorriu.

– Adoro quando você fica com esse rosto diabólico – Christopher disse.

– O que acha de mudarmos as regras, meu amor? O que acha de revertemos as posições e colocarmos *eles* um contra o outro?

– Diabólico e audacioso – ele sorriu maliciosamente. – Seja lá qual for o plano, já estou gostando.

– Precisamos de papel e tinta, e três dos seus cavaleiros mais rápidos e obstinados. Estas cartas devem ser entregues, não importa onde estejam os destinatários.

– Feito – Christopher se levantou e a puxou para perto. – Quem diria que colocar dois dos criminosos mais procurados da Inglaterra um contra o outro terminaria em uma colaboração em tantos níveis?

– Nós poderíamos ter pensado nisso – ela piscou –, se estivéssemos orquestrando a operação.

Ele riu e a abraçou.

– Tenho pena do mundo, agora que estamos trabalhando juntos.

– Guarde sua pena para si mesmo – Maria disse. – Agora você me tem para o resto da vida.

– Nunca haverá tédio, meu amor – ele a beijou na ponta do nariz. – E eu não gostaria que fosse de qualquer outra maneira.

CAPÍTULO 22

Para um olhar distraído, os ocupantes da única carruagem e seus múltiplos batedores eram as únicas pessoas na escuridão do cais.

Maria desceu dela e caminhou em campo aberto com os lacaios ao seu lado, segurando uma lamparina para chamar toda a atenção para si. Atrás, em meio às sombras, Christopher saía de uma porta secreta da carruagem. Ele cuidaria de sua parte do plano enquanto Maria cuidava da outra.

– Que droga, Maria!

Ela teve um sobressalto ao ouvir a voz irritada de Welton, mas depois um lento sorriso interior a aqueceu. Quando se virou, manteve um leve toque de desdém em seu rosto.

– Que diabos está acontecendo? – ele resmungou, andando a passos largos em sua direção com seu casaco esvoaçando ao redor das longas pernas. – Por que um local tão dramático? E com tão pouca antecedência? Eu estava ocupado.

– "Ocupado" para você significa jogo ou prostitutas – ela disse. – Perdoe-me se não me arrependo nem um pouco por essa inconveniência.

Ele entrou sob o círculo de luz e, como sempre, Maria não deixou de notar suas lindas feições masculinas. Achava que também nunca deixaria de procurar uma evidência de sua podridão interior, mas ele parecia nunca envelhecer, nem sofrer com remorso.

– Não é seguro encontrar com você em qualquer outro lugar – ela disse, dando um passo para trás quando ele chegou e se aproximou a fim de forçá-lo a falar mais alto. – Eddington não queria me levar para a cama, como você pensou. Ele suspeita que sou culpada pelas mortes de Winter e Dayton. Ele pretende me levar para a forca.

O visconde praguejou violentamente.

– Ele não pode provar nada.

– Ele diz que encontrou a pessoa que preparou os venenos que você usou.

– Impossível. Eu mesmo matei aquela cretina quando ela se tornou gananciosa demais. Uma lâmina no coração a silenciou para sempre.

– Mesmo assim, ele encontrou alguém que irá testemunhar contra mim para que possa me enviar para a forca.

Welton cerrou os olhos.

– Então, por que você está aqui? Por que não está sob custódia?

Ela soltou uma risada amarga.

– Ele notou minha parceria com St. John. Você pode imaginar como lhe agrada ter algo que pode usar para extorquir minha cooperação.

– Então ele seguirá o mesmo caminho de Winter e Dayton – seus lábios se afinaram enquanto ele pensava.

Maria ficou admirada pela facilidade com que o visconde falava sobre assassinato. Como pode alguém ter tanta maldade dentro de um exterior tão belo?

– Você envenenaria outro agente da Coroa? – ela perguntou, aumentando o tom de voz, fingindo estar horrorizada.

Ele riu.

– Não acredito que eu ainda consigo surpreender você. Já não me conhece bem o bastante?

– Aparentemente eu ainda fico chocada por saber que você não possui limites. Você matou Dayton e Winter por causa do dinheiro. Embora eu detestasse sua avareza, eu entendia sua motivação. Ganância é um vício universal. Mas assassinar Eddington só porque lhe irrita... Bom, eu achava que nem você seria capaz disso.

Welton balançou a cabeça.

– Nunca vou entendê-la. Eu lhe dei títulos e riqueza, e agora quero assegurar sua liberdade e você, como sempre, age como uma completa ingrata.

– Meu Deus! – uma voz explodiu, surpreendendo os dois. – Isso é excelente!

O som de passos atraiu a atenção deles para as sombras de dois homens que se aproximavam. Lorde Sedgewick e Christopher entraram no pequeno círculo de luz.

– O que significa isto? – Welton perguntou, movendo-se em direção a Maria.

Christopher logo entrou em seu caminho, protegendo-a de qualquer perigo.

– É o fim da linha para você, milorde.

Sedgewick abriu um grande sorriso.

– Você não tem noção do que isto fará com minha carreira. Apanhar o homem responsável pelas mortes de Dayton e Winter. É brilhante, St. John, absolutamente brilhante.

– Você não possui nada – Welton disse enquanto olhava para Maria. – Ela irá testemunhar afirmando minha inocência.

– Não é bem assim – ela disse com um largo sorriso. – Estou pronta para afirmar a relação de Lorde Eddington com os eventos desta noite.

– Eddington? – Sedgewick perguntou, franzindo o rosto. – O que ele tem a ver com isso?

– Sou eu quem irá denunciar você para a Coroa, Sedgewick – Eddington disse, juntando-se aos outros. – E, claro, temos Lorde Welton, cuja confissão de seus crimes foi ouvida por pessoas demais para ser desacreditada.

Mais lamparinas se acenderam ao redor deles, revelando um grande número de pessoas, incluindo soldados, lacaios e batedores.

Tudo estava perfeito demais. Os três homens derrubavam um ao outro como dominó. Eddington acabava com o trunfo de Sedgewick sobre St. John, e Sedgewick acabava com o trunfo de Welton sobre Maria.

– Meu Deus – Welton sussurrou. Ele virou a cabeça na direção de Maria, com seu rosto contorcido de raiva. Finalmente, ele parecia o monstro que era. – Você irá consertar isso, Maria, ou nunca mais a verá. *Nunca.*

– Eu sei onde ela está – Maria retrucou. – Você não possui nada contra mim, ou contra ela. Com sua prisão, eu cuidarei dela. Como deveria ter feito por todos esses anos.

– Eu possuo parceiros – ele retrucou. – Você nunca estará segura.

Christopher cerrou os olhos.

– Ela sempre estará segura – ele disse em uma voz baixa, mas fervente. – Sempre.

Maria sorriu.

– Que Deus não tenha piedade de sua alma, milorde.

Eddington observava enquanto Welton era posto em algemas e Sedgewick era conduzido por dois agentes. Quando o cais esvaziou, deixando apenas sua carruagem e a de St. John, ele colocou a mão nas costas e soltou um longo suspiro de satisfação. Após esta noite, ele com certeza receberia o cargo de comandante que Sedgewick perseguia com tanta determinação.

Perdido em pensamentos sobre como usaria seu novo poder, ele não percebeu os passos atrás dele até que a ponta afiada de uma lâmina atravessou suas roupas e acertou sua carne.

Ele congelou.

– O que significa isso?

– Você será meu convidado, milorde – Lady Winter murmurou –, até que minha irmã volte para mim.

– Você deve estar brincando.

– Sugiro que você não a subestime – St. John disse. – Já senti sua lâmina mais vezes do que gostaria de admitir.

– Eu poderia chamar ajuda – Eddington disse.

– Que injusto de sua parte – Lady Winter respondeu.

Um grunhido de dor foi ouvido, seguido rapidamente por muitos outros. Eddington olhou ao redor e viu seu cocheiro, seus batedores e soldados lutando com o que parecia ser apenas um homem de ascendência irlandesa. E não havia dúvida que ele estava vencendo.

– Meu Deus! – Eddington exclamou, olhando com pura surpresa. – Nunca vi alguém lutar desse jeito.

Ele ficou tão admirado com o espetáculo que nem protestou quando suas mãos foram amarradas atrás das costas.

– Venha comigo – Lady Winter disse quando terminou de prendê-lo. Ela o cutucou com sua adaga mais uma vez para mostrar sua seriedade.

– Quem é aquele homem? – ele perguntou, enquanto os lacaios de St. John prendiam aqueles que já estavam caídos. Mas ninguém respondeu.

Mais tarde, Eddington gostou de ver o irlandês de novo quando entrou no quarto onde estava preso, trazendo uma garrafa de conhaque e dois copos. Na verdade, quando se tratava de prisões, a opulenta casa de Lady Winter não era nada mal. Sua "cela" estava decorada em tons de marfim e dourado, com poltronas de couro marrom diante de uma mesa de mármore e uma cama com encosto acolchoado e dossel.

— Já é quase manhã, milorde – o irlandês disse –, mas eu gostaria de tomar uma saideira com você – ele sorriu misterioso. – Lady Winter e St. John já se retiraram para seus aposentos.

— É claro – Eddington o estudou enquanto aceitava o copo oferecido. – Você é o amante que mora com ela sobre o qual ouvi falar.

— Simon Quinn, aos seus serviços.

Quinn sentou-se em uma poltrona segurando seu copo com as duas mãos, e não demostrava nenhuma sequela da luta anterior. Olhou para os lados com uma atitude que congelaria qualquer pessoa.

— Antes que você pense que isto é apenas uma visita social, milorde, acho que eu devo dizer logo que, se a irmã de Lady Winter chegar amanhã com algum ferimento, irei espancá-lo até você virar uma massa disforme.

— Deus – Eddington piscou. – Você sabe como meter medo em alguém.

— Ótimo. Você entendeu.

Eddington tomou o conhaque em um só gole.

— Escute, Quinn. Aparentemente sua posição na casa está com os dias contados.

— Sim, é verdade.

— Tenho uma proposta para você.

Quinn ergueu uma sobrancelha.

— Assim que esta questão com a irmã estiver resolvida, eu assumirei uma posição de muito poder. Eu poderia usar um homem com os seus talentos, e trabalhar deste lado da lei possui seus benefícios – ele analisou a reação do irlandês.

— Qual é o salário?

— Quanto você deseja?

— Humm... Você tem minha atenção.

— Excelente. Agora, ouça o que estou pensando...

CAPÍTULO 23

— Mais uma vez, eu fico admirado com você — Christopher murmurou, beijando a testa de Maria enquanto deitavam em sua cama.

Ela se aconchegou mais perto, roçando o nariz em seu peito nu para respirar seu delicioso aroma.

— Sou mesmo incrível.

Ele riu.

— Como conseguiu seguir em frente após a morte de seus pais... E todos esses anos sob a pressão de Welton... — os braços dele a apertaram. — Vamos viajar depois do casamento. Do jeito que você quiser. Para *onde* você quiser. Devemos deixar essas memórias para trás e construir novas. Mais felizes. Nós três juntos, meu amor.

— Após o casamento? — ela inclinou a cabeça para olhar em seus olhos. — Isso é um pouco presunçoso, você não acha?

— Presunçoso? — Suas duas sobrancelhas se ergueram. — Você me ama. Eu te amo. Então nós nos casamos. Isso não é presunçoso, é esperado.

— É mesmo? E desde quando você faz aquilo que é esperado?

— Desde quando me apaixonei inesperadamente.

— Humm.

— O que isso quer dizer? Esse gemido que você fez — Christopher cerrou os olhos. — Isso não foi uma resposta.

– E a que devo responder? – Maria escondeu seu sorriso desviando o rosto. No momento seguinte, ela estava de costas no colchão com um ardente pirata e contrabandista pairando sobre ela.

– Minha proposta de casamento.

– Eu não sabia que você fez uma proposta dessas. Achei que foi mais uma declaração.

– Maria – ele suspirou fundo. – Você não quer se casar comigo?

Ela segurou o rosto dele.

– Eu adoro você, como já bem sabe. Mas eu já me casei duas vezes. Acho que isso é o bastante para uma mulher.

– Como pode comparar a união comigo com aquilo que experimentou antes? Um homem que gostava de você como uma querida amiga, e um homem que a usou apenas para sua própria gratificação.

– Você seria feliz se fosse casado, Christopher? – ela perguntou diretamente.

Ele congelou e seu olhar parecia intenso.

– Você duvida?

– Não foi você mesmo quem disse que a única maneira de escapar do nosso estilo de vida é a morte? Seja a sua ou daqueles que você ama?

– Quando foi que eu... – seus olhos se arregalaram. – Meu Deus, você possui um espião em minha casa?

Maria sorriu.

– Maldita – ele murmurou, abrindo as pernas dela e posicionando a cintura entre elas. – Sim, eu disse isso. Talvez seja egoismo de minha parte pedir a você sob essas circunstâncias tão concretas, mas não tenho escolha. Não posso viver sem você.

Christopher levou o braço entre as pernas dela e tocou sua boceta.

– Nenhum de nós fez esforço algum para impedir a concepção – ele sussurrou –, e estou contente por isso. A ideia de você carregar meu filho me enche de alegria. Imagine o quanto ele seria esperto e talentoso.

– Christopher... – os olhos de Maria queimaram e sua visão se tornou embaçada enquanto seu corpo acordava com o toque dele, derramando-se de desejo. – Como poderíamos cuidar de um bando como o nosso?

– Assim como cuidamos na noite passada – agarrando o pênis, ele provocou sua entrada molhada usando apenas a ponta e depois começou a penetrá-la. – Juntos.

Maria fechou os olhos enquanto ele a preenchia, deixando a cabeça cair para o lado e expondo seu pescoço para a boca faminta de Christopher.

– E se algo acontecer comigo ou com nossas crianças – ela perguntou –, você promete que não irá se culpar? Ou você iria se amaldiçoar para sempre?

Christopher parou, com seu pau grosso e pulsante dentro dela. Algo sombrio passou por seu rosto, talvez lembranças doloridas ou mais do que isso.

– Você poderia ter deixado sua vida no crime há muito tempo – ela murmurou, agarrando as costas dele. – A vida que você abraçou para salvar seu irmão e que, no fim, causou a morte dele, não é?

O estremecimento que percorreu o corpo dele também a afetou.

– Mas mesmo assim você continua – ela sussurrou –, cuidando daqueles que são leais a você, cuidando de suas famílias quando eles morrem, proporcionando teto e comida na mesa para muitos.

– Eu não sou um santo, Maria.

– Não. Você é um anjo caído – a comparação parecia ainda mais verdadeira agora, com sua beleza emoldurada pelo cetim azul do dossel.

Ele rosnou.

– Não existe nada de angelical sobre mim.

– Meu querido – ela ergueu a cabeça para beijar seu ombro. – Se continuarmos sem nos casar, você saberá que fico com você porque é o que eu quero. Porque desejo isso todos os dias, e não será responsável por me prender a você.

– Você não poderia simplesmente desejar se casar comigo?

Ela riu e o puxou para mais perto. Ele permaneceu imóvel por um momento. Depois suspirou e rolou para o lado, trazendo-a consigo, mantendo-os unidos. Ele descansou a cabeça nos travesseiros e olhou para Maria.

– Sou o filho bastardo de um nobre – ele disse com o tom de voz monótono que ela aprendera que significava que estava falando sobre algo que o perturbava. – Minha mãe foi o alvo infeliz da luxúria de seu empregador até que sua barriga começou a crescer. Então foi dispensada de sua posição como ajudante da cozinha e enviada de volta para o vilarejo.

– E... seu irmão?

– Era legítimo. Mas eu tive as melhores conjunturas. Eu era feliz no vilarejo. Ele era infeliz na mansão. Nosso pai era louco e tinha um temperamento instável. Acho que ele estuprou minha mãe apenas pelo poder da ação, nem tanto pelo alívio físico. Mesmo assim, ela me amava. O único afeto que Nigel conheceu veio de mim e de sua esposa.

– Sinto muito – Maria ajeitou os cabelos em sua testa e o beijou entre as sobrancelhas.

– Então, você entende, meu amor – ele agarrou a mão dela e a colocou sobre seu coração –, eu gostaria de ter filhos em um casamento. Gostaria de compartilhar uma casa e uma vida com você. Eu gostaria de compartilhar uma fachada de normalidade com você.

– Uma fachada? – ela sorriu.

– E por acaso algum dia conseguiríamos ser normais?

– Deus me livre – ela disse com um tom de deboche.

– Você me machuca desse jeito – ele retrucou. – Brincando em uma hora dessas. Estou abrindo meu coração e você me provoca assim.

Maria ergueu suas mãos juntas e as colocou sobre o próprio coração.

– Seu coração está aqui, batendo comigo em meu peito.

Christopher beijou os dedos dela, com os olhos azuis brilhando de amor.

– Nós conseguiremos lidar com tudo, isso eu prometo. Meu procurador e Philip são capazes de cuidarem dos meus negócios enquanto nós estivermos fora. Philip é meu mais recente tenente. Existem vários, e juntos eles conseguem se sair muito bem sem mim.

– Céus – ela sussurrou, encarando seu rosto. – O que você vai fazer com uma esposa grávida e uma cunhada que logo estará em tempo de casar?

– Uma esposa grávida... – sua voz soou ainda mais rouca do que de costume. Ele tomou sua nuca e a puxou, pressionando com força os lábios em sua boca. – Eu quero isso. Quero isso agora. Com você. Nunca pensei que desejaria isso. Mas eu quero, e preciso que você me entregue. Nenhuma outra mulher conseguiria me domar. Afinal, quantas mulheres suspeitas de assassinato existem por aí?

– Não tenho certeza. Eu poderia investigar...

Ele rolou outra vez, prendendo-a debaixo de seu corpo e penetrando profundamente. Ela foi pega de surpresa e ofegou, então ele retirou e penetrou ainda mais forte.

– Eu já mencionei – ela disse, com uma alegria em sua voz e coração – que agressividade só me deixa mais obstinada?

– Sua maldita enlouquecedora! – ele rosnou, pontuando cada palavra com uma investida dos quadris. Agarrou as pernas dela ancorando-as em sua cintura e continuou penetrando com uma dedicação passional e fervorosa.

Ele se movia com a precisão de um homem que não apenas sabia como dar prazer a uma mulher, mas que queria dá-lo especialmente a esta mulher. Alguém cujo principal objetivo do sexo era dar prazer a sua parceira. Dar prazer a *Maria*. Ele a observava atento, notando todas as nuances das reações dela e ajustando os movimentos de acordo.

– Você gosta disso? – ele murmurou quando ela gemeu de prazer. Christopher repetiu exatamente o mesmo movimento. – Você sabe muito bem que precisa de mim. Precisa da sensação de ser esticada por mim, de me sentir invadindo seu corpo. Imagine passar dias e noites desse jeito, com seu corpo fodido tão bem que é quase demais para aguentar.

– Há! Eu posso levar você à exaustão – ela queria zombar, mas sua voz saiu entrecortada pela luxúria.

– Então prove – ele sussurrou sombriamente, penetrando fundo e forte, enchendo o quarto com os sons líquidos de seu prazer sexual. – Case comigo.

Perdida no prazer, Maria se contorceu e sussurrou palavras eróticas em seu ouvido, cravando as unhas em seu traseiro tenso. Ele estava selvagem e indomado, apesar de afirmar o contrário; seu desespero por Maria era evidente em sua maneira como fazia amor com ela, como se nunca pudesse ter o bastante. Nunca chegaria fundo o bastante.

– Tem certeza que deseja experimentar esse nível de agitação todos os dias de sua vida? – ela sussurrou antes de morder sua orelha.

Em retaliação, ele enfiou até o fim e circulou os quadris, esfregando o clitóris com sua pélvis, levando-a diretamente ao clímax.

– Christopher! – ela estremeceu com violência, sugando o pau dele com seu sexo até ele gemer e gozar dentro dela.

– Eu te amo – ele disse ofegando e abraçando-a tão forte que ela mal conseguia respirar – Eu te amo.

Maria o envolveu com seu corpo, sentido o coração martelar com o amor que também sentia por ele.

– Acho que eu deveria mesmo me casar com você – ela sussurrou. – Quem mais deixaria você louco desse jeito?

– Ninguém mais se atreveria. Você é a única.

– E certamente ninguém poderia amar você tanto quanto eu.

– Certamente não – Christopher roçou a testa no rosto de Maria, marcando-a com seu cheiro. – Eu costumava tentar entender por que meu pai tinha que ser quem era, por que meu irmão tinha que herdar a pobreza, por que minha única aptidão tinha que me levar a esta vida.

– Meu amor... – ela sabia muito bem como ele se sentia. Afinal, ela mesma se perguntava essas questões todos os dias.

– Eu soube no momento em que a agarrei no teatro que você era a razão para tudo. Cada curva em minha vida me direcionou a você. Se eu não fosse o homem que sou, a agência nunca teria me abordado e eu nunca teria encontrado você, minha alma gêmea. Na verdade, você é tão igual a mim que chega a ser assustador, porém continua a me surpreender e me impressionar.

– Assim como você continua a me surpreender e a me impressionar – ela subiu os dedos pelas costas dele e riu quando Christopher se contorceu. – Nunca pensei que você gostaria de se casar. Não consigo nem visualizar.

– Então vamos encomendar um retrato – ele disse. – Diga sim, minha querida Maria. Diga sim.

– Sim.

Ele ergueu a cabeça e arqueou uma sobrancelha.

– Por que sinto que venci com facilidade demais?

– Oi? – Maria piscou rapidamente. – Então eu retiro o que disse e vou recomeçar minha resistência.

Christopher rosnou um alerta e pulsou dentro dela.

Maria sorriu.

– Você já percebeu que quanto mais frustrado fica, mais focado sexualmente você se torna? É algo muito delicioso de explorar.

– Você será minha morte.

— Eu o alertei sobre isso.

— E irá pagar caro.

— Humm... e quando pretende receber?

— Assim que tivermos uma licença de casamento e um padre.

— Então ficarei esperando seu prazer – ela ronronou.

Quando ele se flexionou de propósito dentro dela, seu sorriso era puramente diabólico.

— Bom, então não podemos deixar você esperando.

— Simon, meu amor – Maria se levantou do sofá no salão e estendeu as mãos.

Ele se aproximou com seus passos lentos e sedutores, exibindo um sorriso profundamente afetuoso. Vestido em tons cinza-claro, ele parecia casual, como sempre, mas muito atraente ao mesmo tempo. Ele apanhou as mãos dela e se abaixou para beijar seu rosto.

— Como você está?

— Não muito bem – ela admitiu, sentando-se de novo com ele ao seu lado. Christopher havia voltado para sua casa para trocar de roupa e fazer os preparativos para a chegada das notícias sobre Amélia. Maria esperava em sua residência, pois não queria deixá-la e perder algum contato. Ela quis juntar uma equipe para sair e vasculhar, mas Christopher implorou para que o deixasse cuidar dessa parte e ofereceu excelentes razões. No fim, ela aceitou, embora relutante. – Não consigo parar de me preocupar.

— Eu sei – ele sussurrou, acariciando sua mão. – Eu gostaria de poder ajudar mais.

— Sua presença já é um grande conforto para mim.

— Ah, mas estou sobrando um pouco por aqui, não é mesmo?

— Nunca. Você sempre terá um lugar de importância em minha vida – Maria respirou fundo. – St. John me pediu em casamento.

— Ele é um homem esperto – Simon sorriu. – Desejo muita felicidade a você. Ninguém merece mais isso do que você.

— Você também merece felicidade.

– Eu estou satisfeito, *mhuirnín*. De verdade. No momento, minha vida está perfeita – Simon sorriu e ajeitou-se mais confortavelmente. – Então, diga-me, quanto tempo tenho antes de precisar deixar você?

– Você não vai a lugar algum. Quero que fique com esta casa. Você possui boas lembranças aqui, não é?

– As mais felizes da minha vida.

Os olhos de Maria se encheram de lágrimas e ela engoliu em seco.

– Assim que Amélia chegar, nós iremos viajar. Quero visitar todos os lugares a que eu nunca pude ir enquanto estava presa a serviço de Welton. Espero que essa aventura ajude a reconstruir a ligação entre nós duas.

– É uma ótima ideia.

– Vou sentir muitas saudades suas – ela lamentou e seu lábio inferior tremeu.

Simon levou a mão de Maria até os lábios e a beijou.

– Eu sempre estarei ao seu lado quando você quiser, para qualquer coisa que precisar. Isto não é o fim. Para mim e para você, nunca haverá um fim.

– E eu também sempre estarei ao seu lado quando você precisar – ela sussurrou.

– Eu sei.

Maria suspirou.

– Então, você ficará com a casa?

– Não. Mas cuidarei dela para você. Felizmente – ele continuou, sorrindo –, esta é uma localização perfeita para meu novo cargo sob as ordens de Lorde Eddington.

Maria ficou boquiaberta.

– Ele o atraiu para a agência?

– Não exatamente. Ele prevê alguns assuntos que precisam ser lidados por alguém com um pouco menos de escrúpulos do que a maioria.

– Meu Deus – Maria passou a mão no rosto de Simon com gentileza. – Tenha cuidado, por favor. Você é um membro da minha família. Eu não poderia suportar se algo acontecesse.

– Eu peço o mesmo de você. Não corra riscos.

Ela ergueu a mão.

– Então, estamos de acordo.

Ele inclinou a cabeça em uma leve reverência, apanhou a mão oferecida e a levou até seu coração.

— Um pacto para toda a vida.

— Então, me diga — ela sorriu —, o que Eddington possui em mente para você?

— Bem, essas são suas ideias...

Maria andava de um lado a outro e praguejava em voz baixa. Incapaz de resistir, ela encarou o homem cansado pela viagem e sentiu como se fosse desmaiar.

— Excelente trabalho — Christopher estava dizendo a ele, mais uma vez o elogiando por ter salvado Amélia daqueles que queriam sequestrá-la.

No momento seguinte, as mãos de seu amante pousaram nos ombros dela.

— Maria? Você está pronta?

Seus olhos se ergueram.

Christopher sorriu para ela, com um olhar afetuoso e suave.

— Sam correu na frente quando eles chegaram aos arredores de Londres. O resto do bando e Amélia chegarão em breve.

Ela conseguiu assentir de leve.

— Você está tão pálida.

Maria levou as mãos à garganta.

— Estou com medo.

— Do quê? — ele a puxou mais para perto.

— De acreditar que ela está vindo, de acreditar que isto é o fim — lágrimas se acumularam, depois caíram livremente.

— Eu entendo — Christopher fez um carinho em suas costas. Simon se aproximou e ofereceu um lenço e um sorriso de conforto.

— E se ela não gostar de mim? E se ela guardar ressentimentos?

— Maria, ela vai amar você — Christopher a acalmou. — É impossível não amar você.

Simon concordou.

– Realmente, é impossível. Ela irá adorar você, *mhuirnín*.

Eles ouviram alguém bater na porta. Maria ficou tensa. Christopher a soltou e ficou ao seu lado, pousando a mão em suas costas para acalmá--la. Simon se aproximou da porta.

Levou uma eternidade até que outro lacaio sujo por causa da viagem entrasse. Maria prendeu a respiração. Um momento depois, uma pequena figura apareceu. Usando um vestido largo demais para sua idade, Amélia hesitou debaixo do batente da porta. Seus olhos verdes, tão parecidos com os de Welton, mas cheios de inocência, olharam ao redor com muita atenção até grudarem em Maria, observando-a de cima a baixo com curiosidade e desconfiança. Maria fez o mesmo, notando todas as diferenças que o tempo trouxe durante os muitos anos de separação.

Como estava alta! Seu rosto mordaz estava emoldurado por longos cabelos pretos semelhantes aos de sua mãe. Mas os olhos de Amélia ainda retinham a inocência infantil de que Maria se lembrava, e a gratidão que sentiu por isso era quase insuportável.

Um soluço quebrou o silêncio. Maria percebeu que foi ela mesma quem soluçou e então cobriu a boca com o lenço. Sua mão livre se estendeu como se tivesse vida própria. Tremia violentamente, assim como todo seu corpo.

– Maria – Amélia disse, dando um passo hesitante à frente e derramando uma lágrima solitária em seu rosto.

Ela também deu um pequeno passo adiante, mas foi uma reação suficiente. Amélia correu a pequena distância entre elas e atirou-se nos braços de Maria com tamanha força que Christopher precisou ampará-las para que não caíssem ao chão.

– Eu te amo – Maria sussurrou, mergulhando o rosto nos cabelos de Amélia e molhando-os com suas lágrimas.

Juntas, elas desabaram no tapete, formando um emaranhado de saias florais e sobressaias rendadas.

– Maria! Foi tão horrível!

Sua irmã chorava alto, dificultando o entendimento daquilo que dizia. Cavalos, lutas, alguém chamado Colin... Algo sobre Colin estar morto... e Lorde Ware e a carta...

– Calma – Maria disse, embalando a irmã. – Calma.

– Tenho tanta coisa para contar – Amélia dizia em meio ao choro.

– Eu sei, minha querida, eu sei – Maria olhou para Christopher e viu suas lágrimas. Simon também estava com os olhos avermelhados e com a mão sobre o coração.

Maria pousou o rosto sobre a cabeça de Amélia e a abraçou com força.

– Mas você terá o resto de nossas vidas para me contar tudo. O resto de nossas vidas...

EPÍLOGO

O leve ranger da porta se abrindo tirou a atenção de Simon dos mapas espalhados em sua escrivaninha. Ele ergueu os olhos e encontrou o mordomo.

– Sim?

– Há um jovem garoto pedindo para falar com Lady Winter, senhor. Eu disse a ele que nem ela nem você estavam em casa, mas ele se recusa a ir embora.

Simon se endireitou.

– É mesmo? Quem é?

O mordomo limpou a garganta.

– Parece ser um cigano.

Surpreso, ele esperou um momento antes de mandar que entrasse.

Simon guardou todos os documentos importantes em sua escrivaninha, depois sentou-se e esperou pelo jovem de cabelos negros que entrou no escritório logo depois.

– Onde está Lady Winter? – o garoto perguntou, com suas feições denunciando que faria qualquer coisa para conseguir aquilo que queria.

Simon recostou-se na cadeira.

– Ela está viajando pelo continente.

O garoto franziu o rosto.

– Miss Benbridge está com ela? Como posso encontrá-los? Você possui seu itinerário?

– Diga-me o seu nome.

– Colin Mitchell.

– Bem, Sr. Mitchell, você gostaria de beber alguma coisa? – Simon se levantou e andou até as garrafas no balcão em frente à janela.

– Não.

Escondendo um sorriso, Simon serviu-se de conhaque e depois se virou, encostando a cintura no balcão e cruzando um pé sobre o outro. Mitchell permanecia no mesmo lugar, analisando os arredores, parando ocasionalmente em vários objetos com os olhos cerrados. Caçando pistas para as respostas que procurava. Ele era um jovem em boa forma, atraente de uma maneira exótica, que Simon imaginava ser apreciada pelas garotas.

– O que você fará se encontrar a jovem Amélia? – Simon perguntou. – Trabalhar nos estábulos? Cuidar dos cavalos?

Os olhos de Mitchell se arregalaram.

– Sim, eu sei quem você é, embora achasse que estivesse morto – Simon tomou o conhaque em um gole só. Sua barriga se aqueceu, provocando um sorriso em seu rosto. – Então você pretende trabalhar para ela como seu subalterno, cuidando dela à distância? Ou talvez queira tomá-la no feno sempre que possível até ela se casar ou engravidar de você?

Simon se endireitou e deixou o copo na mesa, preparando-se para o esperado – embora impressionante – golpe que o levou ao chão. Ele e o garoto rolaram em combate, derrubando uma mesinha e espatifando as estatuetas de porcelana que adornavam o local.

Levou apenas alguns momentos para Simon dominar o garoto. Teria levado menos tempo se não estivesse preocupado em machucá-lo.

– Pare com isso – ele ordenou – e me escute – seu tom de voz carregava uma seriedade mortal.

Mitchell parou, mas seu rosto permaneceu marcado de fúria.

– Nunca mais fale de Amélia desse jeito!

Levantando-se, Simon estendeu a mão para ajudar o garoto a se erguer também.

– Estou apenas apontando o óbvio. Você não tem nada. Nada a oferecer, nada para sustentá-la, nenhum título de nobreza para prestigiá-la.

A tensão no maxilar e nos punhos de Mitchell denunciava seu ódio pela verdade.

— Eu sei de tudo isso.

— Ótimo. Agora — Simon ajeitou as roupas e voltou a sentar-se atrás da escrivaninha —, e se eu oferecer ajuda com isso? Uma maneira de ganhar dinheiro, uma casa digna, talvez até um título de alguma terra distante que se encaixaria com os traços físicos de sua ascendência?

Mitchell congelou e seus olhos cerraram com um ávido interesse.

— Como?

— Estou envolvido em certas... *atividades* que poderiam ser facilitadas por um jovem com seu potencial. Ouvi falar sobre sua ousada tentativa de resgatar Miss Benbridge. Com a orientação certa, você poderia se tornar uma grande ajuda para mim — Simon sorriu. — Eu não faria essa proposta a mais ninguém. Então, considere-se com sorte.

— Por que eu? — Mitchell perguntou desconfiado e com um pouco de desprezo. Ele era ligeiramente cínico, e Simon achava isso excelente. Um jovem ingênuo não seria de nenhuma ajuda. — Você não me conhece, nem sabe do que sou capaz.

Simon manteve o olhar impassível.

— Eu entendo muito bem até onde um homem pode ir pela mulher que possui sua afeição.

— Eu a amo.

— Sim. Ao ponto de você procurar por ela mesmo pagando um preço muito alto. Preciso desse tipo de dedicação. Em troca, eu me certificarei que você ganhe uma recompensa adequada.

— Isso levaria anos — Mitchell passou a mão nos cabelos. — Não sei se aguentaria.

— Permita que vocês dois amadureçam. Permita que ela veja aquilo que sentiu falta por todos esses anos. Depois, se ela quiser você mesmo assim, saberá que ela tomará a decisão com o coração de uma mulher, e não de uma criança.

Por um longo momento, o jovem garoto permaneceu imóvel, e o peso de sua indecisão era tangível.

— Tente — Simon implorou. — Que mal pode acontecer?

Por fim, Mitchell suspirou e se afundou na cadeira em frente a Simon

— Estou escutando.

— Excelente! — Simon se recostou em sua cadeira. — Agora, ouça o que tenho em mente...

Conheça outras obras da
Universo dos Livros

O JOGO DO AMOR/ÓDIO
Sally Thorne

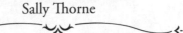

Lucy Hutton e Joshua Templeman se odeiam. Não é desgostar. Não é tolerar. É odiar. E eles não têm nenhum problema em demonstrar esses sentimentos em uma série de manobras ritualísticas passivo-agressivas enquanto permanecem sentados um diante do outro, trabalhando como assistentes executivos de uma editora.

Lucy não consegue entender a abordagem apática, rígida e meticulosa que Joshua adota ao realizar seu trabalho. Ele, por sua vez, vive desorientado com as roupas coloridas de Lucy, suas excentricidades e seu jeitinho Poliana de levar a vida.

Diante da possibilidade de uma promoção, os dois travam uma guerra de egos e Lucy não recua quando o jogo final pode lhe custar o trabalho de seus sonhos. Enquanto isso, a tensão entre o casal segue fervendo, e agora a moça se dá conta de que talvez não sinta ódio por Joshua. E talvez ele também não sinta ódio por Lucy. Ou talvez esse seja só mais um jogo.

O GUIA PARA NÃO NAMORAR DE JOSH E HAZEL
Christina Lauren

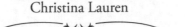

Nesta história ao estilo friends to lovers de Christina Lauren, autora best-seller do *The New York Times*, conheça a história de dois opostos que definitivamente não estão namorando, não importa quantas vezes acabem juntos na cama.

Hazel Camille Bradford tem plena consciência de que não é uma pessoa fácil de se lidar. E, francamente, a maior parte dos homens não quer encarar esse desafio. Quando não é o exército de bichos de estimação de Hazel ou seu entusiasmo por coisas absurdas que motiva os caras a saírem correndo, sua ausência de filtros e sua capacidade de dizer exatamente a coisa mais errada em um momento delicado se encarregam disso! Azar o deles. Ela é uma pessoa do bem que só quer se divertir sem machucar ninguém.

Josh Im conheceu Hazel na faculdade, época em que a alma brincalhona dela se mostrou completamente incompatível com o jeito calmo e contido dele. Desde a noite em que se conheceram – quando ela, de modo absolutamente deselegante, vomitou nos sapatos dele – até o dia em que Hazel lhe enviou um e-mail incompreensível ainda sob efeito de uma medicação pós-cirúrgica, Josh sempre enxergou Hazel mais como uma figura excêntrica do que como uma crush. Agora, no entanto, passaram-se vários anos. E, quando a traição de sua (até então) namorada vira a vida de Josh de ponta-cabeça, sair com Hazel é como uma brisa fresca de verão.

Isso não significa que Josh e Hazel estejam namorando. Pelo menos, não um com o outro. Porque arranjar terríveis encontros duplos às cegas um para o outro é um indício de que não existe nada entre eles... ou será que existe?

A EQUAÇÃO PERFEITA DO AMOR
Christina Lauren

Uma empresa de namoro encontra matches ideais de acordo com o DNA dos usuários. Uma mãe solo cética sobre o amor descobre que tem 98% de compatibilidade com o insuportável fundador da empresa – mas será que na prática o relacionamento dos dois é compatível com as estatísticas?

Jessica Davis não está interessada em namorar. Sendo mãe solo, está sempre muito ocupada criando a amada filha, Juno, e para isso conta com a ajuda de seus avós (que também criaram Jess). Entre seu trabalho com estatística, ajudar Juno com projetos escolares e salvar a mãe adicta sempre que ela se mete em encrencas, a rotina de Jess já está bem atribulada.

Certo dia, porém, quando ela e sua melhor amiga Fizzy estão trabalhando num café, elas começam a conversar com um freguês habitual. Ele é o dr. River Peña, fundador de uma recém-aberta agência de namoros, a GeneticÀmente, que dá matches nos usuários com base no DNA de cada um. Ao ceder ante a insistência de Fizzy, entregando uma amostra de sua saliva para a empresa, Jess descobre que tem uma compatibilidade de 98% com River, um homem que ela já não suporta, e com quem não tem o menor interesse de explorar nada.

Mas, com problemas financeiros se acumulando, Jess vê na GeneticÀmente uma solução, pois a agência lhe oferece uma tentadora quantia de dinheiro caso dê uma chance ao match. E, à medida que Jess conhece o verdadeiro River, ela passa a imaginar que os dados talvez estejam mais corretos do que ela própria gostaria de admitir.